GAROTA
INVISÍVEL

LISA JEWELL
GAROTA INVISÍVEL

Tradução de Karine Ribeiro

Copyright © Lisa Jewell 2020

TÍTULO ORIGINAL
Invisible Girl

PREPARAÇÃO
Laura Folgueira

REVISÃO
Luana Luz de Freitas
Lívia Maggessi
Thais Entriel

DIAGRAMAÇÃO
DTPhoenix Editorial

DESIGN DE CAPA
Ceara Elliot

ADAPTACÃO DE CAPA
Henrique Diniz

IMAGENS DE CAPA
Plainpicture/Miguel Sobreira

CIP-BRASIL. CATALOGAÇÃO NA PUBLICAÇÃO
SINDICATO NACIONAL DOS EDITORES DE LIVROS, RJ

J56g   Jewell, Lisa, 1968-
           Garota invisível / Lisa Jewell; tradução Karine
           Ribeiro. – 1. ed. – Rio de Janeiro: Intrínseca, 2025.

           Tradução de: Invisible girl
           ISBN 978-85-510-1320-5

           1. Ficção inglesa. I. Ribeiro, Karine. II. Título.

           CDD: 823
25-95991   CDU: 82-3(410.1)

Meri Gleice Rodrigues de Souza - Bibliotecária - CRB-7/6439

[2025]
Todos os direitos desta edição reservados à
EDITORA INTRÍNSECA LTDA.
Av. das Américas, 500, bloco 12, sala 303
22640-904 – Barra da Tijuca
Rio de Janeiro – RJ
Tel./Fax: (21) 3206-7400
www.intrinseca.com.br

*Para Jack, Sonny, Cocoa,
todos animais adoráveis
que amei e perdi este ano.*

14 de fevereiro, Dia dos Namorados

23H59

Eu me abaixo e cubro o rosto com o capuz. À minha frente, a garota ruiva aperta o passo; ela sabe que está sendo seguida. Acelero para alcançá-la. Só quero falar com ela, mas, pela forma como anda, sei que está aterrorizada. Desacelero ao ouvir passos abafados atrás de mim. Viro e percebo uma figura nos seguindo. Não preciso ver o rosto para saber quem é.

É ele.

Meu coração começa a martelar, bombeando sangue pelo corpo com tanta força e tão rápido que sinto o corte na minha perna latejando. Me abrigo nas sombras e espero o homem passar. Ele dobra a esquina e percebo a mudança na sua linguagem corporal quando vê a mulher à frente. Reconheço a forma dele, os ângulos de seu corpo, e sei exatamente o que ele está planejando fazer. Eu me afasto das sombras. Sigo em direção ao homem, em direção ao perigo — tenho controle sobre minhas ações, mas meu destino está em aberto.

Antes

1

SAFFYRE

Meu nome é Saffyre Maddox. Tenho dezessete anos. Sou majoritariamente galesa por parte de pai e parte trinidadiana, parte malaia e um pouquinho francesa por parte de mãe. Às vezes as pessoas tentam adivinhar minha ascendência, mas sempre erram. Quando alguém pergunta, respondo apenas que sou uma mistura e pronto. Não tem por que saberem quem dormiu com quem, sabe? É só da minha conta, né?

Estou no segundo ano do ensino médio em um colégio em Chalk Farm, onde escolhi estudar matemática, física e biologia, porque sou um pouco nerd. Não sei bem o que vou fazer quando me formar. Todo mundo espera que eu vá para a faculdade, porém às vezes acho que queria só trabalhar em um zoológico, talvez, ou em um pet shop.

Moro em um apartamento de dois quartos no oitavo andar de um prédio na Alfred Road, em frente a uma escola em que não estudo, porque quando comecei o ensino médio as obras não tinham terminado.

Minha avó morreu pouco antes de eu nascer, minha mãe morreu pouco depois, meu pai não está nem aí e meu avô morreu há alguns meses. Então moro com meu tio.

Ele se chama Aaron e é só dez anos mais velho que eu. Cuida de mim como um pai. Trabalha em uma casa de apostas, das nove às cinco, e como jardineiro nos fins de semana. Acho que ele é o melhor ser humano do mundo. Tenho também outro tio, Lee, que mora em Essex com a esposa e duas filhas pequenas. Então agora finalmente tem algumas garotas na família, mas já é um pouco tarde para mim.

Fui criada por dois homens, o que acabou fazendo com que não me dê bem com garotas. Ou, para ser mais exata, com que eu me dê melhor com garotos. Eu costumava andar com os meninos quando era criança, e me chamavam de moleca, mas não acho que eu realmente era. Depois, comecei a mudar e ficar "bonita" (não acho que sou, porém, é o que todo mundo diz), os garotos não me quiseram mais só como amiga, então vi que seria melhor ter amizades femininas. Até fiz amizade com algumas garotas, porém não somos próximas — acho que não vou ver nenhuma delas de novo depois que me formar no colégio —, mas nos damos bem. Já nos conhecemos há muito, muito tempo. É fácil.

Então, essa sou eu, basicamente. Não sou uma pessoa superfeliz. Não rio alto e não tenho a facilidade de sair por aí abraçando todo mundo que nem as outras garotas fazem. Tenho hobbies entediantes: gosto de ler e cozinhar. Não curto muito sair. Gosto de tomar um pouquinho de rum com meu tio nas sextas à noite enquanto assistimos à televisão, porém não fumo maconha nem uso drogas, nem nada do tipo. É incrível como a gente pode ser entediante quando é bonita. Ninguém parece perceber. Quando se é bonito, todo mundo acha que você tem uma vida incrível. Às vezes as pessoas têm a mente muito pequena. São muito idiotas.

Tenho um passado sinistro e pensamentos sinistros. Faço coisas sinistras e me assusto comigo mesma às vezes. Acordo no meio da noite toda embolada nos lençóis. Antes de ir dormir, prendo o lençol debaixo do colchão com bastante firmeza, deixando-o tão esticado que dá para fazer uma moeda quicar. Na manhã seguinte, as quatro pontas estão soltas e o lençol e eu estamos enrolados. Não lembro o que aconteceu. Não me lembro dos meus sonhos. Não me sinto descansada.

Quando eu tinha dez anos, uma coisa muito, muito ruim aconteceu comigo. Não vamos nos aprofundar nisso. Mas, sim, eu era criança e foi uma coisa realmente ruim pela qual nenhuma criança deveria passar, e isso mexeu comigo. Passei a me machucar, nos tornozelos, onde as meias cobrem, para que ninguém visse os cortes. Eu sabia o que era automutilação — hoje em dia todo mundo sabe —, contudo, não sabia por que estava fazendo aquilo. Só sabia que me fazia parar de pensar demais em outras coisas da minha vida.

Aí, quando eu tinha mais ou menos doze anos, meu tio Aaron viu os cortes e as cicatrizes, juntou os pontos e me levou ao médico que me encaminhou para o Centro Infantil de Portman para fazer terapia.

Me mandaram para um homem chamado Roan Fours.

2

CATE

— Mãe, você está muito ocupada?

A filha de Cate parece sem fôlego e apavorada.

— O que foi? — pergunta Cate. — O que aconteceu?

— Eu estou saindo do metrô. E senti…

— Sentiu o quê?

— É, tipo, tem um cara. — A voz da filha diminui para um sussurro. — Ele está andando muito perto.

— Só continue falando, G, só continue falando.

— Eu estou falando — reclama Georgia. — Estou falando. Escuta.

Cate ignora a atitude de adolescente.

— Onde você está agora? — pergunta.

— Chegando a Tunley Terrace.

— Ótimo. Ótimo. Você está quase aqui, então.

Cate afasta a cortina e espia a rua escura, esperando a silhueta familiar da filha aparecer.

— Não consigo ver você — diz ela, começando a se sentir um pouquinho em pânico.

— Estou aqui — replica Georgia. — Já consigo ver você.

Enquanto ela diz isso, Cate a vê também. As batidas de seu coração começam a desacelerar. Ela solta a cortina e vai para a porta da frente. Cruza os braços no frio congelante da noite de janeiro e espera Georgia. Do outro lado da rua, uma figura desaparece na entrada de um prédio grande. Um homem.

— Era ele? — pergunta Cate à filha.

Georgia se vira, as mãos em punho nas mangas do casaco grande acolchoado.

— Sim. Era ele.

Ela treme conforme Cate fecha a porta e a traz para o calor do corredor. Joga os braços ao redor da mãe e a abraça forte por um momento. Então diz:

— Esquisitão.

— O que ele estava fazendo, exatamente?

Georgia tira o casaco e o joga de qualquer jeito na cadeira mais próxima. Cate o pega e o pendura no cabideiro do corredor.

— Não sei. Só sendo esquisito.

— Esquisito como?

Cate entra na cozinha atrás de Georgia e a observa abrir a geladeira, olhar lá dentro por um instante e então fechá-la de novo.

— Não sei — repete Georgia. — Só andando perto demais. Só sendo... *bizarro*.

— Ele te disse alguma coisa?

— Não. Mas parecia que ia dizer. — Georgia abre o armário da despensa e pega um pacote de biscoito, tira um e coloca inteiro na boca. Mastiga, engole e então estremece. — Só me assustou pra caramba. — Ela vê a taça de vinho branco de Cate e pede: — Posso tomar um gole? Para me acalmar?

Cate revira os olhos, entregando a taça.

— Você conseguiria reconhecer o cara se o visse de novo?

— Provavelmente.

15

Georgia está prestes a tomar o terceiro gole quando Cate pega a taça de volta.

— Chega.

— Mas eu passei por um trauma!

— Foi só um susto — retruca Cate. — Mas serve para você aprender. Mesmo em um lugar assim, supostamente "seguro", precisa tomar cuidado.

— Eu odeio este lugar — diz Georgia. — Não sei por que alguém ia querer morar aqui sem ser obrigado.

— Eu sei — concorda Cate. — Não vejo a hora de voltar para casa.

A casa é alugada, uma acomodação temporária depois que a delas, a um quilômetro e meio dali, foi comprometida por um afundamento repentino do solo. Elas pensaram que seria uma aventura morar em um lugar "chique" por um tempo. Não pensaram que os lugares chiques estavam cheios de gente chique que não gostava muito do fato de que havia outras pessoas morando por perto. Não pensaram nas casas com portões de segurança, todas hostis, nem como as ruas arborizadas e ladeadas por residências enormes seriam estranhamente silenciosas, em comparação com a rua movimentada com casas geminadas onde moravam em Kilburn. Não ocorreu a elas que ruas vazias podiam ser mais assustadoras do que ruas cheias de gente.

Um pouco mais tarde, Cate vai até a janela panorâmica de seu quarto, que fica de frente para a rua, e abre a cortina de novo. As sombras das árvores nuas chicoteiam o muro alto em frente. Além do muro, há um terreno vazio onde uma casa antiga foi demolida para dar lugar a algo novo. Cate às vezes vê picapes dando ré por um portão entre os tapumes de construção e as observa reaparecerem uma hora depois cheias de terra e entulho. Elas moram ali há um ano e até agora não houve nenhum sinal de uma fundação sendo cavada ou qualquer arquiteto de capacete andando pelo local. É algo raro no centro de Londres: um espaço sem função perceptível, uma lacuna.

Ela pensa na filha virando aquela esquina, a voz cheia de medo, passos muito próximos aos dela, a respiração audível do estranho. Como seria fácil, pensa ela, abrir aquela área vedada, arrastar uma garota da rua, machucá-la, até mesmo matá-la, e esconder o corpo naquele vazio escuro e privado. E quanto tempo levaria até o corpo ser encontrado?

3

— Georgia levou um susto ontem à noite.

Roan ergue o olhar do notebook. Os olhos azuis pálidos ficam temerosos no mesmo instante.

— Que tipo de susto?

— Ela levou um leve susto na volta do metrô. Achou que alguém a estava seguindo.

Roan tinha chegado em casa tarde na noite anterior e Cate ficou sozinha na cama ouvindo raposas gritando no terreno baldio, observando as formas dos galhos do lado de fora acenando como uma multidão de zumbis através do tecido fino das cortinas, pensando demais em tudo.

— Como ele era, o homem que seguiu você? — perguntou a Georgia mais cedo naquela noite.

— Era normal.

— Como assim, normal? Ele era alto? Gordo? Magro? Negro? Branco?

— Branco — respondeu Georgia. — Altura padrão. Tamanho normal. Roupas sem graça. Cabelo sem graça.

De alguma forma, a suavidade dessa descrição deixou Cate mais nervosa do que se Georgia tivesse dito que ele tinha dois metros de altura e uma tatuagem no rosto.

Ela não consegue entender por que se sente tão insegura nesta área da cidade. A seguradora ofereceu pagar até mil e duzentas libras por semana por uma acomodação temporária enquanto a casa deles está sendo reformada. Com essa soma, dava para ter encontrado uma casa boa, com jardim, na rua deles, mas, por alguma razão, eles tinham decidido usá-la como uma chance de ter uma aventura, de levar um tipo diferente de vida.

Ao folhear um catálogo de imóveis, Cate tinha visto um anúncio de um apartamento grande em um prédio em Hampstead. Os dois filhos iam à escola em Swiss Cottage, e Roan trabalhava em Belsize Park. Hampstead era mais perto de ambos do que a casa deles em Kilburn, o que significava que podiam ir a pé em vez de pegar o metrô.

— Olha — dissera ela, mostrando o anúncio para Roan. — Apartamento de três quartos em Hampstead. Com varanda. A doze minutos a pé até a escola. Cinco minutos até a sua clínica. E Sigmund Freud já morou naquela rua! Não seria divertido morar em Hampstead por um tempinho? — propusera, alegremente.

Cate e Roan não nasceram em Londres. Cate é de Liverpool e cresceu em Hartlepool, enquanto Roan nasceu e cresceu em Rye, perto da costa de Sussex. Os dois descobriram Londres quando adultos, sem qualquer senso inato de sua geografia demográfica. Ao saber do endereço temporário deles, uma amiga de Cate que tinha morado a vida toda na parte norte de Londres disse: "Ah, não, eu odiaria morar lá. É tão monótono." Porém Cate não sabia disso ao assinar os contratos. Ela só pensara na poesia do código postal, na proximidade pitoresca do centro de Hampstead, no caráter ilustre da placa azul da casa de Freud ao virar a esquina.

— Talvez você deva ir buscá-la a partir de agora — diz Roan.

— Quando ela sair à noite.

Cate pensa na reação de Georgia ao ouvir que a mãe a acompanharia em todos os trajetos noturnos.

— Roan, ela tem quinze anos! É a última coisa que ela quer.

Ele lhe lança aquele olhar, aquele que usa o tempo todo, o olhar que diz: bem, já que você me coloca na posição de deixar todas as decisões ao seu encargo, vai ter que assumir total responsabilidade por qualquer coisa ruim que acontecer como resultado de tais decisões. Incluindo o potencial estupro/ataque/assassinato da nossa filha.

Cate suspira e se vira para a janela, onde vê o reflexo do marido e de si mesma, o quadro nebuloso de um casamento em seu ponto intermediário. Vinte e cinco anos de casados, provavelmente mais vinte e cinco pela frente.

Além do reflexo, está nevando — espirais grossas de flocos como estática sobre a imagem deles. Do andar de cima, ela ouve os passos suaves dos vizinhos, um casal coreano-americano cujos nomes Cate não consegue lembrar, embora eles sorriam e se cumprimentem animados toda vez que se encontram. De algum lugar, soa o lamentar distante das sirenes da polícia. Mas, fora isso, está silencioso. A rua é sempre muito silenciosa, e a neve a deixou mais silenciosa ainda.

— Olha — pede Roan, virando um pouco a tela do notebook para ela.

Cate puxa os óculos de leitura da cabeça para o nariz.

— Mulher, vinte e três anos, abusada sexualmente no Hampstead Heath.

Ela respira fundo.

— Bem, é o Heath. Eu não iria querer que a Georgia andasse no Heath sozinha à noite. Eu não iria querer que *nenhum* dos nossos filhos andasse sozinho no Heath.

— Parece que é o terceiro ataque em um mês. O primeiro foi na Pond Street.

Por um momento, Cate fecha os olhos.

— É a um quilômetro e meio daqui.

Roan fica em silêncio.

— Vou dizer a Georgia para tomar cuidado — diz Cate. — Vou dizer a ela para me ligar quando estiver vindo para casa a pé à noite.

— Ótimo — diz Roan. — Obrigado.

4

— Eu sei quem era! — diz Georgia, que acaba de irromper na cozinha com Tilly logo atrás.

São quatro e meia, e as meninas estão usando o uniforme da escola. Elas trazem um vento frio e um ar de pânico para dentro da casa.

Cate se vira e olha para a filha.

— Quem era o quê? — pergunta.

— O cara esquisito! — responde Georgia. — O que me seguiu aquele dia. Nós o vimos agora. Ele mora naquele prédio estranho do outro lado da rua. Sabe, aquele com a poltrona nojenta na entrada.

— Como você sabe que era ele?

— Eu simplesmente sei. Ele estava colocando alguma coisa na lixeira. E olhou para a gente.

— Olhou para vocês como?

— Tipo, esquisito.

Tilly está atrás de Georgia, confirmando com a cabeça.

— Oi, Tilly — cumprimenta Cate, atrasada.

— Oi.

Tilly é uma coisinha pequena, com grandes olhos arredondados e cabelo preto brilhoso, parece uma personagem da Pixar.

Ela e Georgia se tornaram amigas recentemente, depois de estudarem na mesma escola por quase cinco anos. É a primeira amiga bacana de verdade que Georgia tem desde que saiu do ensino fundamental, e, por mais que Cate não consiga entender Tilly muito bem, quer muito que a amizade cresça.

— Ele me reconheceu — continua Georgia — quando me olhou. Deu para ver que ele me reconheceu, da outra noite. Foi um olhar muito suspeito.

— Você viu? — pergunta Cate a Tilly.

Tilly torna a assentir.

— É. Deu para ver que ele com certeza não estava feliz com a Georgia.

Georgia abre um pacote novinho de biscoito, por mais que haja um pacote pela metade no armário, oferece-o a Tilly, que recusa, e elas desaparecem no quarto.

A porta da frente abre de novo e Josh aparece. O coração de Cate fica um pouquinho mais leve. Enquanto Georgia sempre chega com novidades, mau humor, anúncios e certos climas, o irmão mais novo chega como se nunca tivesse saído. Ele não traz nada consigo, suas questões se desenrolam devagar e no tempo certo.

— Oi, meu amor.

— Oi, mãe.

Ele cruza a cozinha e a abraça. Josh faz isso sempre que chega em casa, antes de ir para a cama, quando vê a mãe de manhã, quando sai por mais que algumas horas. Faz desde que era um garotinho, e Cate fica esperando que ele pare ou que a frequência diminua, mas Josh já tem catorze anos e não mostra qualquer sinal de que vai abandonar o hábito. Estranhamente, pensa Cate às vezes, foi Josh quem a manteve em casa todos esses anos, mesmo tanto tempo depois de as crianças de fato precisarem da mãe em casa constantemente. Ele ainda se sente muito vulnerável, por algum motivo, ainda parece o garotinho que escondeu o rosto ao chorar no primeiro dia da pré-escola e continuava choroso quatro horas depois, quando Cate foi buscá-lo.

— Como foi a escola?

Ele dá de ombros.

— Foi boa. Recebi a prova de física. Tirei sessenta de sessenta e cinco. Fui o segundo melhor.

— Ah — diz ela, apertando-o de novo rapidinho. — Josh, que incrível! Bom trabalho! Bom em física... Não sei de quem você puxou isso.

Josh pega uma banana, uma maçã e um copo de leite e se senta com a mãe à mesa da cozinha por um momento.

— Está tudo bem? — pergunta ele depois de um curto silêncio.

Cate o olha, surpresa.

— Está.

— Tem certeza?

— Tenho — diz ela, rindo. — Por quê?

Josh dá de ombros.

— Por nada. — Ele pega o leite e a mochila e vai em direção ao quarto. — O que tem para o jantar? — pergunta, virando na metade do corredor.

— Frango ao molho curry.

— Legal. Tô a fim de uma comida apimentada.

E então tudo fica silencioso outra vez, enquanto Cate observa as sombras escuras do lado de fora, com os pensamentos difusos se movendo pelos corredores do fundo da mente dela.

5

Mais tarde naquela noite, acontece uma espécie de fusão de todos os medos estranhos e disformes de Cate sobre aquele lugar. A amiga de Georgia, Tilly, é atacada minutos depois de sair da casa delas.

Cate convidou Tilly para ficar para o jantar e ela disse:

— Não, obrigada, minha mãe está me esperando.

E Cate pensou: *Vai ver ela não gosta de curry.* Então, alguns minutos depois que a garota saiu, bateram na porta, a campainha soou, Cate foi atender e lá estava Tilly, pálida, os olhos arregalados em choque enquanto dizia:

— Alguém me tocou. Ele me tocou.

Agora Cate a conduz até a cozinha e puxa a cadeira para a menina, pega um copo de água e pergunta exatamente o que aconteceu.

— Eu tinha acabado de atravessar a rua. Eu estava ali. Perto da construção. E tinha alguém atrás de mim. E ele só meio que me agarrou. Aqui. — Tilly aponta para o quadril. — E estava tentando me puxar.

— Puxar você para onde?

— Não era para um lugar. Só meio que para perto dele.

Georgia faz Tilly se sentar à mesa e segura o braço dela.

— Ai, meu Deus, você viu ele? Você viu o rosto dele?

No colo, as mãos de Tilly tremem.

— Não. Mais ou menos. Eu não sei... Foi tudo tão... rápido. Muito, muito rápido.

— Você está machucada? — pergunta Georgia.

— Não? — diz Tilly, com um ligeiro tom de pergunta, como se não tivesse certeza. — Não — repete. — Estou bem. Eu só... — Ela encara as mãos. — Entrei em pânico. Ele era... foi horrível.

— Qual a idade dele? — pergunta Cate. — Mais ou menos?

Tilly dá de ombros.

— Não sei. — Ela funga. — Ele estava usando capuz e com o rosto coberto por um lenço.

— Altura?

— Meio alto, eu acho. E magro.

— É para eu chamar a polícia? — pergunta Cate, e então se pergunta por que está perguntando a uma garota de dezesseis anos que acabou de ser atacada se deve ou não chamar a polícia.

— Pelo amor de Deus — diz Georgia. — É lógico que é para chamar.

Antes que qualquer outra pessoa tenha a chance de pegar um celular, Georgia já está ligando para a polícia.

E então os policiais chegam, assim como a mãe de Tilly, e a noite se transforma em algo que Cate nunca experimentou antes, com policiais na cozinha dela, e uma mãe chorosa que ela não conhecia, e uma energia nervosa que a mantém acordada horas depois que a polícia vai embora e Tilly e a mãe desaparecem em um Uber. A casa está silenciosa, embora ela saiba que ninguém pode dormir em paz, porque algo ruim aconteceu e tem a ver com eles, tem a ver com este lugar e algo mais, algo indefinível ligado a ela, alguma coisa ruim, algum erro que ela cometeu porque não é uma pessoa boa. Cate tem tentado muito parar de pensar em si mesma como uma pessoa ruim; ainda assim, ao se deitar na cama naquela noite, aquele pensamento súbito e horrível corrói sua consciência até que ela se sinta em carne viva.

Cate acorda antes de o alarme tocar na manhã seguinte, depois de apenas três horas e meia de sono. Ela se vira e olha para Roan, deitado de costas pacificamente, os braços enfiados debaixo do edredom. Seu marido é bonito. Ele perdeu a maior parte do cabelo e agora usa raspado, revelando contornos estranhos do crânio que Cate não sabia que existiam quando o conheceu, trinta anos antes. Ela havia presumido que o crânio dele fosse liso, como o lado de dentro de uma urna de cerâmica. Em vez disso, é uma paisagem com montes e vales, uma pequena cicatriz enrugada. Veias saltadas cruzam suas têmporas e sobrancelhas. Seu nariz é largo. Suas pálpebras são pesadas. Ele é marido dela. Ele a odeia. Ela sabe que ele a odeia. E é culpa dela.

Cate sai da cama e vai até a janela da frente, longa, com vista para a rua. O sol acaba de nascer e brilha através das árvores, sobre a construção do outro lado da rua. Parece inócua. Então, ela olha mais para a direita, para o prédio com a poltrona na entrada da garagem. Cate pensa no homem que mora lá, o esquisitão que seguiu Georgia desde a estação, que havia lançado olhares estranhos para ela e Tilly na noite anterior enquanto colocava o lixo para fora — o homem que combina com a descrição que Tilly deu do cara que a atacou.

Cate acha o cartão que o policial lhe deu na noite anterior. Detetive Robert Burdett. Ela liga, mas ele não atende, então Cate deixa uma mensagem.

— Estou ligando para falar do ataque a Tilly Krasniqi ontem à noite — começa ela. — Não sei se é importante, mas tem um homem que mora do outro lado da rua. No número doze. Minha filha diz que ele a seguiu uma noite. E que ele ficou encarando ela e Tilly de um jeito estranho enquanto as duas voltavam da escola ontem à noite. Não sei o nome dele, infelizmente. Ele tem uns trinta ou quarenta anos. É tudo o que sei. Desculpe. Foi só uma ideia. Número doze. Obrigada.

— Você falou com a Tilly hoje? — pergunta Cate a Georgia enquanto a filha anda pela casa, se preparando para ir para a escola, um pouco mais tarde naquela mesma manhã.

— Não — responde Georgia. — Ela não está respondendo minhas mensagens nem atendendo minhas ligações. Acho que o celular dela está desligado.

— Ai, Deus.

Cate suspira. Ela não aguenta aquele sentimento de culpa, a sensação de que, de alguma forma, causou isso. Pensa em Georgia, sua menina linda e inocente, a caminho de casa, no escuro, depois de visitar uma amiga, a mão de um homem nela. É insuportável. Então pensa na pequenina Tilly, traumatizada demais para sequer responder uma mensagem da melhor amiga. Cate encontra o telefone da mãe da garota no celular e liga.

Ela atende na sexta tentativa.

— Ah, Elona, oi, é a Cate. Como ela está? Como a Tilly está?

Há um longo silêncio, e então o som do telefone sendo entregue e vozes abafadas ao fundo.

— Alô?

— Elona?

— Não. É a Tilly.

— Ah — diz Cate. — Tilly. Oi, querida. Como você está?

Há outro silêncio estranho. Cate ouve a voz de Elona ao fundo. Então Tilly diz:

— Preciso te contar uma coisa.

— Diga.

— Sobre ontem à noite. A coisa que aconteceu.

— Certo...

— Não aconteceu.

— O quê?

— Nenhum homem me tocou. Ele só chegou muito perto de mim, e a Georgia tinha me assustado muito falando do cara que mora em frente à casa de vocês, sabe, e eu pensei que fosse ele, mas não era, era outra pessoa e... e eu corri para a sua casa e...

Há mais sons de movimento e Elona volta para a linha.

— Desculpa — diz ela. — Desculpa de verdade. Falei que ela tinha que te contar. Só não entendo. Quer dizer, sei que elas estão sob muita pressão, essas meninas, hoje em dia. Provas, redes sociais, tudo isso, você sabe. Mas, mesmo assim, isso não é motivo.

Cate pisca devagar.

— Então não teve ataque?

Não faz sentido. A pele pálida de Tilly, seus olhos arregalados, as mãos trêmulas, as lágrimas.

— Não teve ataque — confirma Elona sem emoção, e Cate se pergunta se ela também não acredita muito nisso.

Lá fora, Cate vê o detetive Robert Burdett entrar em um carro estacionado do outro lado da rua. Ela se lembra da mensagem que deixou no celular dele mais cedo, sobre o homem estranho do outro lado da rua. Uma onda de culpa embrulha seu estômago.

— Você contou para a polícia? — pergunta ela a Elona.

— Sim. Lógico. Agora há pouco. Eu não podia deixar que eles desperdiçassem recursos. Não com todo os cortes que vêm sofrendo. Mas, enfim, vou mandar a Tilly para a escola agora. De rabinho entre as pernas. E, mais uma vez, desculpa de verdade.

Cate desliga o telefone e observa a traseira do carro do detetive Burdett chegar ao cruzamento no fim da rua.

Por que Tilly mentiu? Isso não faz sentido nenhum.

Cate trabalha de casa. É fisioterapeuta, porém largou a carreira há quinze anos, quando Georgia nasceu, e nunca mais voltou a tratar pacientes. Agora, vez ou outra, escreve sobre fisioterapia para periódicos médicos e revistas da área, e de vez em quando aluga uma sala no consultório de um amigo em St. Johns Wood para atender conhecidos, mas na maior parte do tempo fica em casa, trabalhando informalmente (ou sendo "uma dona de casa com um notebook", como diz Georgia). Em Kilburn, ela tem um pequeno escritório no mezanino; entretanto, nesta acomodação temporária, ela escreve à mesa da cozinha, com a papelada em uma bandeja ao lado do notebook, e é uma luta manter tudo organizado e evitar que as coisas do trabalho não sejam absorvidas pela bagunça da família. Cate nunca consegue encontrar uma caneta, e as pessoas rabiscam coisas no verso da correspondência de trabalho dela — outra coisa que ela não considerou com calma antes de se mudar para essa casa.

Cate torna a espiar o prédio do outro lado da rua pela janela. Então, volta para o notebook e faz uma busca no Google.

Descobre que a última vez que um apartamento foi comprado no número doze foi há dez anos, o que é extraordinário para um endereço eminente como aquele. A construção é de propriedade de uma empresa escocesa chamada BG Imobiliária. Cate não descobre mais nada sobre o endereço ou quem mora lá. O prédio é um mistério, decide ela, um prédio para o qual as pessoas se mudam e de onde nunca mais saem, onde as pessoas penduram cortinas grossas e nunca as abrem e deixam um móvel apodrecer na entrada da garagem.

Cate pesquisa sobre linhas de ley no endereço. Ela não sabe bem o que é uma linha de ley, essas linhas que perpassam locais históricos muito antigos e acredita-se que carregam certa energia, mas acha que pode ser que existam algumas estranhas no cruzamento, onde não há vozes na rua tarde da noite, onde terrenos vazios continuam sem construções, onde raposas gritam toda noite, onde adolescentes são seguidas até em casa e atacadas no escuro, onde ela se sente desconfortável, onde ela não se encaixa.

6

Após os acontecimentos da noite em que Tilly disse ter sido atacada, Cate para de passar pelo prédio com a poltrona na entrada da garagem.

A localização da sua casa permite que ela possa seguir tanto para a esquerda quanto para a direita para chegar à rua principal ou ir ao centro, e agora ela escolhe virar à esquerda. Não quer arriscar ver o homem que ela fez a polícia interrogar três dias antes sobre o ataque a uma garota que pelo jeito não aconteceu de verdade. Ele não saberia que tinha sido Cate, mas ela saberia que tinha sido ele.

Cate tenta não olhar na direção do prédio do homem, porém seus olhos logo se viram para lá conforme ela segue em direção ao centro com uma sacola cheia de compras on-line a serem devolvidas pelo correio. Há uma mulher parada em um ângulo reto em relação ao portão. Talvez tenha a idade de Cate, talvez seja dez anos mais velha. Ela chama a atenção, com um casaco cinza longo, um conjunto de lenços estampados, botas curtas e o cabelo grisalho preso em um coque bem alto na cabeça, quase a ponto de alcançar a testa. Usa delineador preto nos olhos e carrega uma pequena mala e várias sacolas do aeroporto. Cate a observa revirar a bolsa antes de tirar um molho de chaves e se virar para a porta da frente. Vê a mulher parar por um momento no corredor para conferir a correspondência na mesa do canto antes que a porta se feche. Cate percebe que está de pé na rua encarando uma porta fechada. Ela se vira rapidamente e sobe a colina.

Depois de deixar os pacotes no correio, Cate pega o caminho mais bonito para voltar para casa. Se errou ao escolher esse local como lar temporário da família, quer compensar isso aproveitando Hampstead ao máximo enquanto mora lá. Kilburn é tumultuado, barulhento, sujo, verdadeiro, e Cate o ama de paixão. Mas Kilburn não tem um coração, não tem um centro, é só um conjunto de ruazinhas perpendiculares a uma rua principal. Hampstead, em contrapartida, tem becos, fendas, portões, chalés, caminhos e cemitérios escondidos, e se estende dessa forma em todas as direções por dois quilômetros ou mais, até o Heath, ao norte, e as amplas e imponentes avenidas a sul e oeste. É um bairrinho com a cara de Londres, e cada nova esquina que Cate descobre em suas caminhadas faz com que ela ganhe o dia de alguma forma.

Hoje, Cate está indo mais longe do que já foi todas as outras vezes, cruzando uma parte do Heath cheia de trilhas, passando por árvores de copas farfalhantes e seguindo por uma rua sinuosa ladeada por casas antigas, interessantes, a maioria georgiana, até que de repente ela se vê em uma paisagem completamente diferente: plana e baixa, com casas brancas elegantes enfileiradas juntas como telhas, conectadas por passarelas de concreto e escadarias espiraladas. Cada casa tem um terraço amplo com vista para o bosque e o Heath. Cate pega o celular e faz o que sempre faz quando se encontra em um local novo no bairro: pesquisa no Google. Descobre que esta é a habitação social mais cara já construída, possivelmente no mundo, parte de uma experiência idealista do governo trabalhista na década de 1970 para abrigar os pobres como se fossem ricos. O terreno custou quase meio milhão de libras. Cada casa, setenta e duas mil libras. O projeto deu errado quando o governo tentou recuperar o investimento cobrando dos inquilinos muito mais do que os custos de uma habitação social. O experimento foi um fracasso retumbante.

Mas as casas são uma maravilha arquitetônica. Cate encontra um apartamento de dois quartos no site de um corretor de imóveis por mais de um milhão de libras. *Quem teria pensado*, ela se pergunta, *quem teria imaginado que esse mundinho futurista estaria escondido ali atrás de um casarão eduardiano?*

Cate olha para trás e de repente se dá conta de que está completamente sozinha. Nem uma alma por perto. Ouve o vento através das folhas das árvores que ladeiam aquele estranho enclave. Ele está dizendo que Cate precisa sair dali. Agora. Que ela não deveria estar naquele lugar. Ela anda mais rápido, e então mais rápido ainda, até estar quase correndo pela grama, passando pelas casas, descendo a colina, de volta à rua principal, aos salões de beleza, butiques e lojas que vendem bobagens caras demais.

Ao passar pela estação de metrô, uma manchete do jornal local, o *Hampstead Voice*, chama a atenção: "ESTUPRO À LUZ DO DIA."

Cate para, encarando as palavras, a adrenalina ainda correndo por suas veias. Ela se pergunta por um momento se o título da matéria é de uma realidade alternativa, na qual ela ficou por tempo demais no local que a mandou ir embora, e se, ao ler a matéria, descobrirá que é sobre ela — Cate Fours, cinquenta e dois anos, mãe de dois filhos, violentada em uma habitação social abandonada dos anos 1970, incapaz de explicar o que estivera fazendo ali sozinha no meio do dia.

Então ela torna a pensar em Tilly, como fez quase todo minuto de todos os dias desde que a viu parada na porta de casa há quatro dias, e se pergunta se existe alguma conexão entre a onda de estupros na área e o que Tilly afirma que não aconteceu naquela noite de segunda-feira.

Mais adiante, Cate passa pelo jornaleiro local. Lá, ela compra um exemplar do *Hampstead Voice* e vai para casa.

À noite, Roan chega tarde de novo. Ele é psicólogo infantil e trabalha no Centro Portman, em Belsize Park. Ser casada com um psicólogo não é tão útil quanto parece. O marido dela, aparentemente, só é capaz de ter empatia com crianças que têm tendências sociopatas (sociopatia infantil é a especialidade dele). Crianças como as deles, que podem ser até um pouco estranhas de algumas formas, mas cem por cento normais em todas as outras, parecem confundi-lo por completo, e ele reage como se nunca tivesse encontrado um adolescente na vida, ou como se ele mesmo nunca tivesse sido um, quando os filhos fazem algo que pode ser descrito como apenas o comportamento típico de um adolescente.

Para Cate — que tem se sentido mais conectada ao seu eu adolescente desde que os filhos chegaram a essa fase, como se estivesse cruzando uma porta distante da maternidade e de alguma forma encontrando a si mesma vindo da outra direção —, isso é enervante.

— Como foi o seu dia? — pergunta a Roan agora, no tom que usa para mostrar sua intenção de ser agradável.

Se começar a conversa da noite em um tom alegre, não será culpa dela caso tudo vá por água abaixo mais tarde. Ela não faz ideia se Roan consegue detectar a pontinha de encenação na sua voz, mas ele responde do corredor com um tom igualmente alegre.

— Foi bom. Como foi o seu?

E então ele está lá, na cozinha, seu marido, um gorro envolvendo a cabeça raspada, protegido do frio de janeiro com um casaco preto acolchoado e luvas. Ele tira o gorro e o coloca na mesa. Em seguida, retira as luvas, revelando suas mãos grandes e angulosas. Coloca a bolsa na cadeira. Não olha para Cate. Eles não olham mais um para o outro. E tudo bem. Cate não está precisando ser vista por ele.

Roan toca o *Hampstead Voice* na mesa. Olha para o título da matéria.

— Mais um?

— Mais um — responde ela. — Na rua ao lado dessa vez.

Ele assente, só uma vez, e continua a ler. Então diz:

— De dia.

— Eu sei — diz Cate. — É horrível. Coitada dessa mulher. Tomando conta da própria vida. Pensando que seria um dia normal. Algum filho da puta decide que pode fazer o que quiser, decide que tem o direito de tocar no corpo dela.

Cate estremece e pensa de novo em Tilly, pequena, de olhos arregalados na porta da frente.

Georgia entra.

Está usando roupas de ficar em casa: short de moletom aveludado e casaco com capuz. Cate não tinha roupas de ficar em casa quando era adolescente, tinha as roupas e os pijamas, nada mais.

Roan coloca o *Hampstead Voice* diante dela.

— Olha, Georgie — manda ele. — Tem um estuprador na região. O último ataque foi na rua aqui do lado. No meio do dia. Por favor, por favor, se cuida. E tenta não andar por aí de fones de ouvido.

Georgia faz um som de reprovação.

— Eu me cuido — replica ela. — Meus instintos são jovens. Não são uma porcaria velha que nem os seus. E aposto que é aquele cara. — Ela toca a primeira página do jornal. — Aquele do outro lado da rua. O esquisitão. Ele super parece um estuprador.

Cate treme um pouquinho diante da menção ao homem do outro lado da rua, corando de vergonha. Ela não contou a Roan nem aos filhos sobre a ligação para a polícia e sobre ter visto o detetive indo falar com o homem. Está envergonhada demais. Foi uma coisa tão elitista de se fazer.

— Como está a Tilly? — pergunta, mudando de assunto. — Ela te falou mais alguma coisa sobre segunda?

Georgia balança a cabeça.

— Não. Tentei falar com ela, mas ela se recusa. Diz que está com vergonha demais.

— E o que você acha? Acha que ela inventou?

A filha reflete um pouco.

— De certa forma, sim. Quero dizer, é o tipo de coisa que ela faria, sabe? Entende o que quero dizer? Ela já mentiu sobre outros assuntos antes.

— Que tipo de assuntos?

— Ah, coisas pequenas, como dizer que sabe o nome de um rapper ou alguém no YouTube, e aí, quando a gente pergunta quem é, dá para ver que ela não faz ideia. Ela diz coisas só para se encaixar, para fazer parte do grupo. E fica, tipo, com um olhar perdido quando sabe que foi pega, e aí a gente se sente muito mal de ter confrontado ela.

— Mas isso... mentir sobre algo assim. Você acha que ela é capaz de uma mentira tão grande?

— Não sei — responde Georgia. Então dá de ombros e diz:

— Sim. Talvez. Ela faz tempestade em copo d'água. Talvez ela tenha feito isso, sabe?

Cate assente. É possível, ela acha. Entretanto, seu olhar é atraído de novo para a manchete na primeira página do *Hampstead Voice* e aquela sombra de dúvida surge mais uma vez em sua mente.

7

É véspera do Dia dos Namorados e Cate está no shopping procurando um cartão para Roan. Não vai comprar nada romântico para ele. Na verdade, em pelo menos uma dúzia de anos, dos trinta anteriores, não comprou nem um cartão. Dia dos Namorados não é bem a praia deles. Mas alguma coisa sobre o fato de terem chegado a mais um, ainda ilesos apesar do que aconteceu no ano anterior, a faz pensar que um cartão é uma boa ideia.

Cate pega um com o desenho de duas pessoas de palitinhos de mãos dadas. A frase acima da cabeça delas diz: "Oba! A gente ainda se gosta!"

Ela o devolve à prateleira como se o cartão a tivesse queimado.

Não tem certeza se ela e Roan ainda se gostam.

Por fim, pega um cartão que diz apenas "Te amo muito", com um grande coração vermelho. Isso é verdade. Ela ainda o ama. A parte do amor é simples, é todo o resto que é complicado.

Foi nessa época, há um ano, Cate lembra, que ela e Roan quase se separaram. Foi um pouco antes das férias. Foi tão ruim que eles pensaram que teriam de cancelar uma viagem de sete mil libras.

Tinha sido culpa dela.

A situação toda.

Ela achou que Roan estava tendo um caso. Não, não achou, *acreditou,* com cada centímetro de seu ser, sem um pingo de dúvida, sem nunca ter visto Roan com outra mulher, sem ter encontrado mensagens dele para outra, sem ter visto nada parecido com uma mancha de batom na camisa dele. Ela enlouqueceu completamente por um tempo.

Por seis meses, Cate se infiltrou de forma obsessiva em tudo de privado do marido: no e-mail dele, nas mensagens, no WhatsApp, nas fotos e até nos documentos do trabalho. Ela se debruçara sobre os detalhes horríveis de uma garota psicologicamente abalada, porém muito bonita, procurando algo que confirmasse sua crença de que Roan estava transando com ela, descaradamente invadindo a privacidade de uma menina que pensara que tudo o que dissera ao psicólogo seria mantido em sigilo.

Roan descobrira o que Cate estava fazendo no início de fevereiro. Quer dizer, ela teve que confessar depois que ele chegou em casa do trabalho e disse que achava que sua nova assistente estava invadindo os registros privados dos pacientes e até o e-mail e o celular dele, e que a estava monitorando e a denunciaria se fosse necessário.

Cate entrou em pânico ao pensar em uma investigação oficial.

— Sou eu. Sou eu. Sou eu — revelou, e começou a chorar e tentar explicar, mas não fez sentido nenhum, porque, na época, por alguns meses, ela esteve completamente fora de si.

Ela esperara que ele a abraçasse depois da confissão, esperara uma voz baixa e reconfortante em sua orelha dizendo: "Está tudo bem, está tudo bem, eu entendo, eu te perdoo, está tudo bem."

Em vez disso, Roan a olhou e disse:

— Essa deve ser a coisa mais baixa que já ouvi na vida.

Era lógico que ele não estava tendo um caso. Estava só trabalhando até mais tarde, estressado, lidando com horrores inimagináveis todos os dias, lidando com uma nova assistente que não estava dando conta, com um pai doente. Também estava tentando entrar em forma, correndo quando podia, e vivia frustrado por nunca dar tempo de estabelecer uma rotina. Ele estava, como tinha dito, tendo muita dificuldade com tudo. E lá estava Cate, toda idiota, revirando sua privacidade, violando a segurança profissional dele, colocando seu trabalho em risco, imaginando o pior dele, o pior.

— Por que eu estaria tendo um caso? — questionou Roan, olhando para ela em súplica, incrédulo.

Uma pergunta muito simples. Cate refletiu por um instante. Por que ele estaria tendo um caso?

— Porque eu estou velha — disse por fim.

— Eu também estou.

— Sim, mas você é homem. Você não tem prazo de validade.

— Cate. Você também não. Não pra mim. Você e eu, pelo amor de Deus. Não temos prazo de validade. Nós somos *nós*. Nós somos só... *nós*.

Roan ficou fora de casa por alguns dias. Foi ideia dela. Cate precisava desanuviar. Quando retornou, ele disse:

— Sinto que nos perdemos. Como se estivéssemos conectados, mas aí nos desconectamos e não sei como voltar.

— Eu também sinto isso — respondeu ela.

Seguiram-se alguns dias de drama existencial e raiva, e muitas discussões sobre cancelar ou não uma viagem para esquiar extremamente cara, e como as crianças lidariam com aquilo, e lendo sobre políticas de cancelamento (não havia uma cláusula especial para "desentendimento conjugal inesperado"). Então, dois dias antes do voo, eles dividiram uma garrafa de vinho, transaram e decidiram viajar para ver se isso dava um jeito na situação. E deu, até certo ponto. As crianças estavam de bom humor, rindo muito, o sol brilhara o dia todo, todos os dias, e o hotel que eles escolheram era divertido e cheio de pessoas agradáveis. Os dois voltaram para casa uma semana depois e resolveram, de forma subliminar e sem mais conversas, continuar e esquecer o que tinha acontecido.

Mas aconteceu. Cate cruzara linhas e ultrapassara limites, quebrara a confiança entre eles, e mesmo depois de tanto tempo ainda se sentia uma pessoa inferior. Ser mãe lhe concedera superioridade moral, mas naqueles seis meses loucos ela cedera sua posição por completo. Cate ainda estremece sob o olhar de Roan, temendo que ele veja o interior inseguro e patético por trás de sua máscara. Ela se sente mais segura agora quando o marido não a olha, quando não a vê. Ele a odeia. Ela sabe disso.

Saffyre, esse era o nome da paciente cujos registros Cate lera. Saffyre Maddox. Tinha quinze anos na época e se automutilava desde os dez.

Um dia, durante a loucura do início do ano anterior, Cate fora até o colégio de Saffyre e a observara pelas grades. Lá estava ela, a garota que Cate tinha certeza que era amante do seu marido: alta, magra, seios minúsculos, os cachos escuros puxados para trás em um coque, as mãos nos bolsos do blazer preto, olhos verde-claros encarando o parquinho, quase régia. De jeito nenhum o que Cate esperava. Ela observara um garoto chegar perto de Saffyre, tentando envolvê-la em algum tipo de brincadeira. Vira os olhos de Saffyre olharem por sobre o ombro dele e então assistira ao garoto se afastar, voltar para os amigos, e o comportamento bem-humorado dele pareceu o de alguém que não esperava muito mais do que recebera.

Depois, duas garotas se aproximaram de Saffyre, e as três caminharam juntas, voltando para o prédio da escola.

Saffyre não parecia uma menina que se cortava com clipes de papel abertos. Ela parecia uma abelha-rainha.

A última vez que Cate viu Saffyre foi dois meses depois que eles se mudaram para a casa em Hampstead. Ela estava descendo a Finchley Road com um homem mais velho e arrastava um carrinho de compras de náilon.

Cate os seguiu por um tempo, com o coração ligeiramente acelerado pelo medo de ser descoberta. O homem mais velho mancava, e Saffyre parava vez ou outra para que ele a alcançasse até que os dois entraram em uma propriedade no Swiss Cottage no final da Finchley Road e desapareceram pelo portão pequeno nos fundos de um prédio.

Enquanto o portão se fechava atrás deles, Cate parou para recuperar o fôlego, de repente ciente do que estava fazendo. Ela se virou e foi para casa em um passo apressado, tentando expurgar o erro de sua psique.

8

Na manhã seguinte, Roan passa um envelope vermelho para Cate pela mesa, dando um sorriso tímido.

— Não se preocupe se você não comprou nada — diz ele. — É só uma... você sabe...

Ela sorri, pega seu próprio envelope vermelho da bolsa e entrega a ele.

— Ponto para nós — diz em tom leve.

Eles abrem os envelopes juntos, ligeiramente sem jeito. O cartão de Roan para Cate é um Banksy. Um balão de coração vermelho coberto de Band-Aid de um mural em Nova York. É mais que apropriado.

Ela abre o cartão.

Ali, no rabisco solto dele, estão as palavras: "Já está pronta para tirar os curativos?"

Cate olha para ele. Deixa escapar uma risadinha. Seu estômago se contorce e relaxa agradavelmente.

— Você está? — pergunta ela.

Roan abaixa a cabeça e, após um breve momento, torna a levantá-la. Está sorrindo.

— Totalmente. Estou pronto há muito tempo. Eu só... — Ele olha para o cartão que ganhou dela, com a inscrição sem graça: "Para o meu querido marido, feliz Dia dos Namorados! Com amor, C. Beijos." — Estava esperando.

Cate assente. Por um momento, está confusa sobre quem exatamente está usando curativos no coração, sobre quem está se curando e quem está esperando. Ela pensou que fosse o contrário. Que ela o tivesse magoado.

— Vamos sair para beber alguma coisa hoje? — sugere Roan.

— Em algum lugar meio caído, talvez? Todos os outros já vão estar lotados.

— Vamos — responde ela. — Deixa comigo. Vou pensar em um lugar meio caído.

Depois que Roan sai, Cate abre o notebook e começa a trabalhar. Está um pouco nervosa com a interação com o marido. Tudo parece muito estranho desde que se mudaram. Até a desarmonia no casamento deles se alterou de certa forma, transformou-se em algo que ela não reconhece bem. Quase sente falta de como tudo pareceu escancarado nos meses após a confissão. Roan bom. Cate má.

Contudo, desde a mudança para Hampstead, Cate não tem mais tanta certeza. O comportamento de Roan tinha sido estranho, *sim*. Por meses. Ele estava *mesmo* voltando para casa tarde e distraído e impaciente com ela e as crianças. Ele *tinha* cancelado programas em família em cima da hora, geralmente sem uma desculpa boa. E *tinha* sussurrado em conversas ao celular, em outros cômodos ou na rua. Alguma coisa havia acontecido. Definitivamente. Alguma coisa.

Cate torna a pegar o cartão, lê as palavras de novo. É uma confissão de que ela tinha motivos para estar magoada também. Mas com o quê? Com a reação ríspida dele? Ou com outra coisa? Ela fecha o cartão e o deixa na mesa. Enquanto trabalha, seus olhos são atraídos para ele o tempo todo.

Ela está distraída demais, então entra no navegador e digita "bares perto de mim". Enquanto rola a página, Cate nota o barulho da abertura para cartas na porta, do baque da correspondência caindo no tapete. Ela se levanta, feliz pela distração, e vai até o corredor para pegá-la. Deixa de lado as correspondências para os outros moradores do endereço e carrega sua pilha pela casa. A maioria dos envelopes tem enormes adesivos brancos de reencaminhamento, tampando o endereço deles em Kilburn. Mas um está escrito à mão e endereçado diretamente a Roan, no atual endereço.

Cate o encara por um momento. A letra é feminina, o código postal está incompleto e o conteúdo é rígido, obviamente algum tipo de cartão. Pode ser qualquer coisa, teoriza ela: um cartão de desconto da lavanderia, algum cartão chique de um limpador de vidros. Qualquer coisa.

Ela o deixa no topo da pilha na mesa da cozinha e volta à busca on-line de bares por perto.

Então, uma notificação de mensagem chega ao celular dela. É de Georgia.

MÃE. Como se a estivesse chamando do corredor.

Cate suspira e responde: *Oi.*

Você pode trazer o formulário da minha excursão de Geografia? Tipo, agora.

Cate revira os olhos. *Onde está?*

Não sei. Em algum lugar na cozinha.

Ela procura, revirando pilhas de sua própria papelada, até enfim encontrá-lo na lixeira. Endireita o papel e responde a Georgia: *Caramba. Achei. Vou levar agora.*

Na verdade, Cate está contente de ter uma desculpa para sair de casa. O dia está ensolarado, e ela pode fazer umas compras na volta. Além disso, sempre fica um pouco animada ao entrar na escola dos filhos, se infiltrando no mundo misterioso que eles habitam oito horas por dia.

Ela passa pelo prédio no caminho, o mesmo onde viu Saffyre há tantos meses, puxando o carrinho de compras. Cate para por um momento e olha para o alto. A luz do sol reflete nas janelas, até lá em cima. Ela pensa no cartão que chegou, a letra feminina cursiva endereçada a Roan, e sente aquilo surgir mais uma vez — aquela coceirinha, o sentimento desconcertante que a atormentou até que ela fizesse as coisas inimagináveis de um ano atrás.

Cate acelera o passo e continua em direção à escola, com suas paredes de tijolos vermelhos, onde é recebida por uma jovem atrás de uma mesa que sorri de forma encorajadora, como se Cate pudesse estar prestes a fazer uma pergunta desconfortável.

— Para uma aluna — diz ela, entregando o papel dobrado.

— Georgia Fours do primeiro ano G.

— Ah, perfeito, obrigada. Vou garantir que ela receba.

Os olhos de Cate examinam a sala, procurando pelo vulto de uma criança que ela reconheça, um detalhezinho para levar consigo. Mas é horário de aula e não há nenhuma criança por perto. Ela volta para a rua e inspira fundo. Sabe que seu coração está batendo um pouco rápido demais. Nota que tudo parece amplificado e afinado, embora haja uma frequência no ar que só agora percebeu.

No supermercado, Cate pega abacates para Georgia, iscas de frango e uma baguete para Josh, um litro de suco de maçã e manga que acabará em trinta segundos quando as crianças chegarem em casa. Pega tabletes de caldo e sal, num daqueles raros momentos em que se lembra de pegar tabletes de caldo e sal. Pega manteiga, leite e uma caixa de caramelos com mel cobertos de chocolate, e paga no caixa de autoatendimento. Não há ninguém atrás dela na fila, então Cate escaneia o código de barras de cada item devagar e com calma, com os olhos na fila de táxis do lado de fora — os mesmos motoristas estão ali todos os dias, juntos na calçada, uma espécie de círculo social. Então o olhar dela passa pelos motoristas e segue em direção à entrada da estação de metrô, onde vê uma figura familiar entrando. Alto, magro, o domo macio de uma cabeça, uma bolsa do tipo carteiro pendurada em diagonal no corpo, um balanço pronunciado em cada passo.

Roan, diz baixinho.

Lá está seu marido. Em um momento secreto de sua vida. O sentimento é parecido com o de estar na escola das crianças. Cate pega o celular e liga para ele. Toca dez vezes e cai. Por algum motivo, ela o imagina tirando o celular do bolso, vendo o nome dela e o colocando de volta no lugar.

É meio-dia. Pelo que ela sabe, ele não atende nenhum paciente fora da clínica. Pode estar indo almoçar com alguém, talvez?

O fato de ser Dia dos Namorados passa rapidamente pela cabeça de Cate enquanto ela imagina Roan em um restaurante badalado no Soho, uma única rosa vermelha na mesa, um garçom servindo champanhe para a jovem bonita sentada diante dele.

Cate balança a cabeça para se livrar da imagem.

Ela não vai ser essa pessoa outra vez.

9

Roan chega em casa pouco antes das sete da noite. Cate o observa mexer nas correspondências na mesa da cozinha. Ele chega no envelope branco com o cartão dentro e ela nota: algo o abala, como um pequeno pulso elétrico. Ele se enrola com os dedos, vagamente, mas continua folheando, e então coloca as cartas de volta na mesa sem dizer nada.

— Ainda está a fim de sair para beber hoje?

— Com certeza — responde ela rápido. — Dei uma olhada na internet, mas só achei lugares que pediam reserva.

— Talvez seja melhor a gente ir para o centro direto e entrar no bar com menos cara de Dia dos Namorados que encontrarmos.

— Por mim, tudo bem. Lá pelas oito?

Roan faz que sim.

— Lá pelas oito está ótimo. Acho que vou sair para correr, então. Que horas o jantar fica pronto?

Cate olha para o forno onde as iscas de frango de Josh estão cozinhando. Ela não pensou em um jantar para Roan. Nem para ela.

— Não vamos comer fora?

— Pode ser, tudo bem. Não estou com muita fome, de qualquer maneira.

Ela abre a boca para dizer: "Ah, é porque você almoçou com alguém em algum lugar da cidade, por algum motivo." Mas não é assim que ela quer que a noite comece. Em vez disso, sorri e diz:

— Ótimo. Boa corrida.

Georgia aparece logo depois. Ela vai até o cesto de pães e pega um caro de centeio que Cate compra especialmente para ela. Georgia o coloca na torradeira e vai até a geladeira, abre a gaveta de legumes e verduras, remexe o interior dela por um instante e puxa um abacate fresco de lá. Corta-o na pia, tira o caroço com a ponta da faca, joga no lixo, amassa o abacate na mesma tigela em que sempre o amassa, coloca sal, passa a mistura em duas torradas grandes, senta-se à mesa com um copão de suco de maçã com manga e dá uma mordida.

Ela percebe que Cate a observa.

— Tudo bem, mãe?

Cate assente, saindo do devaneio.

— Sim, tudo bem.

Georgia pega o cartão de Dia dos Namorados do Banksy com a mão livre e o examina.

— Own — diz ela. — Fofo. Papai comprou um cartão pra você. Legal. O que significa?

— Significa… — Cate pega um papel-toalha do rolo e seca um pouco de suco que caiu na bancada. — Não sei. Acho que talvez ele ache que estou um pouco sensível depois do que aconteceu ano passado.

— Ah, quer dizer a sua *crise*?

— Sim. Nossa crise.

— Foi tão estranho — diz Georgia, com a boca cheia. — Tão, tão estranho. O que foi aquilo?

Eles nunca contaram aos filhos o que aconteceu. Nunca contaram como estiveram perto de se separar. Só disseram que estavam tendo uma pequena crise, completamente normal depois de tantos anos juntos, e que iam passar alguns dias separados e ver como se sentiam depois. E aí não houve um depois para valer. Roan voltou para casa. Eles foram esquiar. A vida continuou.

Cate balança a cabeça.

— Ainda não tenho certeza — responde. — Só uma daquelas coisas. Acontece com todos os casais, acho.

— Mas vocês estão bem agora? Você e o papai?

— Sim. Estamos bem agora. Vamos a um bar hoje, inclusive.

— Aaaah, posso ir também?

Cate ergue uma sobrancelha.

— Pra quê? — Ela ri.

— Gosto de bares.

— Você é tão estranha.

— O que tem de estranho em gostar de bares?

— Nada. — Cate sorri. — Nada. Recebeu algum cartão hoje?

— Mãe, que coisa de velho perguntar isso. Você deveria me perguntar se eu dei algum cartão a alguém. Não sou uma boba passiva, que fica sentada esperando que garotos façam coisas para me impressionar.

— Ótimo. Fico feliz em saber. Então, você deu algum cartão a alguém?

— De jeito nenhum! — responde Georgia. — Você já viu os garotos da minha escola? — Ela deixa o cartão na mesa. — Onde está o papai?

— Foi correr.

— Maluco.

Georgia e Cate têm a mesma opinião anticorrida. Nenhuma delas foi feita para correr. Elas se machucam muito fácil e têm a sensação de que o chão é muito duro enquanto correm. Também acham que Roan parece um pouquinho ridículo nas roupas de lycra.

Josh entra na cozinha com seu jeito cambaleante, meio perdido, como se estivesse procurando alguma coisa sem muita empolgação. Ele vai até Cate e a abraça. Ela sente o cheiro da escola nele e o desodorante de sempre. Então ele alcança o bolso de trás e puxa um envelope amassado.

— Feliz Dia dos Namorados.

Cate abre o envelope e encontra um cartão que Josh mesmo fez, usando cartolina preta e um coração vermelho de papel preso na frente por uma dobradiça. Dentro, diz: "Para a melhor mãe do mundo. Te amo demais."

Ele faz um cartão para ela todo Dia dos Namorados desde que era pequenininho. Ele é este tipo de garoto: ama a mãe mais do que qualquer coisa, a coloca em um pedestal. Por um lado, é maravilhoso. Por outro, Cate se preocupa de estar a apenas uma decisão ruim ou bronca de destruí-lo por completo.

— Obrigada, meu amor — diz, beijando a bochecha dele.

— De nada. O que tem para jantar?

Ela desliga o forno, pega as iscas de frango e coloca o cartão ao lado dos outros dois em cima da mesa. E, assim que faz isso, seu coração dá um pulo.

Georgia abriu o envelope branco endereçado a Roan, ela tirou o cartão e está prestes a abri-lo.

— Ai, meu Deus, Georgia! O que você está fazendo? — Cate arranca o cartão das mãos da filha.

— Caramba! Por que você está agindo assim? É só um cartão.

— Sim, mas é para o seu pai. Você não pode abrir a correspondência de outra pessoa.

— Você abre a minha!

— É, porque você é uma criança! E eu nunca abriria algo assim, que parece tão pessoal. — Cate pega o envelope, esperando colocar o cartão lá dentro de novo, mas, do jeito típico de Georgia, a filha rasgou o envelope no meio para abri-lo. — Merda, Georgia. Não acredito que fez isso. No que você estava pensando?

Georgia dá de ombros.

— Só queria ver quem está enviando cartões de Dia dos Namorados para o papai.

Cate enfia o cartão de qualquer jeito no fundo do envelope rasgado e o coloca na gaveta. Ela não consegue lidar com isso agora.

— Você não vai olhar? Ver de quem é?

— Não, não vou. Não é da minha conta.

— Como é que você pode dizer isso? Ele é seu marido. Cartões de Dia dos Namorados enviados por estranhos são literalmente cem por cento da sua conta.

— Deve ser só um dos pacientes dele — argumenta Cate.

— O que significa que não é da minha conta de jeito nenhum.

— Mas, se é um dos pacientes dele, como conseguiu o endereço daqui?

— Não faço ideia. Talvez estivesse escrito em algo no escritório dele. Não sei.

— Hum. — Georgia ergue as sobrancelhas de forma dramática, colocando um dedo no lábio. — Bem, então, bom Dia dos Namorados no bar para vocês — diz ironicamente. Ela leva o prato vazio para a pia, deixando-o cair lá com estrépito. — Alguma coisa boa de sobremesa?

Cate entrega a Georgia a caixa de caramelos cobertos de chocolate e então vira o rosto para a janela, onde o vê refletido, o rosto de uma mulher velha que se parece com ela, uma mulher cuja vida, ela tem certeza, está seguindo por um caminho sombrio e doentio, dirigindo-se a algum lugar em que ela não quer estar.

Seus dedos encontram a maçaneta da gaveta da cozinha, aquela onde o cartão misterioso de Roan está. Cate abre a gaveta, depois torna a fechá-la, com firmeza, e sai do cômodo.

Roan só volta bem depois das oito. Cate liga três vezes entre as oito e cinco e oito e quinze, mas ele não atende. Quando enfim aparece no corredor às oito e vinte, suado, quase com um aspecto doentio, ele vai direto para a suíte tomar um banho.

— Me dá cinco minutos — grita Roan para ela.

Cate suspira e pega o celular, gastando alguns segundos rolando o *feed* do Facebook. O cartão ainda está na gaveta. Ela ainda não o leu.

Às oito e quarenta, Roan enfim está pronto para ir.

Eles se despedem dos filhos, cada um em seu quarto fazendo o dever de casa, ou pelo menos fazendo algo no notebook que juram ser o dever de casa.

O ar está úmido e saturado conforme eles sobem a colina em direção ao centro, e Cate sente a pele suada. Ela pensa em segurar a mão de Roan, porém não consegue fazer isso. Hoje em dia, dar as mãos, assim como dormir de conchinha, instigar sexo ou beijar na boca, parece um reforço positivo, como as estrelinhas na escola, ações que precisam ser merecidas ou conquistadas de alguma forma. Segurar a mão de Roan agora seria sugerir que eles ainda são as mesmas pessoas que eram vinte, trinta anos atrás, que ela ainda sente por ele o que sentia na época, o que sentia em relação a eles, e Cate não pode negar tudo o que ocorreu desde então. Não pode fingir que nada daquilo aconteceu.

— E aí — diz ela —, corrida longa hoje?

— Bem, sim. Comi muito no almoço. Estava garantindo que teria apetite para jantar.

— Ah, o que você comeu no almoço?

— Um pratão de massa com um molho cremoso. Eu não estava esperando o molho cremoso, mas comi tudo assim mesmo.

— Na sua mesa?

— Não, não, fui ao centro da cidade.

O tom dele é leve. Não há sinal de que haja qualquer coisa estranha sobre o almoço dele no centro da cidade. Contudo, a voz de Cate ainda sai errada, um pouco aguda demais.

— Ah, e por que você foi lá?

— Encontrei com o Gerry. Sabe? Da universidade? Ele quer que eu dê uma matéria para o primeiro período ano que vem, sobre psicoses infantis. Três horas por semana. Cem por hora.

— Ah — diz Cate, a escuridão estranha começando a ir embora um pouquinho. — Que incrível! Você vai aceitar?

— Com certeza! São mil e duzentas libras a mais por mês. Dá para pagar por uma ou duas férias decentes. Dois sofás novos quando voltarmos para casa. Além disso, gosto muito do Gerry. E comi macarrão de graça. Então, sim. Não tem muito o que pensar, na verdade.

Roan olha para Cate e sorri, e é um sorriso muito, muito bom, sem qualquer edição ou segundas intenções. Ele teve um bom almoço com uma pessoa legal e agora tem um ótimo emprego que dará a eles férias bacanas e alguns sofás novos. Ela não consegue evitar retribuir o sorriso.

— Isso é maravilhoso — comenta Cate. — De verdade.

Ela quer perguntar por que ele não comentou sobre o almoço quando conversaram de manhã. Cate contaria ao marido se fosse almoçar com alguém para falar sobre um emprego. Mas ela afasta a reclamação e se agarra à sensação boa.

Eles chegam ao topo da colina e o centro de Hampstead se abre feito um sonho ou a locação de um filme, como sempre. Eles encontram um bar em um beco de paralelepípedos com lareira e com uns cachorros deitados no chão de madeira velho e retorcido, e, embora tenham dito que seria uma noite nada típica de Dia dos Namorados, Roan volta do bar com uma garrafa de champanhe e duas taças geladas. Eles brindam ao novo emprego dele, o rosto dos dois iluminado de vez em quando pela luz de uma chama tremulante, e a mão de Roan encontra a de Cate no assento entre eles, a envolve, e a sensação é boa.

E por um tempo Cate se esquece do cartão na gaveta em casa.

10

SAFFYRE

Eu tinha doze anos e meio quando conheci Roan Fours. Naquela época, estava me cortando havia mais de dois anos. Tinha começado o sétimo ano, e os garotos estavam se tornando um problema. Toda a atenção, os olhares, imaginar as coisas que eles estavam pensando, o que diziam sobre mim uns para os outros — eu tinha passado grande parte da minha infância andando com garotos, então sabia o que acontecia nos bastidores —, estava me cansando, me sentia usada, exaurida. Eu gostava da ideia de *terapia*, de estar numa sala silenciosa com um homem silencioso falando baixinho sobre mim por mais ou menos uma hora.

Estava imaginando um cara de cabelo rebelde usando óculos, talvez um casaco de tweed, até mesmo um monóculo. Não esperava um cara descolado com olhos superazuis, maçãs do rosto protuberantes e pernas longas como as de uma aranha em um jeans preto, que ele cruzava e descruzava, cruzava e descruzava até deixar a gente tonto. E mãos que se moviam feito pássaros exóticos estranhos e pálidos toda vez que ele descrevia alguma coisa. E tênis de corrida bonitos. Sabe, muito bons para um cara velho. E um cheiro de roupa limpa, meu cheiro favorito, mas também de árvores, grama, nuvens e luz do sol.

Obviamente não percebi tudo isso na primeira vez que o encontrei. Quando o vi pela primeira vez, eu ainda era criança e só pensei que ele parecia legal, de um jeito meio Doctor Who.

Roan olhou para um caderno por um longo tempo antes de olhar para mim.

— Saffyre — disse ele. — É um nome tremendamente incrível.

— É, obrigada. Minha mãe que escolheu — respondi. É total um nome que uma mãe de dezenove anos escolheria para um bebê, não é?

Aí Roan disse:

— Então, Saffyre, me conta sobre você.

— Tipo o quê?

Todo mundo sabe que não se deve fazer perguntas abertas para crianças. Elas são péssimas em responder.

— Tipo, me conta sobre o colégio. Como você está indo?

— Bem. Estou indo bem.

Lá vamos nós, pensei, um cara ticando caixinhas em uma lista, preenchendo formulários, indo para casa assistir à *Game of Thrones* e comer quinoa ou o que quer que seja com a esposa. Pensei: *isso não vai funcionar.*

Então Roan continuou:

— Me conta, Saffyre, qual foi a pior, pior coisa que já aconteceu com você?

Então eu soube que estávamos indo a algum lugar. Não sabia aonde ainda, só sabia que estava em um ponto na minha vida em que precisava que alguém me perguntasse qual era a pior coisa que já havia acontecido comigo, em vez de perguntar se as sobrancelhas da pessoa estavam bonitas ou se eu queria frango ou peixe para o jantar.

Não respondi logo de cara. Minha cabeça estava cheia. A coisa óbvia veio primeiro. A coisa que aconteceu quando eu tinha dez anos. Mas eu não queria contar aquilo para ele. Ainda não. Ele esperou, por mais de um minuto, até que eu respondesse. Então falei:

— Tudo.

— Tudo?

— É, tudo. Minha mãe morreu antes que eu pudesse conhecê-la. E minha avó também. Meu avô era pai solteiro criando três filhos e uma neta, depois ficou tão doente que meu tio teve que cuidar de todos nós quando tinha, tipo, a minha idade. Então ele não teve vida direito. Nunca. A gente tinha um periquito. Ele morreu. A vizinha que costumava arrumar o meu cabelo, Joyce, também morreu. Minha professora favorita no fundamental, a Srta. Raymond, teve câncer e morreu logo depois de se casar. Meu avô tem artrite e sente dor quase o tempo todo.

Parei de repente, prestes a descrever o maior de todos os acontecimentos ruins, o que tinha me levado até a porta de Roan. Eu encarei aqueles olhos superazuis, que lembravam os daqueles cachorros que se parecem com lobos. Eu queria que ele dissesse: "Tadinha. Não é à toa que você esteja se cortando todos esses anos."

Em vez disso, Roan perguntou:

— Agora me conta a melhor coisa que aconteceu com você.

Fiquei chocada, para ser sincera. Era como se tudo o que eu tinha acabado de dizer não significasse nada. Como se talvez ele nem estivesse ouvindo.

Por um momento, nem quis responder. Só fiquei sentada lá. Mas aí algo de repente veio à minha cabeça. Tinha uma garota no fundamental chamada Lexie. Ela era muito popular, muito gentil, todos os professores e todas as crianças a amavam. Ela morava em uma casa bonita que ficava em uma rua bonita e tinha lustres de cristal e sofás de veludo, e sempre convidava a turma toda para as festas de aniversário, até eu, que não era amiga dela de verdade. Em um ano, o tema da festa foi animais. Veio um homem de cabelo branco com uma van cheia de caixas e gaiolas, e em cada uma delas estava um animal diferente, e a gente podia tocar neles. Ele trouxe uma chinchila, uma cobra, alguns insetos pegajosos, um rato-do-campo, um furão, alguns pássaros, uma tarântula. Trouxe também uma coruja. Era macho, e o nome dele era Harry.

O homem de cabelo branco olhou para as crianças, me viu e disse:

— E você? Você quer segurar o Harry?

Ele me levou para a frente e me deu uma grande luva de couro para usar. Então colocou Harry, a coruja, no meu braço esticado, e fiquei parada lá. Harry virou a cabeçona e olhou para mim, eu olhei para ele, e meu coração explodiu com algo quente, macio, profundo e reconfortante. Era como se eu o amasse, como se eu amasse aquela coruja. O que era burrice porque eu não o conhecia e ele era uma coruja.

Então olhei para Roan Fours e respondi:

— A vez em que segurei uma coruja no aniversário da Lexie quando eu tinha nove anos.

— Eu adoro corujas — comentou ele. — São criaturas extraordinárias.

Eu assenti.

— Como foi quando você segurou a coruja? — perguntou Roan.

— Eu senti que amava ela — respondi.

Ele anotou alguma coisa.

— Quem mais você ama?

Pensei, hum, a gente não estava falando de corujas? E então respondi:

— Amo meu avô. Amo meus tios. Amo minhas sobrinhas.

— Amigos?

— Não amo meus amigos.

— Como é o amor?

— É tipo... é tipo uma necessidade.

— Tipo uma necessidade?

— É, tipo, você ama alguém porque ele te dá o que você precisa.

— E se ele parar de te dar o que você precisa?

— Aí não é amor. É outra coisa.

— E a coruja?

Parei.

— O quê?

— A coruja. Você disse que sentiu como se a amasse.

— Sim.

— No entanto, você não precisava da coruja.

— Não. Eu só amava ela.

— Era o mesmo amor que você sente pelo seu avô?

— Não — respondi. — Era... puro. — Percebi que aquilo tinha saído errado e me corrigi. — Não que tenha algo não puro na forma como eu amo meu avô. Mas me preocupo com ele. Tenho medo de que ele morra. Tenho medo de que ele não consiga me dar o que preciso. E isso me faz mal. Não fiquei mal com a coruja. Só me senti bem.

— Você acha que os dois tipos de amor são iguais?

— Sim. — Assenti. — Acho, sim.

Roan parou, levantou a cabeça e sorriu para mim. Eu não estava esperando que ele sorrisse. Pensei que estava no contrato dele não sorrir durante a terapia. Mas ele sorriu. E talvez fosse porque nós estávamos falando do assunto, só que tive aquela sensação de novo, a sensação suave e macia da coruja.

Então, sim, talvez eu já precisasse de Roan Fours, mesmo antes de saber.

A primeira vez que vi Roan fora da terapia no Portman foi mais ou menos um ano depois que começamos o tratamento. Eu estava indo para casa a pé depois da aula, e ele estava saindo de um compromisso na escola em frente ao meu prédio, onde um dos seus pacientes estudava. Estava todo intelectual, carregando uma maleta e vestindo uma camisa azul, e conversava com outro homem, também todo intelectual e de maleta. Então eles se separaram, e Roan se virou para atravessar a rua e me viu olhando para ele.

Pensei que ele ia só acenar e continuar andando. Mas não. Ele atravessou e foi até mim.

— Ei, oi — disse ele.

Estava com as mãos nos bolsos e meio que se balançou nos calcanhares. Por algum motivo, aquilo o fazia parecer com um professor, e eu tive aquela sensação de *ecaaa* de quando vemos professores fora do colégio, como se eles estivessem pelados ou algo assim. Mas, ao mesmo tempo, gostei de vê-lo.

— Oi — respondi.

E me perguntei como eu devia estar parecendo para ele. Eu estava de cílios postiços — era início de 2016, todo mundo usava cílios postiços. Não achava que estava ridícula, mas provavelmente estava.

— Está saindo do colégio? — perguntou Roan.

— Sim. Estou indo para casa.

Ao falar isso, olhei para o prédio, para o oitavo andar. Sempre reconhecia meu andar por causa da cortina feia com listras verdes e vermelhas na janela do apartamento trinta e cinco, ao lado do nosso. Chamava a atenção.

— Você mora lá em cima?

— Sim — respondi. — Lá em cima.

— Aposto que tem uma vista legal.

Dei de ombros. Eu facilmente trocaria a vista por uma casa com mais cômodos.

— Então, nossa próxima sessão...?

— Quarta — completei.

— Cinco e meia da tarde?

— É.

— Te vejo lá então.

— É. Te vejo lá.

Segui para a entrada do prédio. Virei enquanto abria o portão, por algum motivo esperava que Roan ainda estivesse lá, me observando. Mas ele não estava. Tinha ido embora.

Roan e a família se mudaram para uma casa perto do Portman em janeiro do ano passado. Como eu sei disso? Porque os vi, literalmente no dia em que se mudaram. Estava indo até o centro, subindo a colina por aquelas ruas enormes, com casas enormes, carros de luxo e portões eletrônicos.

E lá estava uma van parada em fila dupla, com o pisca-alerta ligado e alguns caras descarregando caixas, luminárias, cadeiras e não sei mais o quê. A porta da casa estava escancarada. Eu sempre gosto de olhar por portas abertas, então acabei vendo uma mulher magra, de jeans, suéter rosa e tênis de corrida. Tinha o

63

cabelo loiro, bonito, na altura dos ombros. Ela e um adolescente estavam carregando coisas por uma porta no final do corredor, e aí um homem apareceu vindo no sentido contrário, e era ele. Roan. Estava usando moletom e jeans. Ele foi até a traseira da van e estava dizendo algo para os caras lá dentro. Quase fui embora, só que de repente senti a urgência de mostrar a ele que o tinha visto. Eu estava prestes a atravessar a rua para dizer oi quando a mulher de suéter rosa apareceu. Na época, eu não sabia que era a esposa dele, mas imaginei que fosse. Eles trocaram algumas palavras e desapareceram dentro da van. Prendi a respiração e fui embora.

Contudo, antes de ir, decorei o número da casa deles: dezessete.

Nunca contei a Roan que o vi fazendo a mudança para a casa nova. Não falamos de coisas assim. Eu nunca nem tinha pensado sobre onde ele morava ou como era a vida dele fora da nossa sala no Portman. Quando tivemos nossa sessão seguinte, mais ou menos quatro dias depois que o vi se mudar para a casa, fomos direto ao assunto, como sempre. Ele não me disse que tinha se mudado, e eu não contei a ele que sabia.

Então, umas duas semanas depois, Roan disse que achava que estávamos prontos para começar a pensar em parar com a terapia. Ele falou como se eu devesse ficar feliz, como se eu fosse mesmo gostar de ter alta da terapia, tipo como se faz com o colégio ou com aulas de natação ou algo assim. Ele disse que achava que mais duas ou três sessões deveriam "nos levar aonde precisamos".

É estranho, entende, porque não sou burra, mas fui burra o bastante para achar que a terapia continuaria até eu estar pronta para parar. Ou talvez, sabe, não terminasse nunca.

— Como você sabe? — perguntei. — Como você sabe onde precisamos estar?

Roan sorriu, aquele sorriso estranho e preguiçoso dele, como se não se importasse, mas aí pensasse: ah, foda-se.

— É o meu trabalho, Saffyre.

— Sim, mas eu não posso dar minha opinião?

— Claro que pode. Claro. Qual é a sua opinião?

Precisei refletir sobre a minha resposta, porque não sabia exatamente o que eu queria. Basicamente, eu queria os pontos semanais que eram aquela hora na sala do Roan: a familiaridade do teto suspenso com as três lâmpadas halógenas — uma amarela enjoativa, duas brancas brilhantes —; a janela de vidro duplo com a vista de um galho quebrado em uma árvore que balançava para a frente e para trás nas noites de inverno, quando o vento soprava, cortando as sombras através do brilho esbranquiçado de um poste por ali; as duas poltronas vermelhas com o tecido áspero; a mesa baixa de madeira com os lenços de papel e o abajur branco; o tapete marrom com a mancha branca craquelada perto do pé da poltrona; os sons abafados de pessoas passando em frente à porta. Queria continuar vendo os pés de Roan toda semana, com sapatos de couro com cadarços, com tênis brancos de corrida, com sandálias feias de tiras de velcro, com botas de neve. Queria ouvir sua voz baixa e comedida me fazendo perguntas, seus pigarros leves enquanto ele esperava que eu respondesse. E então, depois da sessão, eu queria passar pela escola de teatro, pelo metrô, pela feirinha, pelo teatro, sentir a mudança das estações nas texturas sob meus pés — as folhas molhadas e escorregadias, a calçada quente, a neve pegajosa, as poças sujas, o que fosse —, todos os meses e mais meses e agora anos e mais anos de Roan Fours, como isso poderia acabar? Era como dizer que o dia e a noite não existiriam mais, que não haveria mais vinte e quatro horas em um dia. Era fundamental desse jeito.

Por fim, respondi:

— Minha opinião é que eu não acho que estou pronta.

— Em que sentido você diria que não está pronta?

Dei de ombros. Falei alguma besteira sobre ainda estar pensando em me cortar, sendo que eu não pensava em me cortar havia mais de um ano.

Ele me lançou um olhar, sabendo que eu estava mentindo.

— Bem — disse Roan. — Ainda temos mais duas ou três semanas. Vou começar o processo. Podemos sempre voltar atrás se sentirmos que é necessário. No entanto, eu realmente acredito que você não vai achar que precisamos. Você é incrível, Saffyre. O trabalho que a gente fez foi incrível. Você deveria ficar contente.

Eu ainda não tinha contado a ele sobre as coisas ruins que aconteceram comigo quando eu estava no quarto ano. Queria contar, para calar a boca dele. Queria dizer *alguém fez algo insuportável comigo quando eu tinha dez anos e você está falando comigo sem parar há três anos e ainda não sabe disso, então como é que pode dizer que eu deveria ficar contente?* Eu queria dizer *você é um psicólogo de merda.* Queria dizer muitas coisas. Mas não disse. Só fui embora.

Roan Fours me deu alta três semanas depois.

Ele tentou fazer daquele momento algo grande e feliz.

Fingi que estava tudo bem.

Mas não estava tudo bem.

Estava longe de estar tudo bem.

11

Eu mencionei que sou uma assassina treinada? Uma guerreira ninja?

Bem, na verdade, não sou. Mas sou faixa preta em taekwondo. Tem uma escola de artes marciais em frente à minha casa, no centro esportivo. É o que é conhecido como dojo, e vou lá desde que eu tinha seis anos. Então seria normal pensar que eu conseguiria me defender de um mão-boba fracote e doentio do quinto ano. Mas não, eu fui patética, deixei acontecer, e aí me puni por anos depois disso enquanto Harrison John seguiu sem olhar para trás.

Ele teria dito que eu gostei, já que fui tão passiva. Mas não gostei, não.

Na aula de taekwondo, toda semana eu chuto, e grunho, e suo, fingindo que cada golpe é na cabeça de Harrison. Imagino as paredes salpicadas com o sangue dele, pedacinhos de seu cérebro de ervilha, fragmentos de seu crânio.

Porém no colégio, quando eu era criança, simplesmente deixei que acontecesse.

Deixei que acontecesse três vezes.

Ainda vou ao taekwondo uma vez por semana; agora é só um hábito, porém minhas habilidades têm sido muito úteis nos últimos meses. Não sou uma mulher pequena, tenho um metro e setenta, e, quando meu cabelo está solto, pareço ainda maior. Ocupo espaço. As pessoas me veem. Mas consigo ser sorrateira. Posso andar por aí como uma sombra se necessário. Coloco meu capuz, deixo a cabeça baixa, ergo o olhar. Aposto que, se quisesse, eu poderia passar pelo meu próprio tio na rua e ele não me veria.

A primeira semana sem sessão com o Roan foi normal. Antes, se eu estivesse doente ou se ele estivesse viajando ou qualquer coisa assim, não tínhamos sessão. Foi na terceira semana que de repente senti um frio no estômago, como água congelada. Imaginei Roan sentado na nossa sala, na poltrona áspera, atendendo outra criança, alguma criança com problemas irritantes, e ele fingiria estar interessado neles como estava nos meus.

Eu estava voltando para casa do colégio uma tarde. Era mais ou menos cinco e vinte, e lembrei que era o momento exato em que normalmente estaria a caminho do Portman para minha sessão com Roan.

De repente, me vi dobrando à direita em vez de à esquerda, seguindo por aquelas ruas familiares em direção ao Centro Portman. O sol estava se pondo, e eu usava um casaco preto acolchoado grande por cima do uniforme, calça preta, sapato preto, cabelo puxado para trás, capuz. Eu me esgueirei por entre as árvores na área do estacionamento até a frente e espiei pela janela.

Sabe quanto tempo fiquei lá?

Quase uma hora.

Era março e estava frio. Muito, muito frio.

De vez em quando, eu via nuances de movimento, depois vi as luzes se acenderem em todas as salas e percebi que era noite.

Meus dentes estavam batendo, mas senti que, como já estava lá havia tanto tempo, não podia ir embora, não antes de vê-lo. Roan finalmente apareceu vinte minutos depois. Estava usando um grande casaco preto com capuz. Dava para ver sua respiração mesmo de longe, uma nuvem amarela à luz do poste. Ele sorriu e, por um momento, pensei que tivesse me visto, mas não, estava sorrindo para outra pessoa, uma garota que vinha atrás dele. Ela parecia ter dezoito, dezenove anos. Roan abriu a porta para ela, que acendeu um cigarro, e os dois o fumaram juntos. Pensei: ninguém divide um cigarro a não ser que conheça a pessoa muito bem. Também pensei que nunca tinha visto Roan fumar, nem uma vez em todos os anos em que fui paciente dele.

Depois de terminarem de fumar, entraram no prédio. Roan segurou a porta aberta para ela de novo e pareceu pressionar seu corpo contra o dela enquanto a seguia. Eu a vi se virar e sorrir para ele.

Eu tinha ido até o Portman para saciar um estranho desejo pela familiaridade de Roan, mas acabei o vendo como outra pessoa, alguém que fumava e ficava perto demais de mulheres jovens.

Eu não estava saciada. Na verdade, meu apetite por vê-lo aumentou. Fiquei ali fora por mais meia hora, até o estacionamento começar a esvaziar, a porta da frente abrindo e fechando constantemente enquanto os funcionários iam para casa, se despedindo de um jeito animado, falando de tomar alguma coisa, comentando sobre o dia frio. Reconheci algumas pessoas, as secretárias, recepcionistas, enfermeiras com as quais precisei lidar durante os anos. E Roan reapareceu. Estava com a garota de novo. Voltou a segurar a porta aberta para ela, todo cavalheiresco, e ela passou por baixo do braço esticado dele, como em um passo de dança, sorrindo para ele enquanto fazia isso. Tirei uma foto. Pode me chamar de esquisita, mas parecia algo que eu precisaria estudar no meu próprio ritmo na privacidade do meu quarto. Precisava analisar a linguagem corporal e o sorriso de Roan e descobrir o que estava acontecendo, o que eu tinha visto.

Eu meio que esperava que eles fossem a outro lugar juntos, só que não foram. Eles deram uma espécie de abracinho, só os ombros e as bochechas se tocando, depois a garota colocou a bolsa no ombro e foi embora, na direção da estação de metrô. Roan parou por um momento, pegou o celular e mexeu um pouco. Vi o rosto dele se iluminar com a luz da tela; parecia velho. Então ergueu o rosto e suavizou a expressão, guardou o celular, se virou e alcançou a garota. Eles estavam perto o bastante para que eu o ouvisse.

— Anna, espera — pediu ele.

Ela parou, e pude ver o brilho dos vários brincos na orelha dela.

— Tenho meia hora — declarou Roan. — Se você não estiver com pressa, podemos tomar aquele café? Ou algo mais forte?

Ele parecia nervoso, meio idiota.

Apesar disso, a garota sorriu e fez que sim.

— Claro, sim. Não estou com pressa.

— Ótimo — disse Roan. — Que tal aquele lugar que acabou de abrir, do outro lado do metrô?

— Boa — disse Anna.

Eles começaram a andar, os passos ecoando contra o asfalto na escuridão fria, e então desapareceram na rua, e eu ainda lá, congelada, invisível entre as árvores.

12

OWEN

Pela janela de vidro da recepção do escritório do diretor, no terceiro andar, Owen observa os flocos de neve caírem preguiçosamente de um céu cinzento de janeiro. Ele odeia a neve de Londres, a forma como ela promete tanto e não entrega nada além de calçadas traiçoeiras, trens atrasados e caos.

Owen dá aula de ciência da computação para adolescentes de dezesseis a dezoito anos no Ealing Tertiary College. Faz oito anos que é professor lá. Agora, porém, não está dando aula. Está esperando para ser chamado à sala do diretor, por algum motivo desconhecido, mas que parece estranho. O estômago dele se revira desagradavelmente diante da ideia do encontro.

Finalmente, a secretária do diretor o chama.

— Jed já pode te receber — diz ela, tirando o telefone da orelha.

No escritório de Jed, Owen fica surpreso ao ver Holly McKinley, a chefe do departamento de recursos humanos. E Clarice Dewer, a orientadora educacional. O clima está pesado. Clarice não olha para Owen quando ele entra, e ele sempre pensou em Clarice como uma amiga ou, pelo menos, alguém que às vezes fala com ele.

Holly se levanta.

— Obrigada por vir, Owen.

Ela estende a mão e Owen a aperta, consciente de que as dele estão suadas e resistindo ao desejo de se desculpar.

— Por favor, sente-se. — Jed indica a cadeira vazia diante deles.

Owen se senta. Olha para os próprios sapatos. São novíssimos, e, desde que os comprou, este é o primeiro dia que não estão machucando os pés dele. Não fazem seu estilo, são de couro marrom, um pouquinho pontudos, meio que na moda. Ele fica esperando que alguém os note, que diga *sapatos legais*, mas até agora nada. Owen olha para os outros na sala e se pergunta por que está ali.

— Infelizmente — começa Clarice —, tivemos uma reclamação. Bem, na verdade tivemos duas reclamações. Ambas sobre o mesmo incidente.

Owen estreita um pouco os olhos. Seu cérebro repassa tudo o que aconteceu no trabalho nos últimos meses, procurando algo que possa ser descrito como um incidente, porém não se lembra de nada.

Clarice olha para a papelada dela.

— Em 14 de dezembro do ano passado, na festa de Natal...?

Owen torna a estreitar os olhos. A festa de Natal. Ele não queria ter ido. Não tinha ido nos dois anos anteriores. Era um funcionário em uma festa de estudantes, então havia uma linha tênue entre observar tudo de longe e participar de forma entusiasmada demais, e, se ele ultrapassasse essa linha, não seria nem um pouco divertido. No entanto, ele havia cedido à pressão de duas garotas de sua turma do segundo ano, Monique e Maisy.

— Por favor, professor — disseram elas (elas insistiam em chamá-lo de professor, embora todos os outros alunos o chamassem de Owen). — Queremos ver seus passos.

72

Não havia nada de novo nessa forma reversa de assédio sexual. Acontecia o tempo todo: como Owen era tímido e não gostava de revelar muito sobre sua vida pessoal, como tinha tendência à falta de jeito e uma necessidade de definir muito bem os limites entre sua persona profissional e pessoal, alguns alunos brincavam de tentar arranjar brechas nesse seu jeito. Geralmente garotas, geralmente usando a sexualidade para isso.

Mas elas o venceram pelo cansaço, Monique e Maisy — *não seja tão sem graça, professor, a vida é muito curta* —, e por fim ele cedeu.

Owen ficou até o fim no evento. Tomou shots. Dançou. Suou — *eca, professor, você está suando muito!* —, pegou o metrô tarde, sentindo uma mistura de triunfo e vergonha, e acordou na manhã seguinte com a cabeça pesada como uma toalha molhada. Porém, pensando bem, ele se divertira. Tinha sido uma noite digna das consequências.

— Duas alunas alegam que você fez… — Clarice consulta a papelada de novo — … comentários inapropriados sobre as preferências sexuais delas.

Owen se balança um pouquinho na cadeira.

— Eu fiz…?

Clarice interrompe.

— Que você descreveu suas próprias preferências sexuais em detalhes excessivos. Que você as tocou de forma inapropriada.

— Eu…

— No ombro e no cabelo. Segundo consta, você também passou suor da sua testa e do seu cabelo no rosto das garotas de propósito.

— Não! Eu…

— Não foi só isso, Owen. Também houve uma sugestão geral de um certo jeito de falar com mulheres nas aulas, um *tom desdenhoso*.

As mãos de Owen estão fechadas em punho no colo. Ele encara Clarice.

— Não — diz ele. — De jeito nenhum. Falo do mesmo jeito com todos os meus alunos. Com certeza. E, quanto ao suor, foi um acidente! Eu estava dançando, girei, e um pouco de suor voou da minha cabeça! Não foi de propósito, de forma alguma! E essas garotas, sei exatamente de quem você está falando, estão me perseguindo, me provocando há meses.

— Infelizmente, Owen, vamos ter que investigar isso. No momento, é a sua palavra contra a delas. As garotas em questão dizem que há outras pessoas dispostas a testemunhar a respeito do seu machismo em sala de aula. E do seu comportamento na festa de Natal.

Owen sente uma fúria crescendo dentro de si. Quer arrancar aquilo da cabeça com as próprias mãos e arremessar naquele conselho disciplinar, principalmente em Clarice, que o encara com uma mistura antagônica de pena e constrangimento.

— Não *teve* nenhum "comportamento" na festa de Natal. Eu *não* faço isso. Sou totalmente profissional o tempo todo e em qualquer situação. Dentro e fora da sala de aula.

— Bem, Owen, sinto muito, mas vamos fazer uma investigação e, para isso, sinto dizer que teremos que afastá-lo da sua função.

— O quê?!

— Não podemos conduzir uma investigação justa enquanto você ainda estiver em sala de aula com as denunciantes. É o protocolo. Sinto muito, muito mesmo.

Isso vem de Jed, que, em sua defesa, pelo menos parece sentir muito, muito mesmo. Principalmente porque, suspeita Owen, ele agora terá que refazer toda a escala de trabalho para garantir que as turmas estejam cobertas, já que Ellie Brewer, colega de Owen na equipe, está para sair de licença-maternidade, tornando tudo bem complicado.

— Então, o quê… quer dizer, por quanto tempo?

— Vamos começar com duas semanas e mantemos o contato. Mas duvido que dure mais de um mês. Imaginando, lógico, que o resultado seja favorável para você.

— E então, eu só…?

— Sim, pegue o que precisar da sua sala e Holly estará esperando você na entrada para se despedir.

Owen fecha os olhos e os reabre devagar. Ele será escoltado para fora. Porém, não fez nada de errado. Quer pegar a cadeira em que está sentado e jogá-la na janela atrás da cabeça de Jed, observá-la fazer um buraco no vidro, ver os estilhaços brilhando na neve caída no estacionamento lá embaixo. Quer entrar na sala 6D, onde sabe que Monique e Maisy estão, no meio de uma aula, parar diante das duas, com tudo o que seu um metro e setenta e cinco permite, e gritar na cara delas. Em vez disso, Owen se levanta devagar, com toda a raiva presa no estômago, e sai da sala.

Quando ele sai da estação de metrô na Finchley Road uma hora depois, já parou de nevar. A mochila pesa em suas costas, agora cheia do conteúdo da mesa dele, incluindo sua luminária de lava. Ele deveria ter deixado lá, afinal, vai voltar em duas semanas, entretanto algo o fez pegá-la, uma vozinha que dizia: *e se elas estiverem certas?*

Há uma colina pequena e muito íngreme partindo da Finchley Road até a rua dele. No topo, duas escolas particulares. No começo da subida, ele percebe que são três e meia, a hora em que termina o turno da escola. Por isso, a colina está lotada de crianças, mães seguindo logo atrás carregando mochilas pequenas e garrafas de água coloridas. Apesar de a neve no chão ter se transformado em lama, ainda há camadas grossas no capô dos carros, e as crianças enchem as mãos para atirá-la umas nas outras. Elas correm de um lado para outro, atravessando o caminho de Owen sem sequer notar. Ele se desequilibra e se apoia em uma parede para se manter de pé. As mães ignoram. Owen as odeia, essas mães de crianças em idade escolar, com suas leggings esquisitas e cabelo armado, seus casacos grossos de inverno com capuz de pelo de coelho, seus bronzeados desbotados de férias, seus tênis de corrida novos. Ele se pergunta *no que* mulheres assim pensam quando estão sozinhas e as crianças já estão dormindo, enquanto seguram suas taças gigantescas de vinho. O que elas são quando não estão na academia ou pegando as crianças na escola? Onde elas se encontram na escala da humanidade? Ele não consegue imaginar. Mas todas as mulheres são um eterno mistério para ele, até mesmo as que não têm filhos.

Owen mora em um apartamento cavernoso no primeiro andar de um prédio grande situado em uma das ruas mais chiques de Hampstead. Na frente do prédio, há uma entrada de garagem bagunçada e inutilizada, exceto para guardar lixeiras e coisas que os outros moradores do edifício não querem. Faz quase um ano que uma poltrona está largada no gramado na frente do prédio. Ninguém reclama porque ninguém liga de verdade, é uma construção cheia de reclusos e gente velha.

A dona do apartamento é a tia dele, Tessie. É o maior dali, com o pé-direito mais alto, as janelas maiores, as portas sólidas com basculantes em cima que os outros andares do prédio não têm. O quarto de Owen fica no canto esquerdo dos fundos do apartamento, com uma janela com vista para um jardim desmazelado pelo qual ninguém se responsabiliza e um terreno baldio atrás de um muro onde antes ficava uma casa enorme. O edifício é uma aberração na rua de prédios novos e reluzentes e residências brilhantes com portões de segurança. O proprietário é um escocês misterioso conhecido apenas como Sr. G, que parece ter lavado as mãos de sua responsabilidade pela manutenção de tudo. Tessie até mandou um e-mail para ele, porém não teve resposta.

No momento, Tessie está viajando. Ela tem uma casa na Toscana tão precária quanto seu apartamento em Londres, e fica lá por longos períodos. Quando está fora, tranca todas as portas do apartamento, exceto a do banheiro e a da cozinha. Ela diz que é para proteger as coisas de ladrões, mas Owen sabe que é porque acha que ele vai mexer nas coisas dela. Até quando está ali, Tessie tranca as portas ao passar, e Owen nunca, nem mesmo em ocasiões especiais, foi além da porta da sala de estar elegante e de pé-direito alto.

Owen entra no apartamento e sente o aroma familiar e leve do amaciante barato que Tessie usa — um pouco como o de um banheiro —, o cheiro de mofo das almofadas velhas e das cortinas empoeiradas, a fumaça doce das cinzas na lareira.

Já está começando a escurecer, é a época mais sombria do ano, e Owen acende as luzes, apertando os interruptores amarelados que chiam de forma alarmante sob a ponta do dedo dele. Lâmpadas sujas emitem uma luz triste e pálida, e está fazendo um frio congelante. O quarto de Owen tem um aquecedor elétrico, mas Tessie não liga o aquecimento central quando não está lá e, mesmo quando está, é raro fazer isso, então ele também tem um aquecedor portátil escondido atrás do guarda-roupa, do qual Tessie o faria se livrar se descobrisse, convencida de que encareceria a conta de luz.

Owen larga a mochila na cama e se joga com tudo em uma pequena poltrona floral. Em seguida, liga o aquecedor portátil. Por causa da altura do teto, demora um tempo para que o quarto seja aquecido, porém, quando aquece, Owen tira os sapatos novos com um chute, de forma que desaparecem debaixo da cama. Ele não quer nem ver esses sapatos de novo, quanto mais usá-los. Por algum motivo inexplicável, sente que os sapatos são culpados pelos acontecimentos da tarde. Eles o tornaram alguém que Owen não é: um homem capaz de fazer comentários sexuais inapropriados para suas alunas, um homem que precisa ser escoltado para fora do perímetro.

Ele tira o suéter e passa as mãos pelo cabelo cheio de estática. O cabelo dele é fino. Tenta usá-lo de lado, mas o cabelo sempre insiste em ficar partido no meio, como se ele deliberadamente tivesse escolhido usá-lo assim, que nem o cara alto de *The Office*. Não que Owen se pareça com o cara de *The Office*. Owen é bem mais bonito que ele. Ninguém nunca disse que ele é bonito, mas ninguém também nunca disse que é feio.

Pela janela, Owen vê outra rajada de neve encher o céu cor de alcatrão, cada floco brevemente iluminado de um lado pela luz da rua. Ele começa a se preocupar com a neve, com a dificuldade para descer a colina até a estação de metrô na manhã seguinte, apoiando-se em carros e paredes para não cair. E aí se lembra. Houve um "incidente". Ele está suspenso. Agora, os pertences de sua sala estão na mochila em cima da cama. Ele não tem para onde ir amanhã. Há comida na geladeira — o suficiente para dois dias. A neve pode cair e se acumular, ele não tem motivo para se importar.

78

13

Mais tarde naquela noite, Owen abre o notebook e digita "acusações falsas de assédio sexual". Está procurando algum conselho, mas em vez disso se vê lendo uma matéria do *The Guardian* sobre o impacto de vários homens sendo falsamente acusados de estupro. As acusações contra ele são leves em comparação ao que esses homens enfrentaram. As histórias o chocam, a princípio, mas depois o choque se torna uma espécie de resignação entorpecida, uma sensação de que ele sempre soube disso em relação às mulheres. É óbvio. Mulheres mentem. Mulheres odeiam homens e querem feri-los. Há maneira mais fácil de ferir um homem do que acusá-lo de estupro?

Owen fecha os olhos e aperta o alto do nariz. Sente a raiva reprimida de sua reunião mais cedo começar a subir pelo corpo. Ele pensa em Monique e Maisy: elas nem são bonitas, no entanto agem como se Owen devesse estar grato pela atenção que dão a ele. Na verdade, Maisy é gorda (embora sem dúvida se ache uma mulher, como dizem hoje em dia, "curvilínea". Pelo que Owen sabe, uma curva só existe onde um corpo se afunila, não quando ele tem coisas pulando para fora).

Em seguida, ele pensa sobre as noites anteriores, sobre aquela garota idiota que saiu da estação ao mesmo tempo que ele, que cruzou a Finchley Road no mesmo momento, que virou a mesma rua e então, só porque ele *ousara* ser seu vizinho, agiu como se Owen estivesse prestes a atacá-la. Ele viu a garota pegar o celular e ligar para alguém, a voz dela arfando, as espiadas para trás a cada dois minutos. Ela tinha achado mesmo que ele a estava seguindo. Como se ele tivesse qualquer interesse nela. Era só uma criança. Owen não tem interesse em crianças. Owen gosta de mulheres de verdade, mulheres maduras que cresceram na mesma época que ele, que têm bons empregos e usam roupas de qualidade e não se vestem como mendigas, igual às adolescentes de hoje.

A mãe da garota estava esperando por ela na porta, com o rosto todo contorcido de preocupação enquanto a apressava para dentro, sã e salva.

Aqui não entra nenhum tarado, querida.

Owen sente as unhas se fincarem na palma da mão e afrouxa o aperto. Ele encara as meias-luas vermelhas que ficam e as esfrega com o dedão, distraidamente. Então volta a atenção para a tela e rola até o final da matéria para ver a seção de comentários. Owen ama comentários, o lar dos *trolls*, ama ver como algumas pessoas fazem qualquer coisa para chamar a atenção e a onda de endorfina que vem com ela. Ele mesmo faz isso vez ou outra. Na hora, parece um esporte, embora ele sinta um remorso patético depois. Qual foi a contribuição dele para o grande e vibrante caldo da humanidade? Absolutamente nada.

Há alguns homens raivosos na seção de comentários da matéria, mas um em particular chama a atenção de Owen. O nome de usuário é ProblemaSeu, e ele parece articulado e bem-informado. Ele passou pela mesma situação e diz:

Minha colega, que, devo dizer, não era bonita, decidiu que minhas tentativas de dar conselhos sobre a vida amorosa dela (e, vou dizer, essa mulher só falava da vida amorosa. Eu ficava trancado em uma sala pequena com ela e outra mulher, e as duas literalmente falavam sobre homens *o dia inteiro*) eram na verdade investidas sexuais. E não, é lógico que ela não disse isso na minha cara. Lógico que não, porque isso seria civilizado e humano. Não. Ela foi direto ao pessoal do RH. Eles ofereceram pagar pela terapia dela. Para mim, não ofereceram nada além de olhares tortos e suposições de culpa. Nunca provaram nada e eu mantive meu emprego, mas essa mulher pediu para ser transferida para outro setor da empresa, enquanto a colega dela trocou de sala com alguém e foi substituída por um homem. Um cara de barba que me olha com desdém. Ele coloca leite de soja no café e se refere a homossexuais como LGBTABCDXYZ, ou seja lá que porra. Ele obviamente foi radicalizado por alguma feminazi violenta. A questão é que eu realmente acredito nos direitos das mulheres. Acredito que mulheres devam ganhar o mesmo que homens (desde que trabalhem tanto quanto eles). Acredito que devam receber licença para dar à luz e voltar para o trabalho (desde que não fiquem tirando folga o tempo todo para ir ver a pequena Sally na escolinha, deixando todos os colegas na merda). Acredito que elas devam ser livres para sair à noite, se embebedar e usar saias curtas sem serem estupradas. Então, sim, também sou feminista. Mas, além disso, sou realista. A balança pesou demais para um lado só, na minha opinião. É hora de equilibrar as coisas. Não é de se admirar que homens queiram ser mulheres hoje em dia. Que garoto adolescente, ao ver o que o futuro lhe reserva, não iria preferir ser mulher, que tem todos os direitos e toda a proteção? Quem está protegendo os homens? Ninguém. Ninguém dá a mínima para nós. Está na hora, gente, está na hora...

O comentário de ProblemaSeu termina ali, com um ar de suspense. *Hora de quê?*, Owen se pergunta. Hora de quê?

Ele vai até a cozinha fazer uma xícara de chá. Fica ali com as costas contra a bancada enquanto espera a água do bule ferver. De meia, sente o frio do chão de ladrilho. Há uma cortina enorme de teia de aranha pendurada no topo da janela da cozinha. Tessie tinha uma diarista, mas ela morreu faz três anos e nunca foi substituída. Owen faz o que pode, só que isso não inclui subir em escadas com um espanador.

Ele pensa no comentário de ProblemaSeu enquanto espera. Sente-se estranhamente energizado por ele. Sente uma conexão com o autor: um homem de idade próxima à dele morando em algum lugar chique no sul, lidando com as consequências de ser errônea e injustamente acusado de conduta sexual inapropriada por uma mulher maldosa. O bule apita e Owen faz o chá. Ele abre o armário e pega um pacote dos biscoitos especiais italianos de Tessie. Ela ficará fora por mais uma semana — até lá, vão estar murchos. Ela provavelmente vai reclamar, mas ele não liga.

Tem coisas mais importantes do que os preciosos biscoitos de Tessie com que se preocupar agora.

Na manhã de terça-feira, cinco dias depois da suspensão, um homem aparece na porta de Owen.

É alto, tem mais ou menos um metro e noventa. Ele paira sobre Owen, que automaticamente se sente ameaçado.

— Bom dia, senhor, sou o detetive Robert Burdett. Estou investigando um incidente que aconteceu ontem à noite.

Um incidente. Aquela palavra de novo.

— Você é o Sr. Owen… — o homem examina seu bloquinho — … Pick?

— Sim.

— Ótimo, obrigado. Uma adolescente foi assediada sexualmente ontem à noite. Aqui. — Ele se vira e indica o cruzamento. — Perto do terreno baldio. Você escutou ou viu alguma coisa?

Owen fica vermelho. Ele se sente culpado na mesma hora. Não porque fez alguma coisa, mas porque podia ter feito alguma coisa. Ele passou a vida toda sentindo que talvez tivesse feito algo errado.

Ele inspira fundo, tentando amenizar a cor nas bochechas, porém só a piora.

— Não. Não. Não ouvi nada — diz, suspirando.

— Sua sala. — O policial indica com a cabeça a janela à esquerda da porta. — Tem vista para a rua. Será que você não viu alguma coisa sem perceber de fato o que era?

— Eu não estava aqui na minha sala ontem à noite. Quer dizer, nem é minha sala.

— Ah, você mora com alguém?

— Sim. Minha tia. Tessie McDonald. A sala é dela. Nunca vou lá.

— Será que ela viu alguma coisa?

— Não. Ela está na Toscana, onde tem outra casa. Ela geralmente fica por lá. Está lá agora.

Ele está tagarelando. Homens altos o fazem se sentir assim. Policiais o fazem se sentir assim.

— Certo — diz Burdett. — Enfim. Foi mais ou menos às oito e meia da noite. Será que você estava assistindo a algo na TV a essa hora? Talvez isso ajude a sua memória. Por acaso percebeu alguma coisa errada? Um barulho estranho? Alguém descendo a rua que te deixou apreensivo de alguma forma?

— Não. Sério. Eu fiquei no meu quarto o dia inteiro ontem. Fica nos fundos do prédio. Não vi nem ouvi nada.

— Uma vizinha diz… — o detetive Burdett olha para o bloquinho de novo — … tê-lo visto na entrada da garagem por volta das quatro e meia ontem.

Owen coloca a mão na testa. Ele mal tinha digerido as acusações no trabalho e agora há vizinhos anônimos o espiando e relatando seus movimentos à polícia em relação a uma agressão sexual.

— O quê?

— Era você? Às quatro e meia da tarde?

— Não sei — responde Owen. Então lembra que é dia de o lixeiro passar e que, sim, colocou o lixo para fora ontem. — Coloquei o lixo para fora em algum momento. Mas não sei dizer a hora.

Quando diz isso, ele se lembra das garotas que tinham passado por ele. Duas adolescentes. Uma era a que agira como se Owen fosse pular em cima dela quando ele estava voltando para casa do trabalho algumas noites antes, a outra era uma menina pequena de cabelo preto. Elas olharam para ele e comentaram algo entre si, então aceleraram o passo antes de entrarem na casa do outro lado da rua.

Na hora, Owen pensou que estava sendo paranoico, que tinha imaginado que elas estavam falando dele. Agora só pode supor que estavam mesmo. Ele suspira.

— Foi mais ou menos em que horário?

— Mais ou menos no fim da tarde. Lembro que estava escuro.

— Fora isso, você não saiu do prédio?

— Não. Não saí.

O detetive Burdett fecha o bloquinho e o enfia no bolso.

— Obrigado, Sr. Pick. Fico grato pelo seu tempo.

— De nada — diz Owen. E então, quando o policial se vira para ir embora, ele acrescenta: — Ela está bem? A garota?

O detetive Burdett dá um leve sorriso.

— Está bem — garante. — Obrigado por perguntar.

— Que bom — comenta Owen. — Que bom.

14

Estranhamente, Owen foi uma criança bonita. A mãe o colocara para fazer alguns trabalhos de modelo quando ele tinha mais ou menos quatro anos. Ele ficava sem jeito diante da câmera, então não dera certo, mas seu rosto de fato era como o de um querubim: olhos escuros, lábios vermelhos, covinhas.

Contudo, o rosto, tão lindo em uma criança, não havia se transformado em um rosto bonito na adolescência, e ele fora um rapaz muito estranho. Ainda hoje, Owen não consegue olhar para fotos suas entre os onze e os dezoito anos.

Contudo, agora, aos trinta e três, Owen sente que seus traços se adequaram de novo, ele olha no espelho e vê um homem relativamente bonito. Gosta em especial dos olhos — tão castanhos que chegam a ser quase pretos. Herdados da avó materna, que era metade marroquina.

Owen não malha, é verdade. Seu corpo não é muito definido, mas não dá para perceber quando está vestido, não dá para ver a pele flácida ao redor do umbigo, a ligeira flacidez no peitoral. Quando escolhe bem as roupas, ele se parece com qualquer cara de academia.

Owen acha que nunca foi rejeitado por não ter um corpo sarado. Isso ele poderia aceitar. Mas nenhuma mulher já o viu sem roupa. Nem uma vez. Nunca. Parece que, por algum motivo, ele não cumpre os pré-requisitos de nenhuma mulher na face da Terra. E mesmo assim, todo dia, vê homens muito mais feios com mulheres que parecem gostar deles, ou com filhos, provando que em algum momento uma mulher gostou deles o bastante para deixá-los fazerem aquilo com elas, ou usando alianças, ou com fotos de mulheres bonitas na mesa, ou fotos de crianças que mulheres bonitas os deixaram fazer nelas, e, de verdade, isso o choca, deixa-o completamente chocado.

Não é como se Owen fosse exigente. Ele não é mesmo. Na verdade, provavelmente diria sim para oitenta por cento das mulheres adultas se elas o convidassem para sair. Talvez até noventa por cento.

No banheiro de Tessie — aquecido por uma barra elétrica de um vermelho que brilha tanto quanto o sol do Saara em cima da porta, e que provavelmente não passaria em uma inspeção de segurança —, há um espelho de corpo inteiro em frente ao vaso sanitário. Owen não faz ideia do que levaria alguém a colocar um espelho de corpo inteiro em frente ao vaso sanitário. Mas lá está, e, com o passar dos anos, ele se acostumou com o objeto. Na maior parte do tempo, ignora-o. Porém às vezes o usa para se avaliar fisicamente. Owen precisa se olhar em intervalos regulares para se ver, porque ninguém mais o vê e, se ele não se lembrar de suas três dimensões, pode ser que se dissolva e desapareça. Ele olha para seu pênis. Tem um pênis bonito. Já assistiu àquele programa de namoro na TV em que uns homens pelados ficam em cabines sendo analisados por mulheres totalmente vestidas, e quase todos os homens que viu tinham pênis feios. Mas o pênis de Owen é bonito. Ele consegue ver isso muito bem. No entanto, mulher nenhuma nunca viu.

Ele suspira, tornando a vestir a cueca e fechando o zíper da calça. Volta para o quarto e para o blog de ProblemaSeu, que descobriu ontem depois de clicar em um link incluído no comentário.

O site de ProblemaSeu é um portal para um mundo que Owen não sabia que existia.

Ele se descreve como um *incel*. O termo tem um link no topo do site dele que leva a uma página Wiki, que diz que *incels* são:

> [...] membros de uma subcultura virtual[1] [2] que se definem como incapazes de encontrar um parceiro romântico ou sexual apesar de desejarem um, um estado que descrevem como *inceldom*. [3] Pessoas que se autodenominam *incels* são em sua maioria brancas e quase exclusivamente homens heterossexuais.[4] [5] [6] [7] [8] [9] O termo é uma contração de *involuntary celibates*, celibatários voluntários.[10]

ProblemaSeu tem trinta e três anos, como Owen, e fala abertamente sobre o fato de não transar desde que tinha dezessete anos.

Já Owen, nunca transou.

Uma vez, uma garota o tocou dentro das calças, quando ele tinha mais ou menos dezenove anos. Mas acabou rápido e de um jeito ruim, com a garota tirando a mão depressa e correndo para encontrar uma pia. Foi um dos momentos mais constrangedores da vida dele. Owen o reviveu mentalmente por anos, várias e várias vezes, como se se cortasse com uma faca afiada.

Quanto mais pensava no assunto, mais medo tinha de se colocar naquela situação de novo e se culpava desde então pela falta de sexo em sua vida, pelas mulheres que não o olharam nem o tocaram. Até onde sabe, é culpa sua. Porém, enquanto lê o blog de ProblemaSeu, Owen começa a se questionar.

Porque ProblemaSeu não se culpa. ProblemaSeu culpa as outras pessoas e está com raiva pra caramba. Está com raiva de pessoas que chama de "Chads". Chads são caras que transam. De acordo com ProblemaSeu, Chads não transam porque são melhores do que caras que não transam. Eles transam porque estão praticando *looksmaxxing* e *mugging*. Isso significa que estão bombando o corpo artificialmente para parecerem mais atraentes do que caras normais, estão fazendo bronzeamento artificial, clareamento dentário, cirurgias plásticas e coisas com as sobrancelhas e com a pele. Eles transam porque estão, desonestamente, tornando as coisas difíceis para homens como ProblemaSeu. E, Owen suspeita, como ele também. Parece que esses caras estão trapaceando.

Mas ProblemaSeu tem raiva principalmente das mulheres. Ele as chama de Stacys e Beckys. Stacys são mulheres muito bonitas, as mulheres-troféu que podem ter os homens que quiserem. Essas mulheres o enojam porque sabem exatamente o que estão fazendo: sabem seu poder e valor e os usam de forma calculada para fazer caras como ProblemaSeu se sentirem imprestáveis. Já Beckys são mulheres não tão bonitas que, mesmo assim, se sentem no direito de rejeitar homens como ProblemaSeu, que consideram não estar à altura delas.

ProblemaSeu caminha muito. Ele caminha, senta-se em bancos e nos cantos menos agitados dos bares, observa e conta o que vê, as injustiças que nota em cada esquina da cidade sem nome na qual mora.

Owen clica em um post chamado "Piada de inverno".

Minha cidade está branca hoje. Está nevando. Por um segundo, isso me faz sentir que tudo é possível — está tudo escondido, como se o mundo usasse um uniforme. E todos estão vestindo roupas maiores, mais quentes e menos bonitas, somos iguais agora.

Só que não, certo? Debaixo da neve, aquele carro ali ainda é uma Mercedes Coupé e aquele carro lá ainda é um Ford Focus e você sabe muito bem, sem nem ter que tirar a neve para ver — lá está aquele brilho de pintura vermelha, aquela curva no para-choque, inconfundível. Então, por mais que estejamos usando nossas piores roupas, ainda é óbvio quem está ganhando e quem está perdendo. Lá está aquela Becky toda tristonha andando na neve com suas botas velhas; ela não sabe que elas não são impermeáveis? Caramba. Não, ela não sabe, porque é burra. E, olha, lá vai uma Stacy andando com um par de galochas de cem libras. Feias pra cacete. Mas pelo menos não deixam a água entrar. E tenho certeza de que tem alguém por aí com fetiche por sapatos de borracha verde... E ela está toda maquiada, lógico, não dá para deixar alguns fractais de gelo te impedirem de fazer o que é necessário. Não dá para ignorar completamente seus padrões assim.

Esta cidade, esta porra de cidade. Cheia de gente falsa. E, se você não é falso, quer ser falso. E, se não quer ser falso, é um perdedor, mesmo quando é um vencedor.

Pra variar, vou ao gastrobar perto do parque. Só faz algumas semanas que virou um gastrobar. Antes, era só um bar. Ou uma pensão, na verdade. O Hunter's Inn. Tem lampiões do lado de fora e uma passagem onde os cavalos um dia teriam sido amarrados. Apesar da gentrificação, na neve, com suas lâmpadas brilhantes, ainda parece vagamente dickensiano, e por um momento me sinto atemporal e feliz, como se de alguma forma eu me encaixasse. Antigamente, todo homem conseguia encontrar uma mulher. E, se não conseguisse fazer uma mulher se apaixonar por ele, havia outras maneiras de encontrar mulheres e mantê-las. Naquela época, as mulheres precisavam de nós, mais do que precisamos delas agora. Que porra aconteceu com o mundo?

Compro uma cerveja. Sento perto da janela. Observo os patos deslizando na lagoa congelada do parque. Observo a neve.

Amanhã vai ter parado de nevar.

15

Owen veste uma camisa social cinza e um jeans escuro. Ele se avalia no espelho na porta do guarda-roupa. Está apresentável. Provavelmente precisa cortar o cabelo: a franja já está quase batendo nos olhos. E está muito pálido. Mas é fevereiro, e ele sempre fica pálido em fevereiro. Owen tem uma reunião na escola em uma hora e meia. Será a primeira vez em duas semanas que sairá de casa sem ser para comprar comida. Seu estômago se revira um pouco de ansiedade. Não só pela ideia de pegar o metrô, sentar-se de frente para outras pessoas e caminhar por multidões de estranhos, mas também pelo que dirão a ele. Fizeram uma investigação completa sobre as alegações das garotas. Querem que ele apareça em mais ou menos uma hora e meia para que possam lhe comunicar o resultado.

— Você não pode me dizer pelo telefone? — perguntou Owen.

— Não — respondeu Holly. — Infelizmente não, Owen. Precisa ser pessoalmente.

Ele pega os temidos sapatos embaixo da cama, onde estão desde que foram chutados para lá há duas semanas. O par traz consigo uma porção de bolas de poeira. Owen os avalia à luz da ausência de duas semanas. Não, ele decide, são sapatos ruins.

Não vai usá-los de novo. Em vez deles, calça seu tênis preto confortável de sola de borracha, o mesmo que ele já teve que colar duas vezes.

Owen prepara o café da manhã na cozinha: uma torrada e uma fatia de queijo. Tessie aparece quando ele está colocando a manteiga de volta na geladeira. Ela retornou da Itália e tem agido de forma estranha desde então.

— Você não vai se atrasar? — quer saber ela. — Já são quase dez horas, sabe.

— Só preciso estar lá às onze — responde ele.

Owen não contou a ela sobre a suspensão. Por que contaria? Tessie apenas o julgaria, diria algo sobre a mãe dele, faria tudo parecer dez por cento pior do que já é.

— Vida boa, hein.

Ela passa por ele no caminho até a pia, onde pega uma xícara virada no escorredor e examina o interior antes de lavá-la e ligar a cafeteira.

Tessie é a irmã mais velha da mãe de Owen. A mãe dele morreu quando ele tinha dezoito anos. O pai dele mora no sul de Londres com outra esposa e outro filho. Owen morou com eles por um mês depois que a mãe morreu. Foi o mês mais solitário de sua vida. Ele se lembra de Tessie no funeral da irmã, tocando o braço dele e dizendo:

— Lembre que sempre vou ter um quarto se você precisar.

Acontece que ela não estava falando sério. Mas agora está presa a ele — quinze anos depois e sabe-se lá mais quantos pela frente. Tessie tinha quarenta anos quando Owen se mudou para o apartamento. Agora, tem cinquenta e cinco, porém age como se tivesse dez a mais. Ninguém a vê usando legging de lycra e moletom. O cabelo dela é todo grisalho e cheio, e ela faz compras em butiques estranhas em Hampstead que vendem túnicas volumosas de linho, calças largas e chapéus caídos.

— Encontrei o Ernesto ontem à noite — revela Tessie.

Owen assente. Ernesto é um homem solteiro mais velho que mora no apartamento acima do deles.

— Ele disse que a polícia passou aqui há algumas semanas. Disse que viu você falando com eles no portão. O que aconteceu?

Owen inspira com dificuldade.

— Nada. Algum tipo de ataque na região. Eles passaram em todas as casas.

— Ataque — repete ela, semicerrando os olhos. — Que tipo de ataque?

— Não sei. — Owen joga as cascas da torrada na lixeira. Trinta e três anos. Ele realmente deveria ser capaz de comer as cascas com essa idade. — Uma tentativa de assédio, algo assim.

— Sexual?

— Sim — diz ele. — Provavelmente.

Há um silêncio curto, mas significativo. Nesse silêncio, Owen ouve a breve inspiração da tia, vê um pensamento passando pela mente dela tão rápido que faz a cabeça de Tessie inclinar para trás um pouco. Os olhos se estreitam de novo, e então passa.

— Bem — diz ela. — Seja lá quem for, espero que o peguem. Não sei o que está acontecendo nesta região. Costumava ser tão segura.

Depois de uma espera tensa de cinco minutos na recepção, Owen é levado à mesma sala da última vez. Novamente, Jed Bryant está lá com Holly e Clarice. E há outra mulher, pequena e forte, que é apresentada a ele como Penelope Ofili. É uma árbitra.

— Por que precisamos de uma árbitra? — pergunta Owen.

— Só por questão de transparência.

Transparência. Owen pisca devagar e morde as bochechas.

— Por favor — diz Jed —, sente-se.

— Como você está? — pergunta Holly. — Espero que tenha conseguido relaxar.

— Na verdade, não — responde Owen. — Não.

O sorriso congela nos lábios de Holly e ela se vira abruptamente, dizendo:

— Bem, muito obrigada por vir de novo, Owen. Como você sabe, estamos trabalhando muito para investigar as alegações feitas por duas alunas suas a respeito do seu comportamento na festa de Natal em dezembro.

Owen se remexe um pouco na cadeira, descruza as pernas, torna a cruzá-las. Ele repassou os acontecimentos daquela noite cem vezes desde que as alegações foram feitas e ainda não consegue identificar em que ponto seu comportamento ultrapassou a linha entre o jovial e o abusivo. Porque a questão é esta, basicamente: para que todas essas pessoas estejam sentadas nesta sala juntas, gastando tempo, na presença de uma árbitra, devem acreditar de fato que o assédio aconteceu.

Ele descruza as pernas uma terceira vez e sabe que isso parecerá um gesto nervoso e desconfortável, o que é compreensível, mas também pode parecer que ele se sente culpado. Deveria ter conversado com alguém, Owen percebe agora. As coisas pioraram em vez de melhorar desde a última vez que ele se sentou ali.

— Falamos com muitas pessoas que estavam lá naquela noite — continua Holly. — Infelizmente, Owen, todas elas corroboraram a acusação original.

Ele assente, com o olhar baixo.

— Muitas pessoas viram você tocar nas garotas em questão. Muitas outras disseram estar presentes quando você passou o suor da sua testa nas garotas. Todas afirmam que foi uma ação deliberada e que você fez mais de uma vez, sendo que as garotas pediram que parasse. Além do mais, temos vários testemunhos que corroboram as acusações de atitudes inadequadas em sala de aula: que você favorece os garotos, menospreza garotas, as ignora, em alguns casos sendo mais duro com elas ou não priorizando o trabalho delas. Além do uso de linguagem inapropriada.

Ele ergue o olhar.

— Tipo o quê?

— Bem. — Holly confere as anotações. — Usar termos do tipo "vira homem". Referir-se a certas peças de roupa como "sexy". Referir-se a alunas como menininhas. Referir-se a outros alunos como "insanos" e "retardados".

— Mas…

— Zombar de alunos com alergias alimentares.

— Intolerâncias…

— E de estudantes que são veganos.

Owen fecha os olhos e suspira.

— Pelo amor de Deus — murmura.

Holly semicerra os olhos para ele, com o dedo na última linha das anotações, e completa:

— Além disso, blasfêmia excessiva.

— Blasfêmia? — diz Owen. — Sério? Meu Deus.

Ele percebe a gafe e fecha os olhos.

— Então — continua —, o que acontece agora?

Há um breve silêncio. Os outros três trocam um olhar. Então Holly tira uma folha de papel da pasta e entrega a ele.

— Nós gostaríamos que você fizesse este treinamento, Owen. Dura uma semana e lida com todas as questões que estamos discutindo hoje. Se, no final do treinamento, parecer que você se empenhou e tem um bom entendimento do que é apropriado e inapropriado ao lidar com adolescentes e jovens no trabalho, podemos começar a conversar sobre um retorno. Mas você tem que se comprometer. Cem por cento. Dê uma lida. Diga o que você acha. Você é um membro da equipe muito valorizado aqui, Owen. — Um sorriso forçado. — Não queremos te perder.

Por um momento, Owen encara a folha de papel. As palavras flutuam diante dos olhos dele. A expressão "lavagem cerebral" passa por sua mente. Uma semana trancado em uma sala com um monte de pedófilos sendo reprogramados para pensar que veganos são seres superiores e mulheres podem ter pênis.

Não, pensa ele. *Não, obrigado.* Ele empurra o papel na mesa em direção a Holly e diz:

— Obrigado, mas eu prefiro ser demitido.

Owen anda sem rumo por um bom tempo depois de sair do Ealing College. Ele não consegue conceber pegar o metrô para casa. Não consegue conceber ver Tessie o olhando com seus óculos de aro de tartaruga e dizendo: "O que você está fazendo aqui tão cedo?" E então se sentando na poltrona desconfortável pelo resto do dia, encarando uma tela.

Ele pode ligar para a escola, pedir para ignorarem seu pedido de demissão, concordar com o treinamento. Ainda tem opções. No entanto, se a solução de tudo significava que ele conseguiria o emprego de volta, iria trabalhar todo dia e teria que olhar na cara daquelas garotas, cercado de adolescentes nojentos que pensam que ele é um tarado fascista, então para que lutar?

Owen tem um dinheiro guardado. Tessie cobra dele o que cobrava há quinze anos, quando era garoto e mal tinha barba: vinte e cinco libras por semana. Ele não tem vida social, nenhum hobby caro e, com certeza, não tem gastado seu dinheiro suado saindo com um monte de mulheres todos esses anos. Ele tem milhares de libras no banco. Não o suficiente para dar entrada em um apartamento legal, mas mais do que o bastante para viver por uns meses. Owen não quer o emprego de volta. Não quer lutar por ele.

Ele liga para o pai.

— Pai, sou eu.

Owen ouve uma pequena pausa, o pai subconscientemente recalibrando o humor para levar o filho em consideração.

— Ah, oi, Owen — responde. — Como você está?

— Não te vejo faz bastante tempo — começa Owen. — Faz, tipo, *meses*.

— Eu sei — diz o pai em tom de desculpas. — Eu sei. É horrível, né, como o tempo simplesmente passa.

— Como foi o Natal? — interrompe Owen, sem querer dar ao pai qualquer outra oportunidade de culpar outra coisa que não o próprio desinteresse dele pela falta de comunicação dos dois.

— Ah, você sabe, agitado. Desculpa por…

— Tudo bem — Owen torna a interromper.

Não quer passar por tudo de novo: a madrasta doente, o meio-irmão tendo alguma crise patética de Geração Z relacionada a drogas e disforia de gênero, *tudo um pouco demais este ano, filho, estamos nos preparando para tempos difíceis*. A ideia do pai dele de *se preparar para tempos difíceis* envolver a exclusão do filho mais velho já fora ruim o bastante da primeira vez que fora comunicada e não havia melhorado com o passar do tempo.

— Você… Como foi o seu…?

— Passei sozinho — responde Owen.

— Ah. Pensei que você fosse passar com a Tessie, ou…?

— Não. A Tessie foi para a Toscana. Passei sozinho. Foi tranquilo.

— Certo — diz o pai. — Que bom. Bem, sinto muito. E com sorte o próximo Natal vai ser um pouco menos…

— Agitado?

— Sim, um pouco menos agitado. E como… como vai o trabalho?

— Pedi demissão hoje. Eles estão me acusando de assédio sexual.

— Ui. — Ele ouve a voz do pai falhar.

— Sim, aparentemente eu toquei no cabelo de uma garota na festa da escola, e aparentemente eu uso linguagem inapropriada em sala de aula, e aparentemente um homem normal não é mais uma coisa aceitável lá. Aparentemente, todo mundo tem que ser um robô hoje em dia e pensar em cada palavra antes que saia da nossa boca. Aparentemente, as mulheres modernas não conseguem lidar com nada, com nada mesmo.

Owen está gritando. Sabia que ia gritar. Foi por isso que ligou para o pai. O pai sabe que decepcionou o filho, sabe que foi um pai de merda. De vez em quando, Owen grita com ele. O pai aceita. Ele não faz nada, porém aceita. E isso basta por enquanto.

— Ah, Owen, é tudo tão ridículo, né? Esse negócio de politicamente correto — concorda o pai. — É uma baita loucura. Mas você acha mesmo que pedir demissão foi a reação certa? Quer dizer, como você vai arranjar outro emprego?

Owen vacila diante da pergunta amarga. Então pensa em ProblemaSeu, andando por sua cidadezinha presunçosa, escrevendo em seu blog existencial, com seu trabalho corporativo chato de merda. Ele parece feliz o bastante. Parece ter tudo sob controle.

— Vou arranjar outro — diz Owen. — É que é tudo tão...

— Eu sei — interrompe o pai —, ridículo. Totalmente ridículo.

Há um silêncio significativo. Owen sente que, de alguma forma, é dever dele preenchê-lo. Mas ele não consegue e não faz nada. Em vez disso, deixa o caminho livre para que o pai diga:

— Bem, Owen, foi bom falar com você. Sinto muito que você esteja passando por um momento difícil. A gente tem que se encontrar logo. Temos mesmo. Quer dizer, seu aniversário...?

— Mês que vem.

— Sim. Mês que vem. Vamos marcar alguma coisa.

— Sim. Vamos.

— E, Owen?

— Diga.

— Essas acusações. Essa coisa de conduta sexual inapropriada. Quer dizer, são falsas, não são?

Owen suspira, deixando-se escorregar até o chão, com as costas contra a parede.

— São, pai. São.

— Ótimo. Que bom. Tchau, Owen.

— Tchau, pai.

Owen se levanta. A raiva que transferiu brevemente para o pai voltou direto para ele, duas vezes mais forte, sombria e afiada. Ele sente o corpo cheio de eletricidade. Caminha rápido em direção ao metrô. Está quase entrando na estação quando vê, do outro lado da rua, o brilho rosa-claro da janela de um bar. São onze e quarenta da manhã.

Owen não é muito de beber. Ele gosta de tomar vinho quando sai para jantar com os colegas, mas não bebe só por beber. Então torna a pensar em seu quarto frio, em Tessie perambulando, ressentida, e pensa em ProblemaSeu com uma cerveja em um canto pouco movimentado de um bar, observando, aprendendo, pensando, existindo. Ele imagina um homem alto, de ombros largos, cabelo curto, bem cortado, talvez até com uma barba curta ou um bigode. Ele o imagina com uma camisa social, jeans surrado e botas. Ele o imagina secando a espuma do bigode, colocando a cerveja no porta-copos, ajeitando só um pouquinho. Erguendo o olhar. Observando, aprendendo, pensando, existindo.

Owen dá as costas para a estação de metrô, volta para a faixa de pedestres, espera o sinal fechar e entra no calor do bar. Pede uma cerveja. Encontra uma mesa para um. Senta-se.

16

Algumas horas depois, Owen abre a porta do restaurante de comida japonesa e chinesa do outro lado da estação de metrô próximo ao prédio dele. Ele espera no caixa por um *chow mein* especial e uma lata de refrigerante, e leva a comida para a bancada perto da janela, onde observa uma multidão saindo do metrô, refletindo sobre o assustador caráter irreconhecível dos estranhos.

Ele usa o macarrão para tentar cortar o efeito dos três copos de cerveja que bebeu sozinho no bar. Estar bêbado e sozinho fora uma experiência alarmante. Owen tinha ido ao banheiro e mijado nos sapatos, cambaleado, rido para o próprio reflexo no espelho e falado consigo mesmo, e então esbarrado em uma mesa na saída, fazendo o vinho na taça de uma mulher respingar.

— Desculpe — disse ele. — Por favor, não chame a polícia.

Ela o olhou de esguelha, séria, e ele disse "vadia de merda" baixinho, saiu do bar e imediatamente desejou não ter dito aquilo.

Depois de comer, Owen sobe a colina íngreme até a rua de casa. O efeito da bebida está passando. Ele ergue a cabeça e vê a lua brilhando entre duas árvores altas contra um céu azul-escuro. Pega o celular e tenta registrar, mas a lua se recusa a se mostrar para ele, aparecendo como uma vaga mancha branca na imagem.

Owen devolve o celular ao bolso e se vira e, quando faz isso, uma figura magra vem na direção dele e o empurra com força, quase o jogando para trás.

A figura mal desacelera enquanto se vira para trás.

— Desculpa, companheiro. Desculpa.

Então, a pessoa torna a se virar e dispara até o fim da colina, corre sem sair do lugar, depois se vira e volta colina acima, bem no meio da rua.

Owen fica parado, observando.

Percebe que é um homem de meia-idade, usando legging de lycra apertada e um casaco de zíper com abas estranhas e escuras sobre as orelhas e fios saindo de um bolsinho.

Um corredor. Ele lança a Owen um olhar estranho antes de voltar a correr. É uma rua sem saída, separada das seis pistas da Finchley Road por um conjunto de degraus de pedras. Por um momento, há apenas Owen e o corredor ali.

O corredor chega no topo da colina pela sexta vez, para e se curva, respirando tão alto que soa como se fosse morrer. Ele olha para Owen.

— Você está bem, companheiro? — pergunta.

Owen sente algo se remexer dentro de si, algo sombrio. Ele olha para o corredor e pergunta:

— Você é casado?

O corredor sorri e diz:

— Hã?

— Casado — repete Owen. — Tem namorada?

— E isso lá é da sua conta?

— Não — diz ele. — Só estou perguntando por perguntar.

103

Ele começa a ir em direção à esquina da rua quando o homem o alcança.

— Eu te conheço? — pergunta o outro.

— Não faço ideia.

— Somos vizinhos? Acho que já te vi.

— Eu moro ali, no número doze. — Owen aponta para o prédio de Tessie e dá de ombros.

— Ah, sim. Certo. Nós moramos ali. — O homem aponta para a casa do outro lado da rua, aquela em que a adolescente e a mãe idiota com a cara preocupada moram.

Owen assente. O homem dá um sorrisinho antes de se afastar dele, correndo.

— Te vejo por aí — diz.

— É — responde Owen. — Te vejo por aí.

A TV na sala de Tessie murmura do outro lado da porta fechada. Ela está assistindo à transmissão ao vivo das notícias do Parlamento. Alguma coisa relacionada ao Brexit. O som é de uma reunião de burros.

Ele passa na ponta dos pés, pega um pouco de água na cozinha e se tranca no quarto, onde abre os três botões de cima da camisa, chuta os sapatos sujos e abre o blog de ProblemaSeu. Há um post novo, mas ele não lê. Em vez disso, rola a página para baixo, até o link que diz *Contato*. Ele digita no formulário:

Oi. Meu nome é Owen. Amo seu blog. Adoraria conversar qualquer hora dessas. Acabei de perder o meu emprego. Não sei bem o que fazer agora.

Ei, Owen, o que está rolando?

Sou professor. Fui acusado de "suar em uma aluna" e "zoar veganos". Recusei a chance de passar por um "treinamento" e pedi demissão.

Que loucura! Me conta mais!

Owen responde de forma sucinta. O resumo da coisa. A festa, as doses de tequila, as garotas, as reuniões. O esgar de desprezo na boca de Clarice e Holly toda vez que a palavra "suor" era mencionada.

E qual é a sua? Você é celibatário? Infrequente? Nunca? O quê?

Celibatário. Nunca.

Você gosta de alguém? Quer dizer, romanticamente?

Owen pensa a respeito. Não consegue encontrar uma resposta. Por fim, digita:

Não sei. Não gosto de ninguém. Mas já gostei de pessoas.

Já saiu com alguém?

Mais ou menos.

Jantar e flores? Bar?

Jantar e flores. Uma vez.

Como foi?

Uma merda. Ela foi embora na metade do encontro, disse que a mãe teve um problema inesperado.

KKKK. Porra. Que merda. E aí, o que você vai fazer com a história do emprego?

Sei lá. Vou ficar um tempo à toa. Tenho dinheiro guardado.

E? O que vai fazer no tempo livre?

Ainda não pensei nisso. Talvez eu tente começar alguma coisa, uma empresa. Algo assim.

Você precisa de um plano, cara. Se não, vai acordar um dia e suas economias vão ter acabado, você vai ter engordado e não terá nada para mostrar além de um monte de calças que não cabem mais.

Não tenho certeza se estou pronto para fazer um plano.

Por um tempo, ProblemaSeu não responde. Owen se remexe um pouco e pigarreia, preocupado de ter dito algo que possa ter feito o outro perder o interesse. Mas então há um barulhinho e outra mensagem aparece.

Onde você mora, Owen?

Norte de Londres.

Boa. Então não está longe de mim.

Por quê? Onde você mora?

Perto de Londres. Olha só, aqui está o meu e-mail. Escreve para mim. Tenho uma proposta para você. Bryn@hotmail.co.uk. Me manda um e-mail agora, beleza?

Owen abre o e-mail, copia o endereço de Bryn na barra e começa a digitar.

17

Owen e Bryn combinam de se encontrar para uma cerveja em um bar perto da estação Euston.

Bryn disse a Owen que estará usando casaco verde, tem "um cabelão" e usa óculos. Owen disse a Bryn que usará casaco preto e jeans, e teve dificuldade de encontrar outra característica distintiva para compartilhar.

Ele caminha até o bar, que fica numa esquina e é uma imitação patética do estilo Tudor, com mesas surradas na calçada e janelas com pequenos vitrais. O ar é pura cerveja e poeira. Há alguns homens sozinhos sentados nos cantos. Owen esquadrinha o local e vê um cara à esquerda, olhando para ele com certa expressão de reconhecimento. De alguma forma, não passa pela sua cabeça que esse homem possa ser ProblemaSeu, e seu olhar o ignora. Mas então o cara se levanta e vai na direção dele. Ele tem um jeito estranho de andar, inclinado para a frente, e é baixo. Muito baixo. O cabelo explode do couro cabeludo da metade para trás, como uma peruca de palhaço. A parte careca da cabeça é brilhante e parece dura. O casaco verde de zíper está manchado.

— Owen? Legal! Prazer te conhecer, cara! — Ele agarra a mão de Owen e a chacoalha.

— Bryn — diz Owen. — Legal te conhecer também. Posso te pagar uma...? — Ele indica o bar.

— Não. Não. Tô legal.

Owen pede uma taça de vinho tinto e caminha para a mesa ao lado de Bryn.

— Ora, ora — diz Bryn. — Esta é uma reviravolta digna de livros de história.

— Meio que é, mesmo — concorda Owen.

Na verdade, é a última coisa que ele estivera esperando. Bryn mandou um e-mail na noite anterior querendo saber um pouco mais sobre Owen: qualificações técnicas, habilidades, interesses, as circunstâncias de sua saída da escola. Owen ainda não tinha entendido bem a intenção dele. Então, Bryn escreveu de repente: *A gente se encontrar foi carma, coisa do destino. Quer sair pra beber? Amanhã? Perto da Euston?*

— Como foi seu dia? — pergunta Bryn.

Owen, que não está acostumado com pessoas perguntando como foi o dia dele, empalidece um pouco.

— Bom. Foi bom. — Então acrescenta: — E o seu?

— Ah, você sabe. A mesma merda de sempre.

— Você está trabalhando agora?

— Sim. Na verdade, vim direto do escritório. Diferente de você, seu sortudo. O que você fez durante o dia?

Owen dá de ombros.

— Dormi até tarde. Tomei um longo banho. Vi alguns episódios de uma série. Comi macarrão.

— Ah, seu sortudo, sortudo da porra. Caralho, eu mataria por um dia assim. Enfim. — Bryn ergue o copo de uma bebida com aspecto lamacento na direção da taça de Owen e diz: — Saúde.

Ele não tem nada a ver com o que Owen imaginou. Mas tem certo carisma, um charme cartunesco. Tem autoconfiança, um toque de arrogância, o que confunde Owen, que sempre teve a impressão de que autoconfiança era o que atraía as mulheres em um homem e que era a falta de confiança dele que atrapalhava suas chances.

O olhar de Owen pousa na mancha no casaco de Bryn, não dá para saber o que é. Parece que está lá há tanto tempo que Bryn nem percebe mais. Owen se imagina arrancando o casaco dele e o enfiando na máquina de lavar, no ciclo quente. Imagina-se com um par de tesouras brilhantes, cortando os cachos ridículos, arrancando os óculos bregas, dizendo para Bryn parar de sorrir daquele jeito. Owen está estranhamente furioso com o fato de Bryn se sabotar e então se colocar como representante de homens como Owen, que tentam fazer tudo certo — que não têm manchas no casaco nem cabelo de palhaço e mesmo assim não conseguem fazer uma mulher sequer reparar neles.

Bryn não faz ideia, pensa Owen. Não faz ideia do que é ser totalmente normal e ainda assim ser invisível para o mundo sem qualquer motivo aparente. Bryn parece querer ser odiado pelas mulheres. Owen volta a pensar no comentário dele na matéria do *The Guardian*, sobre ser acusado de assédio sexual no trabalho, então pensa nas mulheres do escritório de Bryn e, por um momento, sente muito por elas.

No entanto, ele esconde esses pensamentos, sorri e diz:

— Saúde. É ótimo te conhecer.

— Então. — Bryn esfrega as mãos. — Imagino que você esteja se perguntando por que estamos aqui.

Owen faz que sim.

Bryn abaixa o tom de voz e olha ao redor.

— Eu queria te encontrar, cara a cara, porque o que quero falar com você é um pouco... delicado. Não quero deixar rastros. Entende?

Owen torna a fazer que sim.

— Então. Você e eu. Sinto que a gente tem uma afinidade, né?

Ele faz que sim pela terceira vez.

— Olhando para você, eu vejo um cara bonito. Bem-vestido. Só que você me diz que nunca, você sabe, esteve com uma mulher.

Owen sorri como quem se desculpa.

— Então, o que isso diz sobre o mundo? — Bryn não espera pela resposta. — Diz que o mundo está errado. O mundo, Owen, está errado pra caralho. E você sabe por quê?

De novo, ele não espera pela resposta e sai falando:

— É uma conspiração. E eu não sou um conspiracionista doido. Sério. Mas isso, a merda com a qual caras como eu e você precisamos lidar, é conspiração. Totalmente. Fim. Eles nos chamam de *"incels"*. — Bryn faz as aspas com os dedos. — Como se fosse só um azar. Entende? Como se ninguém pudesse fazer nada a respeito. Mas é aí que está, Owen. Eles estão fazendo isso com a gente, deliberadamente. A mídia está fazendo isso com a gente. E eles têm os liberais e as feministas comendo na palma da mão. O cérebro coletivo do mundo está encolhendo. As pessoas estão ficando cada vez mais burras. Cada vez mais presas a coisas insignificantes. A porra das sobrancelhas. Tem uma indústria inteira aí dedicada a sobrancelhas. Você sabia disso? Uma indústria multimilionária. E enquanto isso o fundo genético está encolhendo e encolhendo sem homens como você e eu. Como estaremos daqui a três gerações? Não teremos nada além de um bilhão de Stacys e Chads. E isso é ruim para o mundo, Owen. É ruim para o planeta. Nós vamos desaparecer, os que são como nós. Vai ser um mundo cheio de pessoas com dentes superbrancos e tatuagens, todos se comendo e fazendo mais Stacys e Chads. Antigamente, havia uma mulher para todo homem, porque as mulheres precisavam dos homens. Agora, as mulheres acham que mandam no mundo. Elas podem escolher, enquanto os homens andam por aí fazendo as sobrancelhas e fingindo não ligar que as namoradas os chamem de idiotas inúteis. O mundo está destruído, Owen, totalmente destruído. E eu tenho uma plataforma, tenho mais de dez mil inscritos no meu blog. E está crescendo a cada dia, a cada minuto. Posso usar essa plataforma, focar em pessoas que estão passando pelo mesmo problema que eu. Quer dizer, nós obviamente estamos todos com raiva da forma como fomos fodidos pelo mundo. Mas é uma questão de mirar nas pessoas que podem estar preparadas para sair da zona de conforto e fazer alguma coisa. Começar uma revolução.

Owen olha para Bryn com uma expressão de dúvida.

— Estou falando de guerra, Owen. Você está dentro?

Owen se deita na cama de solteiro. Ele encara o teto, dois metros e meio acima da cabeça. O vento que entra pela janela faz as teias de aranha dançarem lá em cima. É meia-noite. Ele está cansado, porém não consegue dormir.

Cada momento da noite com Bryn está passando e repassando em seus pensamentos. As palavras do cara rolam por sua cabeça como um balde de bolinhas de gude que foi derrubado, com o conteúdo se espalhando de forma ensurdecedora.

Mesmo agora, duas horas depois de voltar para casa, uma hora depois de ir para a cama, Owen não consegue decifrar o significado por trás de tudo que Bryn dissera. Ele não foi claro, seu fluxo de pensamentos não parecia acompanhar as palavras, era como um gêiser borbulhante de ideias, raiva, animação e determinação, sem qualquer foco ou intenção bem definidos. O único ponto-chave ao que retornava era a ideia de revolução.

Por fim, ele entregou a Owen um pequeno frasco de comprimidos, dizendo:

— Se você não consegue legalmente, vai lá e pega, porra. Enquanto estão dormindo.

Owen encarou Bryn.

— Não estou entendendo — disse ele.

— Ah, você está, sim — retrucou Bryn. — Você está entendendo muito bem.

Bryn se recostou na cadeira, com os braços cruzados. Olhou para Owen triunfante por um momento e então tornou a se inclinar para a frente.

— Imagine — disse — um exército inteiro de nós fazendo isso. Centenas de nós. Entende? Entende?

Owen sentiu seu almoço subindo suavemente pela garganta.

Bryn se aproximou ainda mais e o olhou com urgência.

— Isso não tem a ver com sexo, você sabe, né? Tem a ver com *a gente*. Porra, se fôssemos um animal ameaçado de extinção, com certeza teria uma ONG fazendo de tudo para nos manter vivos. Eles nos jogariam toda fêmea fértil que conseguissem, para preservar nossa espécie. Então por que na prática não pode ser assim com a gente? Por que precisamos estar numa situação pior do que a da porra de um animal, Owen?

Ele juntou os dedos e olhou para Owen por sobre as pontas.

Eles saíram do bar logo depois.

— Pense no assunto — foram as últimas palavras de Bryn.

Owen o observou subir os degraus da estação Euston, de dois em dois, bastante ágil, cachos desgrenhados pulando, o solado gasto dos sapatos aparecendo e desaparecendo.

Owen se senta e entra em uma das salas de chat de *incels* que está frequentando desde que começou a seguir o blog de Bryn. A princípio, ele achou os fóruns tranquilizadores. Não houve um dia sequer na vida de Owen em que ele tenha acordado e se sentido bem com a sua solidão. Nem um dia em que não tenha visto um casal na rua e desejado gritar na cara deles sobre a injustiça de tudo aquilo. E estava aliviado por descobrir que não era o único homem no mundo a se sentir assim.

Mas agora pensa na mancha no casaco de Bryn somada à arrogância do que ele acha que o mundo lhe deve e olha para os fóruns de novo e imagina — escondido por trás dos avatares e nomes de usuário enormes — um mar de Bryns, com casacos manchados, cabelo desleixado e fantasias ridículas de estupro, e tem pena desses homens. *Talvez*, pensa Owen, *eles simplesmente não mereçam boas mulheres.*

Owen se pergunta se talvez não haja nada de errado com ele, no fim das contas. Talvez ele só tivesse adotado uma atitude errada, tivesse simplesmente dado atenção demais ao assunto todos esses anos. A resposta, percebe de repente, não é a guerra patética de Bryn contra o mundo — a resposta é fazer as pazes consigo mesmo.

Owen toca o chão perto da cama, procurando pelo celular. Ele o liga e toca a tela, procurando o pequeno logotipo de chama vermelha do Tinder.

18

São sete da noite do Dia dos Namorados e Owen está com um suéter azul-marinho de gola redonda com uma camisa branca por baixo. Ele não consegue fazer o colarinho ficar direito — está um pouco desalinhado —, mas está ficando sem tempo, então vai ter que ser com colarinho desalinhado mesmo. O cabelo está todo errado, porém não há o que fazer. Ele usa um blazer elegante por cima do suéter e da calça, mais para disfarçar os quadris largos.

Owen vai levar uma mulher para jantar. Uma mulher que conheceu no Tinder há três noites. Ele já tentou o Tinder antes, mas nunca deu certo, não passou de algumas trocas excruciantes com mulheres que nem eram bonitas e com as quais lidou muito mal, percebe agora.

Mas ele era diferente na época, mais inseguro, menos cansado do mundo. Tinha levado os encontros muito a sério, tido esperanças demais. Se o estranho interlúdio com Bryn tinha feito alguma coisa por ele, era redefinir sua ideia de romance. Qualquer coisa que não fosse estupro agora parecia algo bom.

O nome da mulher é Deanna. Ela tem trinta e oito anos, mora em Colindale e trabalha no marketing de uma empresa de mala direta. Ela tem um filho de dez anos e uma expressão de desculpas sinceras por algo que não foi culpa dela. Nenhuma das fotos mostra o corpo dela abaixo dos ombros, o que sugere que pode estar um pouco acima do peso. Mas tudo bem. Owen não liga.

Assim que sai do quarto, ele cruza o caminho de um dos amigos de Tessie, Barry, que às vezes dorme lá, mas não com tanta frequência. Barry fede a loção pós-barba forte e tem um lenço no bolso de cima do casaco de lã cinza que parece caro.

— Boa noite, Owen — diz secamente.

— Oi, Barry.

Tessie surge da sala de estar e olha de maneira estranha para Owen.

— Você está muito bem — diz ela, em um tom de quem suspeita de algo. — Para onde está indo?

Owen pega o casaco e o veste.

— Vou encontrar uma amiga.

Tessie tira um lenço cor de mostarda do gancho no corredor e começa a enrolá-lo no pescoço. A expressão se suaviza.

— Ah — diz ela. — Uma amiga. Amiga tipo rosas vermelhas e chocolate?

— Não — responde Owen firmemente, sem querer dar a Tessie qualquer detalhe de sua vida pessoal que ela possa jogar na cara dele algum dia. — Nada do tipo. Só uma amiga.

Ela suspira.

— Owen. Você... bom, você tem interesse em mulheres? Ou homens? Quer dizer, desculpe se isso for invasivo, mas... com quantos anos você está? Trinta e cinco?

— Trinta e três.

— Você tem trinta e três anos. Mora aqui desde que tinha dezoito. E todo esse tempo... — Tessie não completa o pensamento, deixando-o no ar.

Owen decide fingir que nada daquilo foi dito. Ele pega um guarda-chuva.

— Você também vai sair? — pergunta.

— Sim, Barry vai me levar ao Villa Bianca. Divirta-se com a sua amiga.

Ela tira um batom da gaveta, abre-o e faz uma careta para o espelho. Enquanto fecha a porta, Owen a ouve estalar os lábios, espalhando o batom.

No metrô, Owen tenta acalmar os nervos. Sente as axilas ficando cada vez mais úmidas, a testa, suada, e ele suspeita de que está brilhando. Sai do metrô em Covent Garden e inspira fundo o ar frio e úmido. No celular, vê uma mensagem de Deanna.

Diz: *Cheguei cedo! Estou em uma mesa perto dos fundos!*

Owen engole em seco.

Por que ela chegou mais cedo? Quem é que chega cedo para um encontro com alguém que conheceu no Tinder? Ele acelera o passo, irritado, porque agora ficará com ainda mais calor e vai chegar ainda mais agitado e desgrenhado do que já sente que está. As pessoas ficam na sua frente enquanto ele segue pela Neal Street, e Owen se acotovela entre elas.

Enfim, ele chega: um restaurante italiano animado, tudo muito vermelho e branco, paredes cheias de fotos em preto e branco de estrelas italianas mortas comendo espaguete. Está cheio. A mulher na recepção pergunta:

— Tem uma reserva?

— Sim. Pick. Oito horas — responde ele.

— Ah, sim. Sua acompanhante já chegou.

Owen pigarreia, toca o cabelo de novo e endireita o casaco, seguindo a mulher pelo caminho sinuoso entre as mesas até chegar em frente a ela.

— Oi. Deanna? — cumprimenta ele.

E ela imediatamente responde:

— É De-ahna. Não De-anna.

— Ah, desculpe. Sou o Owen.

— Imaginei. — Ela está sorrindo, porém Owen fica na dúvida se está sendo irônica.

— Posso me sentar?

Deanna assente e esfrega os cotovelos, sem jeito.

Owen percebe que deveria tê-la beijado ou apertado sua mão, ou algo assim, mas ela o desconcertou com a correção da pronúncia do nome, e agora ele sente que saiu dos trilhos e não consegue voltar. Faz pelo menos dez segundos desde que ele e Deanna disseram alguma coisa, e ele a vê encará-lo de forma estranha.

— Você está bem? — pergunta ela. — Ou…?

Os olhos dela vão até a porta, e Owen acha que talvez ela esteja sugerindo que eles devam encerrar o encontro mais cedo. Que já está tão errado, em menos de um minuto, que é melhor encerrarem agora. Ele suspira e afunda na cadeira. Em seguida, faz algo bem diferente do que costuma fazer, porque sente que não tem nada a perder.

De uma parte aberta e suave de sua psique que ele sequer sabia que existia, sai:

— Desculpa. Estou um pouco… *nervoso.*

Ela sorri, encorajadora.

— Na verdade, estou muito nervoso — confessa ele. — Inacreditavelmente ansioso.

O rosto de Deanna se suaviza por inteiro.

— Bem, então somos dois — diz ela.

E então Owen olha para ela, de verdade, pela primeira vez desde que entrou no restaurante, e vê uma mulher de aparência agradável, com a pele possivelmente não tão perfeita quanto nas fotos na tela do celular dele, olhos não tão brilhantes nem tão azuis, o maxilar não tão esculpido. Mas é ela, sem sombra de dúvida, e está olhando para ele com leveza, como se esperasse que Owen dissesse mais alguma coisa. A mente dele se esvazia e Owen empalidece, porém Deanna ri, e não é uma risada de escárnio ou humilhação, é uma risada gentil, uma risada que diz: "Olha só a gente, em um encontro do Tinder, não é uma loucura?"

Um garçom se aproxima para anotar o pedido das bebidas.

Owen pensa no dinheiro na conta do banco, no dinheiro que ele nunca gasta e, enquanto Deanna olha a carta de vinhos, sugere:

— Champanhe?

Ele logo percebe que acertou em cheio, que Deanna é o tipo de mulher que reage de forma muito positiva à sugestão de champanhe. Ela abre a boca para dizer algo, mas Owen se vê dizendo:

— Por minha conta.

Deanna sorri e diz:

— Bem, nesse caso, sim. — E fecha a carta de vinhos.

Eles passam um tempo decidindo o que comer, até que Deanna olha para ele e diz:

— Sabe, você é bem mais bonito pessoalmente do que nas fotos.

Owen sorri, quase rindo, e diz:

— Uau, obrigado. Aquela era a melhor foto que eu tinha de mim, então…

Há um curto silêncio e Owen percebe o que deve fazer. Ele pigarreia.

— Você é bem mais bonita também.

Não é verdade, ela não é. Mas com certeza está longe de ser feia. As fotos dela não eram desonestas.

— Obrigada — diz Deanna.

— A cor do seu cabelo é linda.

É uma cor linda, uma espécie de tom de mel, com pontas loiras.

— Leva três horas no salão — revela ela, tocando as pontas.

— Meu cabelo natural é castanho.

— Castanhas são boas também — comenta Owen.

Ela inclina a cabeça para trás e ri.

Um garçom aparece com o champanhe e os faz se sentir especiais enquanto dispõe um balde de gelo e as taças resfriadas diante deles. Ele mostra a garrafa a Owen, que sabe que deve assentir, só uma vez, e dizer "Ótimo", embora sequer se lembre da última vez que tomou champanhe.

Após a bebida ser servida, eles brindam.

— Saúde — diz Deanna. — Um brinde ao Tinder por acertar às vezes.

Owen pisca e sorri.

— Ao Tinder, por acertar às vezes.

Rapidamente, ele dá uma olhada ao redor. Está cheio de casais. Ele se pergunta quantos deles estão no primeiro encontro e quantos se conheceram no Tinder. Quantos são virgens. Ela o pega olhando e diz:

— É um bom restaurante. Boa escolha.

— Obrigado — responde Owen. — É uma rede, mas sabe, noite do Dia dos Namorados, a cavalo dado…

— ... não se olha os dentes — completa Deanna, e eles trocam um olhar, sorrindo. — Então, como foi seu dia?

— Ah, bem chato, para ser sincero. Acordei tarde. Comi. Estou só aproveitando minha liberdade por enquanto.

Ele explicou sua situação atual a Deanna durante uma das conversas on-line, evitando os pontos ruins e aumentando os pontos que a fizeram dizer: "Ah, sinceramente, hoje em dia a gente não pode falar nada, né?"

— Não julgo — comenta ela. — É o que eu faria se estivesse no seu lugar. Estou sempre tão ocupada, é uma loucura. Acordo às seis todo dia, pego o ônibus com o Sam para a escola, e ele geralmente é o primeiro a chegar, tadinho, e mais um ônibus até o metrô, sento à mesa às oito e meia, oito horas do mais completo tédio, outro ônibus, pego o Sam, ônibus para casa, faço o jantar, dever de casa, arrumo a casa e vou dormir. Todo dia. Eu daria tudo por uma pausa. Por uma chance de sair dessa loucura por um tempo. Ver o que mais a vida pode me oferecer. Quer dizer, sei que foi uma merda seus chefes não ficarem do seu lado, mas, nossa, é um tempo para respirar, um tempo para ser você mesmo.

— E o pai do seu filho? — pergunta Owen. — Ele nunca ajuda?

— Ele morreu — responde ela, com a voz falhando.

Owen engole em seco. Não é o filho da mãe irresponsável que ele imaginou, e sim um homem morto.

— Sinto muito — diz ele. — Sinto muito, muito mesmo.

— É, bem. Ele morreu já faz muito mais tempo do que o quanto convivemos. Ficamos juntos só por dois anos. Ele morreu há nove. É uma estatística estranha. Na verdade, é difícil saber como me sentir em relação a isso. E você? Já foi casado? Algo assim?

Owen balança a cabeça.

— Não. Nada assim.

Deanna sorri para ele, um sorriso de cumplicidade, como se visse Owen, a solidão e o desespero dele e não se sentisse repelida. Como se tivesse conhecido alguém como ele antes.

A comida chega: tagliatelle à bolonhesa para Owen, risoto de frutos do mar para Deanna.

— Estou me divertindo de verdade — comenta ela.

Owen faz uma pausa, o garfo a meio caminho da boca. Ele o pousa no prato e olha para Deanna, e com um toque de admiração na voz, diz:

— É. Eu também.

19

No metrô, a caminho de casa, Owen sente uma pluma de prazer crescendo dentro de si, ele a imagina como uma tinta rosa se espalhando pelo papel molhado. De alguma forma, ele está sendo reconstituído, e tudo porque uma mulher agradável e ligeiramente acima do peso de Colindale falou com ele por uma noite como se Owen fosse humano.

Ele também está um pouco bêbado, o que aumenta a sensação de bem-estar. Deanna bebe rápido, mais rápido do que ele, e Owen precisou acelerar para acompanhá-la. O champanhe desapareceu em menos de quarenta minutos, depois eles dividiram uma garrafa de vinho e, quando acabou, antes de as sobremesas chegarem, cada um pediu um drinque. Owen não consegue se lembrar do nome, mas tinha tequila e gosto de fumaça.

Ele está bêbado o bastante para não notar o olhar das pessoas sobre ele no vagão iluminado. Não sente inveja dos casais apaixonados que enchem as ruas, com rosas vermelhas na mão. Não tem raiva das pessoas que passam por ele ou não o deixam passar. Não liga se elas o veem ou não, porque, por três horas inteiras naquela noite, ele foi visto.

Owen repassa a noite na cabeça uma, duas, várias vezes: as trocas fáceis, o olhar gentil de Deanna, a forma como ela tocou no cabelo várias vezes, assentindo encorajadoramente enquanto ele falava de si, a vagareza no final da noite, como se ela estivesse tentando postergar a despedida.

O ar está bem gelado na subida da colina para casa. Um casal passa por ele, de mãos dadas, a mulher com um buquê de rosas vermelhas na mão. Eles cheiram a vinho. Owen quase diz alguma coisa, algo como "Feliz Dia dos Namorados, companheiros apaixonados!", porém pensa duas vezes e se refreia a tempo.

Owen abafa uma risada e vira à esquerda. Passa por um homem caminhando com um cachorro branco pequeno.

— Boa noite — diz o homem.

Owen se assusta um pouco.

— Ah — responde ele, virando para trás, só um pouco atrasado —, boa noite.

Ele passou por esse homem com o cachorro uma centena de vezes ao longo dos anos, e esta é a primeira vez que foi cumprimentado. Owen sorri.

Na esquina, ele vê uma mulher. Ela tem o cabelo cor de areia e usa um casaco marrom com laço na cintura. Está olhando para o celular. À medida que se aproxima, Owen percebe que ela é bonita, muito, muito bonita. Provavelmente bonita o bastante para ser modelo. Owen se prepara, como sempre faz quando é confrontado com uma beleza feminina extrema. Ele desvia o olhar e se afasta na calçada, tentando deixar o caminho livre para ela, mas a mulher está ocupada demais olhando o celular e vai na direção dele. Owen tenta abrir caminho, entretanto ela se vira também, e de repente eles estão cara a cara, a mais ou menos meio metro de distância, e ela levanta a cabeça e olha direto para ele. O que Owen vê no olhar dela é o mais extremo medo.

— Ah — ela deixa escapar.

Owen se move outra vez para que a mulher possa passar. E mais uma vez ela se move na mesma direção. Ele vê o olhar dela recair no celular, a pontinha do dedão tocando o ícone de ligação de emergência na tela.

Indicando o caminho, ele diz, com certa indignação:

— Por que você não tira o olho do celular por cinco minutos? Assim é mais fácil não esbarrar nas pessoas.

Owen se vira e começa a se afastar, mas aí:

— Vá se foder, seu tarado.

Ele para.

— O quê?

— Eu disse *vá se foder, seu tarado.*

Ele treme um pouco.

Fecha os olhos e inspira fundo. Imagina a si mesmo se virando, se virando, correndo até ela e a empurrando. Ele expira, conta até três. Continua andando.

— Sua puta — grita para trás enquanto anda.

Ele ouve quando ela diz alguma coisa, o eco urgente dos saltos contra as pedras da calçada. Nos ouvidos, o zumbido da adrenalina bombeando pelo corpo. Ele sente o vinho no estômago se revirar um pouco e as pernas ficarem bambas. Owen para e procura uma parede para se apoiar. A cabeça gira, e por um momento, ele sente que vai vomitar.

Mas então sente o celular vibrar, tira-o do bolso, e lá está uma mensagem de Deanna.

Querido Owen, me diverti de verdade essa noite. Obrigada pela ótima companhia e por me fazer me sentir bem comigo mesma pela primeira vez em muito, muito tempo. Espero que você durma bem, estou ansiosa para te ver na semana que vem. Dessa vez, por minha conta! Bjs, Deanna.

Toda a raiva e energia nervosa deixam o corpo dele imediatamente.

Sorrindo, Owen vira a última esquina do quarteirão e chega ao portão do prédio. As luzes estão todas apagadas, e a lua lança um brilho azul no telhado. Ele espia através do buraco feito no portão de madeira que dá para a área em construção ao lado, onde vê dois pontos cor de âmbar brilhando na escuridão. Uma raposa, encarando-o.

— Oi, raposinha — diz para a escuridão. — Oi, linda!

Ele olha para o outro lado da rua. Ainda há uma luz brilhando em uma das janelas. Vê algum tipo de movimento ali. Ouve vozes altas vindo de algum lugar. E então vê uma pessoa de pé do lado de fora da casa: alta, magra, usando moletom com capuz preto, cotovelos formando um ângulo nas laterais feito asas. A pessoa fica lá só por um instante, encarando a luz da janela, assim como Owen. E então se vira, ficando de perfil, e Owen nota que é uma jovem, com as mãos enfiadas nos bolsos do moletom, o maxilar travado.

Enquanto a observa, ela se vira e olha para ele.

Eu te conheço, pensa Owen. *Eu te conheço.*

Depois

20

No meio do dia, Cate nota uma seção pequena no *The Times* que pegou de graça no supermercado no dia anterior. Ela pega o jornal com frequência, porém raramente o lê, e só lê hoje porque está procurando uma matéria anunciada na primeira página, sobre como fazer sexo aos cinquenta.

Ela vira as páginas rápido, no entanto seus olhos são atraídos pela palavra "Camden" a meio caminho do fim da página oito. A manchete diz: "Estudante de Camden ainda desaparecida. Polícia interroga os vizinhos."

E lá, abaixo da manchete, a foto de uma jovem com traços bonitos e simétricos, um sorriso enigmático, enormes brincos de argola, cabelo cacheado escuro preso de lado em uma trança apertada, olhos verde-claros. Cate não a reconhece imediatamente. Mas aí continua lendo, seu olhar volta para a fotografia e ela percebe quem é a garota.

A estudante Saffyre Maddox, 17, não é vista desde que saiu de casa na noite do dia 14 de fevereiro para visitar uma amiga em Hampstead. Saffyre, que mora com o tio, Aaron Maddox, 27, na Alfred Road, estuda no colégio Havelock. A jovem foi descrita pela instituição como uma boa aluna e um membro sociável da comunidade escolar. De acordo com Aaron Maddox, ela saiu de casa por volta das onze horas na noite do desaparecimento, usando calça de corrida escura, moletom preto e tênis brancos.

Cate arfa e olha ao redor, como se pudesse haver alguém por perto com quem compartilhar o espanto. As crianças estão de férias, mas nenhuma delas está ali, e Roan está no trabalho.

Ela pega o celular, tira uma foto da matéria e, antes que tenha a chance de pensar no que está fazendo, a envia para Roan pelo WhatsApp.

Por motivos óbvios, o nome de Saffyre não foi mencionado por nenhum deles, porém não havia motivo para Cate não o reconhecer ao vê-lo estampado no jornal.

Os tiquezinhos de visualização continuam cinza. Roan deixa o celular em modo avião quando está com pacientes. Essa foi uma das (muitas) coisas que potencializaram o surto dela no ano anterior: ele sempre se esquecia de tirar do modo avião depois e andava por aí completamente inacessível até altas horas da noite. Ela nunca conseguiu conceber como ele podia andar com um telefone desligado sem sentir a necessidade de religá-lo.

Cate lê a matéria de novo.

Seis dias antes. Dia dos Namorados. A noite em que ela e Roan foram ao centro de Hampstead, tomaram champanhe em um bar sujo e barulhento e compartilharam um curry de carne em um restaurante tailandês a caminho de casa, a noite em que se deram muito bem e tiveram muitos assuntos para comentar e rir e não foram como aqueles casais com relacionamentos de anos que têm que manter as aparências quando estão em público, no Dia dos Namorados, mas um casal real, compatível e feliz.

E, enquanto isso, Saffyre estivera em algum lugar entre Swiss Cottage e Hampstead, sem roupas quentes o bastante para uma noite tão fria. Será que tinham passado por ela? Teriam eles visto alguma coisa? Seria possível?

Ela tira essa ideia da cabeça. É claro que não é possível. Havia milhares de pessoas entre Swiss Cottage e Hampstead na noite do Dia dos Namorados, milhares de lugares onde Saffyre pode ter estado. Talvez ela sequer tenha ido a Hampstead; talvez tenha dito aquilo para despistar e ido na direção oposta sem que o tio soubesse.

Cate abre o notebook e procura por "Saffyre Maddox" no Google.

Há reportagens em todos os jornais sobre o desaparecimento, todas com a mesma foto dela. Nenhuma tem qualquer informação adicional.

Por volta das duas da tarde, ela recebe uma mensagem de Roan.

Diz apenas: *Meu Deus.*

Ela responde: *Eu sei.*

Porém, os tiquezinhos de visualização ficam cinza.

Ele já está off-line.

O cartão que chegou para Roan no Dia dos Namorados ainda está na gaveta da cozinha, em seu envelope rasgado. Cate o enfiou entre uma pilha de panos de prato, escondido de dedos adolescentes curiosos. Ela realmente não olhara para ele depois daquela ótima noite de Dia dos Namorados que tiveram em Hampstead, nem no dia seguinte. Depois, viera o fim de semana, e agora estavam de férias e, por mais estranho que pareça, ela parou de pensar no cartão. Ele não combina com a atmosfera harmoniosa da casa, com a interação leve entre eles, com as duas vezes que transaram desde então, ambas por iniciativa dela. O cartão se tornara uma poeira metafórica, sem consequência ou interesse para Cate.

Mas agora.

Ela tapa as orelhas com as mãos enquanto algo passa por seus pensamentos, uma ideia em alta velocidade. A sensação a leva de volta ao ano anterior, quando sua vida inteira era assim, quando gastava cada minuto de cada dia lidando com dúvidas, paranoia e desconfiança. Ela não tinha sido feliz naquele lugar e não quer voltar para lá. Está feliz aqui, bem aqui, neste mundo cor-de--rosa de cartões de Dia dos Namorados e abraços roubados.

Cate decide trocar as roupas de cama. Ela não costuma ser o tipo de pessoa que usa as tarefas domésticas para se distrair, mas resolve varrer os três quartos da casa, tentando se afastar ao máximo da gaveta da cozinha.

No quarto de Georgia, ela retira os lençóis branquíssimos que a filha insiste em ter — os dias de fadas cor-de-rosa e lilases se foram há muito tempo. Lençóis brancos, luminárias brancas, tapete branco de pele de ovelha. Quando Georgia era mais nova, aos treze, catorze anos, Cate achava quase impossível não revirar as coisas da filha quando entrava no quarto, desesperada por pistas sobre que tipo de pessoa ela estava se tornando. Agora, não precisa disso: Georgia expõe sua personalidade para Cate muito bem, todo minuto de cada dia. Ela não esconde nada.

Cate se move com eficiência ao redor da cama, junta a roupa de cama e a deixa no chão do corredor. Em seguida, vai ao quarto de Josh.

Ele é do tipo arrumadinho, sempre foi. Ela tira da cama o lençol de cambraia azul, substituindo-o por um verde limpo. O notebook dele está enfiado debaixo da cama, carregando. Cate tem vontade de abri-lo, ver o que o filho misterioso faz quando está sozinho, mas por algum motivo a privacidade dele parece mais sagrada, mais frágil do que a de Georgia. Ela não problematiza muito tempo por que se sente assim, só sente.

Então vai até o próprio quarto, o cômodo conjugal, onde, nos últimos cinco dias, pelo menos, momentos conjugais têm acontecido. Ela puxa a roupa de cama cinza e cria outra bola, que adiciona à pilha do corredor, estende um lençol azul-claro no colchão, ajeita o edredom.

As cortinas ainda estão fechadas — nesta época do ano, às vezes parece inútil abrir as cortinas em um quarto que está escuro quando você acorda e que estará escuro de novo quando voltar.

Ela as abre e se assusta com o lembrete de que há um mundo lá fora. Lá está a sua rua, lá está o homem com o cachorro branco, lá está a lixeira na esquina que só é esvaziada uma vez por quinzena quando o conteúdo está transbordando, lá está a van de entrega do mercado e a van de entrega da Amazon, lá está o prédio do outro lado da rua com a poltrona na entrada da garagem e…

Cate para. Ela se lembra. Lembra-se de estar bem ali. À noite. Havia algo… o que era? Quando?

Ela balança a cabeça um pouco, tentando localizar a fonte daquela quase memória.

Foi naquela noite? No Dia dos Namorados? Puxando as cortinas, preparando-se para a possibilidade de fazer sexo com Roan, teria visto uma figura lá fora? Movimentação. Vozes abafadas. Uma sensação de estar sendo vigiada? Ou ela imaginou aquilo?

Afinal, ela não estava sóbria. Bebeu champanhe, depois cerveja, depois mais cerveja no restaurante tailandês. Não, ela não estava sóbria, nem um pouco.

Cate se vira, como se alguém tivesse chamado o nome dela.

Mas ninguém chamou, óbvio, ela está sozinha.

É o cartão na gaveta da cozinha chamando por ela. O cartão dizendo que há algo que ela não está vendo, que talvez ela não seja louca, nem má, nem errada.

Antes que consiga se controlar, ela desce correndo e entra na cozinha, abrindo a gaveta, revirando os panos de prato e agarrando o envelope.

Suas mãos tremem ao pegar o cartão.

Ele tem uma espécie de pássaro rosa na frente, uma aquarela, meio sem graça. Dentro, em uma letra bem infantil, está escrito:

Querido Roan,
Brigada por ser meu terapeta.
Por favor seja meu namordo.
Com amor
Molly

Cate fecha o cartão e se apoia na bancada da cozinha.

Um cartão de uma criança.

Molly.

A pequena Molly, que ainda não sabe escrever direito.

A pequena Molly, que quer que um homem careca de cinquenta anos seja seu namorado.

A pequena Molly, que sabe o endereço dele.

Ela enfia o cartão de volta no envelope e entre os panos de prato, com o coração acelerado.

134

*

Duas horas depois, Georgia aparece, com Tilly.

— Ah — diz Cate, desviando a atenção do trabalho. — Oi, Tilly. Faz tempo que não te vejo.

É a primeira vez que Tilly aparece desde aquela noite em janeiro, quando alegou ter sido atacada.

— Tudo bem? — pergunta Cate.

— Sim — responde Tilly, olhando para o chão, desconfortável. — Tudo bem.

Georgia está fuçando as gavetas e os armários atrás de comida. Ela não tomou café da manhã e comeu só "tipo, uns *nuggets*" no almoço, por isso está morta de fome, aparentemente. Ela encontra pipoca doce e salgada, serve dois copos altos de suco para si e para Tilly, e as duas desaparecem.

— Obrigada por trocar minha roupa de cama! — Cate ouve a filha dizer do final do corredor.

— De nada!

Ela torna a se sentar e tenta focar no trabalho, mas agora há coisas demais para colocar em ordem na sua cabeça: o cartão da criança (de quem era a letra no envelope? Quem comprou e lambeu o selo? Quem o postou?); a persistente estranheza no fato de Tilly ter mentido sobre ter sido abordada naquela noite (devia ter algo por trás daquilo, não?); o desaparecimento de Saffyre Maddox (em algum lugar entre a casa da garota e aqui); a figura do lado de fora da janela na noite do Dia dos Namorados (ou era fruto da imaginação dela bêbada?); o cara estranho do outro lado da rua (toda vez que ela o vê, ele lhe lança aquele olhar estranho que a faz gelar); o número crescente de agressões sexuais em plena luz do dia na região.

No entanto, todos esses pensamentos se recusam a ser colocados em ordem, recusam-se a se ajeitar e fazer sentido.

Tilly vai embora uma hora depois.

Georgia aparece na cozinha.

— Como está a Tilly? — pergunta Cate.

— Bem.

— Você... ela explicou? Sobre aquela noite?

— Mais ou menos. Não pra valer.

— Como assim?

— Acho que alguma coisa aconteceu, sim. Mas não foi o que ela disse que foi.

— Então, foi tipo o quê?

— Não sei. Ela não quis me contar.

— O que você acha que pode ter sido?

— Não sei.

— Mas...

— Sério, eu não sei mesmo, tá? Você vai ter que perguntar para ela.

— Eu...

— Olha, a Tilly só é esquisita, tá bom? Ela é esquisita. O que quer que tenha acontecido, provavelmente foi algo bem sem graça. — Georgia para por um momento, e então olha para Cate com curiosidade. — Se ela disser alguma coisa, vou te contar. Ok?

— Ok — diz Cate. — Obrigada.

21

SAFFYRE

Todo mundo precisa de um hobby, né?

Bem, durante o ano passado quase todo, meu hobby foi observar Roan.

Eu não tinha mais nada para fazer. Não tinha amigos de verdade. Não tinha namorado. Fazia o dever de casa tarde, quando estava na cama. Nunca estava mentalmente pronta para começar antes das onze horas, nunca estava com os pensamentos no lugar certo. Sou uma pessoa noturna. Então, na maior parte das vezes, depois do colégio, eu perambulava até o Centro Portman para ver o que Roan estava fazendo. A coisa com a moça acabou rapidinho. Eu a via muito, porque ela fumava e passava muito tempo do lado de fora. Acho que era secretária. Usava um crachá, mas parecia nova demais para ser médica. Nunca mais vi Roan e ela dividirem um cigarro, nunca mais os vi sair para beber ou sabe-se lá o quê. Acho que talvez ela tenha desistido depois do encontrinho deles naquela primeira noite. Talvez ela tenha percebido que era nova demais para ele. Ou talvez ele tenha feito algo inapropriado.

E isso é que é estranho, porque, em todos aqueles meses e anos em que fui paciente de Roan, nunca reparei nada sexual vindo dele, nem uma vez. Ele era, bem, não exatamente protetor, nem paternal, mas meio companheiro. Tipo um daqueles professores com quem nos sentimos confortáveis em sermos nós mesmos, mas que ainda respeitamos.

Entretanto, fora daquela sala com lâmpadas halogênicas e poltronas ásperas, vi outro lado dele. Ele não parecia capaz de conversar com uma mulher sem algum tipo de contato físico: abraçava, apertava o braço delas, abria portas, mas sem deixar espaço o bastante para que a mulher passasse sem encostar nele, dividia guarda-chuvas, andava de braços dados. Os olhos dele estavam sempre em alguma mulher. Quando não tinha uma para a qual olhar, parecia perdido.

Os dias começaram a ficar mais longos, e em determinado momento ainda estava claro quando eu chegava lá depois do colégio. Percebi que não podia me esconder entre as árvores em plena luz do dia — eu não podia ficar parada, precisava continuar em movimento. Então passei a esperar do outro lado da rua, fingindo olhar para o meu celular, e depois o seguia para onde quer que fosse. Era tão raro ele ir direto para casa que chegava a ser surpreendente. Ele costumava sair para beber com outras pessoas em um boteco na esquina da College Crescent ou tomava café na lanchonete em frente à estação de metrô.

Eu passei a usar tranças nessa época, rosa-claras. Não era para ser um disfarce, mas fazia um tempo que Roan não me via. Eu tinha crescido, estava diferente. Eu o segui até o bar em uma noite no verão passado. A gente pôde ir sem uniforme para o colégio naquele dia, e eu usava um top curto, calças largas e um casaco com estampa militar, tudo em cores escuras, com meu cabelo escondido em um boné de beisebol. Pedi uma limonada e a levei para a área externa. Estava passando um jogo de futebol em um telão. Havia muitos caras lá fora. E só duas mulheres além de mim. Eu me sentei debaixo de uma cobertura de lona, em uma cadeira de metal, com as costas quase totalmente viradas para ele.

Roan estava com uma mulher e dois homens. O lugar estava a maior barulheira, com os homens torcendo, os sons animalescos da multidão no estádio ressoando por dois alto-falantes enormes. Não dava para ouvir o que eles diziam.

A mulher que estava com eles tinha uns trinta anos. Cabelo ruivo-claro, preso em uma trança longa caída sobre o ombro. Não usava maquiagem e sorria muito. A princípio, a conversa era entre os quatro membros do grupo, mas então os outros dois caras começaram a prestar mais atenção no jogo, dando as costas um pouco para Roan e a mulher, deixando-os conversar.

Fiquei mexendo no celular, de vez em quando me virando para observá-los. Eles estavam absortos. Eu poderia ter parado na frente deles e dado a língua e eles não teriam notado. Tirei uma foto dos dois. E me virei de volta.

O jogo acabou e o volume do barulho ambiente diminuiu. Ouvi um dos caras com Roan se oferecer para pegar mais bebidas no bar. Houve uma pausa, e então Roan disse para a mulher:

— Quer outra bebida? Ou a gente pode ir para outro lugar, talvez.

— Por mim, tanto faz — respondeu ela. — O que você quer fazer?

— Não sei — disse Roan. — Quer dizer, a gente pode andar um pouco, comer alguma coisa.

— É — concordou a mulher. — É. Por que não?

Tomei a minha limonada rapidinho. Esperei que eles passassem por mim e os segui, um pouco atrás. Eles viraram à esquerda e caminharam sem rumo por um tempo, espiando os cardápios nas vitrines dos restaurantes. Entraram em um chinês com patos brilhantes na vitrine.

Eu me sentei em um ponto de ônibus do outro lado da rua. Eles pegaram uma mesa na janela. Roan estava totalmente em cima dela. Segurou o rosto dela. Tocou sua trança. Estava com o olhar grudado na mulher. Era nojento pra caralho. Mas ela parecia gostar. Deixou que ele desse comida para ela na boca, que nem um bebê. Manteve o contato visual. Segurou a mão dele. Jogava a cabeça para trás e ria.

Eles ficaram lá por uma hora. E, quando a conta chegou, o vi insistindo para pagar. Pensei: *que legal, você, com uma família em casa, comprando macarrão para uma garota com idade para ser sua filha. Seu babaca.*

Depois, Roan foi com ela até a estação do metrô. Eles deram um meio aperto de mão, um abraço rápido, sem beijo, perto demais de casa, imagino, perto demais do trabalho.

Vi o rosto dele ao se virar, o sorrisinho astuto nos lábios. Pensei na esposa loira e magrela na casa chique deles em Hampstead, provavelmente colocando alguma comida recém-preparada no congelador porque o marido comeu fora. Eu me perguntei o que ele contava a ela. *Só saí para comer alguma coisa com o pessoal do trabalho.*

Avistei Roan cruzar a Finchley Road, o sinal vermelho para os pedestres, mas sem carros vindo. Ele pegou o celular do outro lado da rua, certamente mandando uma mensagem para a esposa magrela: *Estou indo para casa agora!*

Estava começando a escurecer, o céu era de um tom lilás-claro e os carros começavam a ligar os faróis. Eu estava com fome e sabia que Aaron tinha cozinhado algo bom para o jantar. Parte de mim só queria ir para casa, largar a mochila pesada

140

cheia de livros e comer alguma coisa gostosa diante da TV. Outra parte de mim queria descobrir como Roan Fours entrava em casa depois de levar uma mulher para jantar.

Esperei que o sinal abrisse pra mim, corri e o alcancei quando ele estava virando a esquina, subindo os degraus de pedra da colina íngreme. Roan estava de fones de ouvido. Eu conseguia ouvi-lo cantarolando baixinho. Ele andava rápido, e eu estava sem fôlego quando chegamos à rua dele. Não tinha percebido que ele estava em forma daquele jeito.

E então Roan estava do lado de fora da casa, procurando as chaves, abrindo a porta, fechando-a atrás de si. Sua entrada tinha certo ritmo, como se ele fosse o lorde daquela casa.

Eu estava perto do que parecia um canteiro de obras vazio: tinha um portão de madeira grande e muros altos de tijolos cobertos de plantas. Pelo buraco no portão, vi um terreno enorme coberto por flores e pedregulhos; não parecia real, como um parque secreto ou uma terra mágica. Dava para ver a base, onde antes existia uma casa grande. A propriedade devia ter pelo menos quatro mil metros quadrados, talvez até mais. No alto, o céu tinha se tornado violeta e dourado.

Havia um aviso no portão. Aparentemente, iam construir alguns prédios ali. O aviso tinha data de três anos antes. Desejei que ninguém nunca construísse aqueles prédios, que o terreno ficasse do jeito que estava, escondido, com novas camadas sempre crescendo, cada vez mais densas.

Percebi um movimento na lateral. Algo esguio e brilhante. Uma raposa.

Ela parou por um momento e me encarou. Bem nos olhos.

Meu estômago roncou. Ajeitei a mochila nos ombros e fui para casa.

22

Uma manhã, alguns dias depois do Dia dos Namorados, a campainha de Owen toca. Ele espera que Tessie atenda, mas parece que ela saiu.

Depois do segundo toque, ele vai até o interfone e diz olá. Uma voz feminina responde.

— Oi. Quem fala é o Owen Pick?

— É sim.

— Bom dia. Sou a detetive Angela Currie. Estamos passando de porta em porta para perguntar sobre uma pessoa desaparecida. Você teria alguns minutos para responder algumas perguntas?

— Err... — Ele se encara rapidinho no espelho perto da porta. Não faz a barba tem três dias e precisa lavar o cabelo. Está horrível. — Sim, desculpe, claro. Entre.

Angela Currie é uma jovem corpulenta, baixa e larga, com pés desproporcionalmente pequenos. O cabelo loiro parece natural, está trançado rente à raiz e preso em um coque. Seu rosto é bonito e ela está usando delineador.

Atrás dela há um homem igualmente jovem, que é apresentado como policial Rodrigues.

— Podemos entrar?

— Há... — Owen olha para trás de si, para a porta aberta que leva ao apartamento de Tessie. Como explicar que não tem lugar para se sentar na casa dele porque a tia não o deixa entrar na sala? — Tudo bem se conversamos aqui fora?

Ele está ciente de que isso faz parecer que está tentando esconder alguma coisa.

— O apartamento é da minha tia — explica. — Ela não gosta que as pessoas entrem.

Currie inclina a cabeça para olhar para o espaço visível através da abertura da porta do apartamento.

— Sem problema — diz ela.

Eles se sentam no pequeno banco perto das escadas que levam aos dois apartamentos do andar de cima. O banco balança precariamente — não foi feito para se sentar, mas para apoiar pacotes e coisas assim. Currie tem que ficar com a cabeça ligeiramente inclinada para a frente para não bater na caixa de correios na parede.

— Bem — começa ela —, estamos investigando o desaparecimento de uma garota da região. Podemos te mostrar algumas fotos?

O sangue sobe à cabeça de Owen. Ele não sabe o motivo. Faz que sim e tenta cobrir as partes quentes do rosto com os dedos.

Currie tira uma foto de um envelope e entrega a ele.

É de uma garota bonita, de linhagem mista, pelo que parece, embora seja difícil dizer a ascendência dela. Está usando brincos grandes de argola, e o penteado parece com o de Currie, um tipo de trança rente à cabeça, pendendo para um lado. Está usando algo que parece um uniforme de colégio e sorrindo.

Owen entrega a foto de volta para a detetive e espera outra pergunta.

— Você já viu essa garota?

— Não — responde ele, com a mão saindo do rosto e indo para a parte de trás do pescoço, que consegue sentir ficando inchada e quente. — Não que me lembre.

— Onde você estava na noite de 14 de fevereiro, Sr. Pick?

— Ele começa a dar de ombros, e então ela diz: — Era Dia dos Namorados. Pode ser mais fácil de se lembrar assim.

Owen suspira, cobrindo a boca com a mão. Sim. Ele sabe o que estava fazendo naquela noite.

— Você estava em casa? Ou saiu pelos arredores? Talvez tenha visto alguma coisa?

— Não. Não. Eu saí. Saí para jantar. Com uma amiga.

— Ah. Ok. E a que horas você chegou em casa? Consegue se lembrar?

— Mais ou menos onze e meia. Talvez meia-noite.

— E como veio para casa naquela noite?

— Peguei o metrô. De Covent Garden até a Finchley Road.

— Você viu alguma coisa incomum enquanto saía da estação? Algo estranho?

Owen passa a mão pela boca e balança a cabeça. Pensa no estranho episódio na rua, quando aquela garota bonita o chamou de tarado e ele a chamou de puta. Parece um pedaço distorcido de um sonho estranho quando ele pensa agora, como se não tivesse acontecido de verdade. Tudo naquela noite parece um sonho, com algumas partes desbotadas, feito uma fotografia antiga.

— Não. — Owen balança a cabeça devagar. — Não. Nada.

Ele parece estar mentindo, porque de certa forma está.

— E você disse que mora com a sua tia? É… — Currie olha para uma lista na prancheta. — Tessa McDonald?

Ele assente.

— E onde está a Srta. McDonald?

— Não sei. Provavelmente, no centro. Fazendo compras.

— Ótimo. Bem, tenho certeza de que vamos voltar quando tivermos um panorama melhor da situação. Enquanto isso, talvez você possa dar meu cartão para ela, peça para me ligar se ela se lembrar de algo sobre aquela noite. — Currie dá uma olhadinha para a escada. — Sabe se tem mais alguém no prédio?

Owen balança a cabeça.

— Não faço ideia. Você pode tocar as campainhas, se quiser.

Ela sorri, aperta o botão da caneta esferográfica, a enfia no bolso e diz:

— Não precisa. Acredito que por enquanto esteja tudo ok. Posso deixar mais uns destes aqui? — Ela aponta para alguns papéis impressos e para as caixas de correio acima do banco. — E mais alguns cartões meus?

— Sim — responde ele, levantando-se. — Sim. Claro.

— Bem — retoma ela, ajeitando a alça da bolsa de couro no ombro —, obrigada pelo seu tempo, Sr. Pick. De verdade. Estou a apenas uma ligação de distância, se você, ou mais alguém, se lembrar de alguma coisa.

— Sabe — diz Owen de repente, com os olhos parecendo grandes demais para a cabeça dele enquanto uma lembrança enterrada surge em meio à névoa —, eu vi, sim, uma coisa naquela noite. Uma pessoa. Ali. — Ele aponta para a casa do outro lado da rua. — Parada do lado de fora daquela casa, no escuro, só meio que olhando para ela. Primeiro pensei que fosse um homem, mas aí a pessoa se virou e era uma garota.

— Uma garota?

— Sim, pelo menos, acho que sim. Difícil dizer, porque estava de capuz.

Owen abaixa os olhos para o papel em suas mãos, lê a descrição das roupas que a garota desaparecida estava vestindo.

— Que tipo de capuz? — indaga Currie.

— Tipo de moletom? Acho?

— Qual era a altura da garota?

— Talvez não fosse uma garota. Talvez fosse... eu não estava sóbrio. Tinha tomado um pouco de vinho. Muito vinho. Não consigo ter certeza.

— Essa pessoa, qual era a altura dela? Mais ou menos?

— Eu realmente não consigo me lembrar.

— E que horas eram mais ou menos?

— Assim que cheguei no portão do prédio. Meia-noite. Por aí. Talvez mais tarde.

— E não era — ela toca a foto impressa com a ponta do dedo —, não era esta garota?

— Eu não sei, não sei... estava escuro e, como eu disse, tinha tomado vinho. Eu realmente não... — Owen começa a falar muito rápido. Sabe que parece estar em pânico. Ele queria não ter dito nada sobre a garota de capuz. A polícia teria ido embora e ele estaria em segurança de volta ao quarto.

— Bom, na verdade, isso é bastante útil, muito obrigada. Ainda bem que você conseguiu se lembrar disso. E, se não se importar, nós gostaríamos de entrar em contato de novo. Depois de falar com as pessoas que moram do outro lado da rua.

As pessoas do outro lado da rua.

As pessoas que fazem cara feia toda vez que ele passa.

A mulher loira magrela com o rosto irritante.

A filha coxuda.

O pai ridículo de legging, correndo para cima e para baixo na colina, no escuro, como se quisesse esquecer da vida.

23

Cate está com a bolsa pendurada no ombro e abrindo a porta da frente, prestes a ir até a sala emprestada em St. John's Wood para atender a um paciente, quando dá um pulo ao ver uma pequena mulher loira vestida de preto, acompanhada de um homem de uniforme policial. Ela para e os encara por um momento. Na mesma hora, sabe que estão ali para falar de Saffyre Maddox.

— Oi — diz ela. — Desculpe. Estou saindo.

— Tudo bem. Podemos voltar depois.

— Ah — continua Cate —, não. Não tem problema. Posso ficar por alguns minutos.

— Tem certeza?

Ela os conduz para a sala de estar, recém-arrumada, graças aos céus, com as almofadas todas alinhadas.

— Casa bonita — elogia a mulher.

— Ah. Não é minha. Quer dizer, é alugada. Só temporária.

— Bem, é linda. Adoro o pé-direito alto. Detetive Currie. — Ela estende uma das mãos pequenas. — E policial Rodrigues.

— Posso oferecer alguma coisa a vocês?

— Não, estamos bem. Mas obrigada.

Eles se sentam e Currie pega um bloquinho de anotações.

— Estamos investigando o desaparecimento de uma estudante da região.

Ela entrega um papel para Cate, que encara a familiar foto de Saffyre Maddox sem piscar.

— Ah, sim — diz Cate. — Sim. Eu vi nos jornais.

— Bom, então você sabe um pouco sobre o caso?

Cate assente. Ela espera que Currie diga algo sobre Roan, sobre a conexão dele com Saffyre Maddox, porém se surpreende quando a outra diz:

— Noite do Dia dos Namorados. Você se lembra de onde estava?

— Ah — responde Cate. — Certo. Sim. Eu estava no centro, saí com o meu marido.

— E que horas vocês chegaram em casa?

— Por volta das onze e meia.

— E você viu alguma coisa? Alguém? Quando voltaram?

Cate hesita. Está prestes a dizer algo sobre a figura que viu pelas cortinas. Mas algo a faz parar.

— Não que eu me lembre.

— Por volta da meia-noite, talvez?

— Não. — Ela balança a cabeça. — Não. Eu estava na cama à meia-noite.

— E seu marido?

— Meu marido?

— Ele também estava na cama? À meia-noite?

Cate não consegue se lembrar. Ela não consegue se lembrar.

— Sim — responde com firmeza. — Tenho certeza de que estava. — Ela confere a hora no celular. — Sinto muito. Preciso ir agora. Tenho um paciente em St. John's Wood em vinte minutos.

— Ah, um paciente. Você é médica?

— Não. Sou fisioterapeuta.

— Ah, desculpe — diz Currie, se levantando. — Por favor, não queremos atrasá-la mais.

Eles saem juntos, em um passo levemente desconfortável. Currie e o policial Rodrigues param na porta da frente e examinam as campainhas.

— Tem mais alguém nas outras casas? — pergunta a detetive.

— Desculpe, não faço ideia. — Cate sorri, se desculpando, e então se despede, vira-se e desce a rua, com o coração batendo dolorosamente sob as costelas.

Roan teve um caso uma vez. Foi bem no início do casamento deles, quando ainda eram muito jovens e estavam se acostumando ao fato de serem casados quando nenhum dos amigos deles era.

Cate meio que adivinhou o que estava acontecendo. Roan não tinha escondido muito bem. Camisinhas começaram a desaparecer em um ritmo incompatível com a quantidade de vezes que eles transavam — ainda era bastante na época, antes das crianças. Cate era responsável por pegar as camisinhas na clínica de planejamento familiar, então tinha mais consciência do que a maioria das mulheres sobre quantas deveriam estar na caixa.

Na época, Roan ainda estava na faculdade, o que era parte do problema. Cate havia se formado três anos antes e trabalhava o dia inteiro em um centro de recuperação esportiva. Eles ficaram descompassados por um ou dois anos. Cate bancava a casa, passava os dias com pessoas mais velhas do que ela, estava cansada às dez da noite. Roan não estava ganhando dinheiro, passava os dias com o pessoal da faculdade e geralmente estava no bar às dez da noite.

Ele estava transando com outra universitária. O nome dela era Marie, tinha a mesma idade de Cate e cabelo muito longo. Roan terminara o caso — embora tenha se recusado a reconhecer que era um caso, disse que era só "sexo normal" — assim que Cate o confrontou com suas suspeitas. Marie foi à casa deles uma hora depois e Cate terminou abraçando-a na calçada enquanto ela chorava e se lamentava.

Quando tornou a entrar em casa minutos depois, Cate encontrou um fio de cabelo de Marie no próprio cardigã. Ela o tirou e o encarou por um instante antes de deixar que caísse no chão. Roan estava sentado com a cabeça pendendo, suas escápulas eram dois picos pontiagudos de pesar, e ele fungava, algo que chegava perto de estar chorando.

— Ela foi embora? — perguntou.

Cate assentiu e se serviu uma taça de vinho.

— Vamos terminar?

— Terminar? — perguntou ela sarcasticamente. — Somos casados. O que você quer dizer com terminar?

— Quero dizer: é o fim do nosso casamento?

Cate se lembra de encarar o fio de cabelo solitário de Marie, não mais uma parte dela, com quarenta e cinco centímetros de comprimento e formando um S no carpete. S de sexo. S de sem-vergonhice. S de safada. Ela se lembra de imaginar o punho de Roan segurando o cabelo de Marie enquanto eles faziam "sexo normal". Teve que segurar uma risada. A coisa toda era tão patética.

— Não posso viver sem você. Você sabe disso, não sabe? Não posso viver sem *a gente.*

Então ele começou a chorar pra valer, arrependido, as escápulas curvadas subindo e descendo. Ela se lembra do horror da situação, do choque. Por um momento, se perguntou se ao menos o amava, se *algum dia* o amara.

— Eu morreria sem você — disse ele enquanto Cate lhe entregava um lenço. — Eu literalmente morreria.

Roan se formou um ano depois e logo entrou no Portman, virou um homem feito, sério, muito respeitado, excelente no trabalho. Depois de um tempo, eles conseguiram até fazer piada sobre Marie, sobre ela ter aparecido com os olhos todos vermelhos naquela noite, terminando nos braços de Cate na calçada. O fato de terem sido capazes de fazer piada com o assunto foi um marco, um sinal definitivo de que o que havia acontecido tinha sido uma aberração, algo isolado, nada a ver com eles e com o casal que seriam, com os pais que se tornariam, com a vida que iriam construir para si.

Ninguém sabia daquilo.

Cate não contou nem para os amigos próximos.

Tinha ficado entre eles e só entre deles.

Então, ela não estava totalmente louca ao pensar o pior no ano anterior. Tinha dito isso a Roan:

— Não é como se nunca tivesse acontecido.

Ele soltou um ruído de escárnio, como se aquilo fosse irrelevante. E ela deixou que ele zombasse do seu argumento, porque estava envergonhada demais das próprias ações.

Mas, em retrospecto, ela conseguia ver que ele estava tentando se mostrar superior a ela vinte e cinco anos depois, expurgando as próprias memórias do homem patético e desesperado chorando na casa suja em Kilburn, alegando que se mataria se ela o deixasse. Talvez Roan soubesse que Cate havia questionado seu amor por ele naquela hora. Talvez estivesse esperando um momento para sugerir que ele também era capaz de questionar o que sentia, restabelecendo assim o equilíbrio.

O casamento deles é forte. Sobreviveu a muita coisa. E, ainda assim, eles encontram um jeito de se sentir bem em relação ao outro.

Mas, enquanto se dirige à sessão com seu paciente naquela manhã, com o sol em meio às nuvens brincando com o rubor na pele dela, Cate pensa na pergunta de Currie, e pensa de novo na figura do lado de fora da janela e se pergunta mais uma vez onde Roan estava e o que fazia à meia-noite do Dia dos Namorados.

24

— A polícia veio aqui hoje de manhã — disse Cate a Roan naquela noite. — Perguntando sobre Saffyre Maddox.

O celular de Roan esteve desligado o dia todo e esta é a primeira chance que ela tem de discutir os acontecimentos do dia com ele.

— Ah — diz Roan. — O que eles disseram?

— Que estavam passando de porta em porta. Mas não os vi indo até a porta de mais ninguém. Só à nossa. Acho que eles devem ir atrás de você em breve.

— Ah, sim. Eles foram me ver de manhã.

Roan diz isso como se receber a visita da polícia para falar de uma garota desaparecida fosse algo rotineiro. Cate quase tem a sensação de que, se não tivesse tocado o assunto, ele não diria nada.

— O que eles disseram?

Roan dá de ombros e analisa a correspondência na mesa da cozinha, afrouxando o cachecol de lã.

— Queriam ter uma noção das coisas, acho. Saber um pouco sobre o tipo de pessoa que ela é, por que motivo ela poderia ter fugido.

— Fugido?

— Sim. Embora eu tenha dito a eles que não a vejo faz meses. Então não tenho certeza de como ela está agora.

— Achei que ela estivesse desaparecida. Não que tivesse fugido.

Ele a encara com uma expressão neutra.

— Bem, é meio que a mesma coisa, não? Até que descubram o que aconteceu.

— Mas, para fugir, ela levaria uma mala, não?

Roan dá de ombros.

— Talvez ela tenha levado.

— Ela levou. Mas não havia nada dentro dela. Olha. — Cate aponta com seriedade para o panfleto. — É exatamente o que diz aí. Eles não te contaram?

Cate está exagerando, porém sente algum tipo de conivência bizarra com a coisa toda, como se estivesse estranhamente conectada a Saffyre de alguma forma.

— Não, eles não disseram. Me deram pouca informação. Eles estavam mais interessados em entender a condição dela enquanto ela esteve sob os meus cuidados.

— E o que era? Qual era a condição dela?

Roan torna a olhá-la.

— Você sabe que não posso te contar.

— Mas ela nem é mais sua paciente, com certeza você pode…

— Não — retruca ele. — Você sabe que não posso. Não acredito que está me pedindo isso.

E lá está ele de novo, aquele homem do ano passado, o homem frágil e justo que ela quase perdeu por causa de todas as suas dúvidas. O homem que a fez se sentir louca, má e tóxica.

Contudo, desta vez é diferente, não é como se Cate achasse que tinha alguma coisa errada e estivesse desesperada atrás de evidências para apoiar suas suspeitas. Desta vez, tem alguma coisa errada *de verdade*: uma garota está desaparecida.

— Havia alguma coisa que poderia tê-la feito agir assim? Quer dizer, você não tem que me contar exatamente o que era, mas acha que ela era instável?

Cate está pressionando Roan, mas não se importa.

Ele apoia as mãos na mesa da cozinha e ergue o olhar para ela.

— Eu dei alta porque ela estava indo bem. Tinha parado com certos padrões de comportamento nocivos. Fora isso, não faço ideia. Não sei o que estava acontecendo na vida dela antes do desaparecimento.

— Você não a viu mais?

Roan suspira alto para que Cate perceba o quanto o está pressionando.

— Não. Eu não a vi mais.

— Então qual é a sua teoria? O que acha que aconteceu com ela?

— Não faço a mínima ideia. Ela tem dezessete anos. Teve uma infância complicada. Um trauma. Quem sabe?

Roan soa como se achasse o conceito do desaparecimento de Saffyre um tanto irritante. Ele está quase parecendo simplista.

Cate o encara e diz:

— Você fala como se não ligasse.

Ele revira os olhos.

— É óbvio que ligo.

— Não está parecendo que liga.

— Meu dever profissional é uma coisa, e Saffyre não está mais sob esse cuidado. Mas é lógico que me importo com ela e com o que lhe acontece. É claro que me importo com o desaparecimento. Só não vejo nada que eu possa fazer a esse respeito.

Cate hesita. Pega as duas canecas na mesa e as leva para a pia, devagar. Apoia as mãos na bancada e olha pela janela.

— Eles perguntaram o que estávamos fazendo à meia-noite naquela noite. Sabe, no Dia dos Namorados.

Roan não responde.

— Falei que estávamos deitados.

— Bem, nós estávamos, não?

— Bem, *eu* estava. Você estava... não sei. Fiquei deitada lá por um bom tempo esperando você vir. E, quando veio, eu te perguntei o que você estava fazendo e você disse que não estava fazendo nada e aí a gente transou.

— E?

— Bem, o que você estava fazendo?

E pronto. Ela ultrapassou o limite. No mesmo instante, eles voltaram para onde estavam durante todas aquelas semanas infernais no ano passado.

— Cate — diz ele, em um tom de voz com o qual ela havia ficado bem acostumada na época, aquele tom paciente de *tenho--mesmo-que-aguentar-essa-baboseira?* —, do que diabos você está falando?

Ela desgruda os dedos da bancada da cozinha e torna a se virar, sorrindo. Não quer ir por esse caminho.

— Nada — responde com leveza. — Absolutamente nada.

25

SAFFYRE

Observei o caso de Roan Fours com a mulher ruiva se desenrolar durante o verão.

O nome dela era Alicia. Eu sabia disso porque o tinha escutado chamá-la no estacionamento da clínica. Eles iam muito àquele boteco na esquina. Enfiavam-se nos cantos mais apertados do jardim e falavam como se fossem morrer um pelo outro. Formavam um casal bonito, apesar da diferença de idade. Uma combinação melhor do que ele e a esposa, de certa forma. A esposa tinha cara de que a vida tinha acabado com ela, enquanto Roan tinha um ar de novidade — ele nunca parecia cansado ou esgotado, a sensação era de que ele tinha sempre acabado de sair do banho, de voltar de férias, parecia pronto pro jogo. Ele tinha um brilho. Eu não sabia a idade dele, mas chutaria que era por volta dos cinquenta. Alicia era muito mais nova, só que por algum motivo eles combinavam.

Pesquisei um pouco e encontrei uma psicoterapeuta júnior no Portman chamada Alicia Mathers. Havia uma biografia dela no site. Ela tinha graduação e mestrado em psicologia pela Universidade da Califórnia, em Los Angeles, e um Ph.D. Garota inteligente. Eu a segui até em casa uma noite depois de um dos encontros deles, que eram cedo (raramente se despediam depois das oito ou nove horas). Ela morava em um apartamento em um prédio pequeno perto da Willesden Lane. Não muito chamativo. Vi uma luz se acender no quarto andar quando ela chegou em casa. Então era ali que ela morava. Bom saber. Tirei algumas fotos e fui para casa.

Vovô e Aaron estavam começando a se preocupar com o tempo que eu passava fora de casa, lógico. Eu só falava coisas vagas, tipo: tenho dezessete anos agora, sou quase adulta, preciso de espaço. Dava para ver que o Aaron estava especialmente preocupado comigo.

— Você parece ansiosa, Saff — chegou a dizer —, será que eu deveria entrar em contato com o Dr. Fours?

(Aaron *amava* Roan, parecia quase reverenciá-lo. Se tivesse um chapéu, teria tirado para ele, nesse nível.)

— Nada a ver — contestei. — Pra que isso?

— Não sei — respondeu ele —, você está estressada com as provas? Talvez tenha mais alguma coisa acontecendo na sua vida. Quer dizer, tem… algum garoto?

Eu ri. Nunca houve garoto algum, e eu não conseguia nem imaginar quando haveria. Aquela parte de mim secou e morreu quando Harrison John fez o que fez comigo quando eu tinha dez anos. Eu podia olhar para um garoto e ver olhos bonitos, um rosto agradável, ou talvez até um corpo sarado, mas aquilo nunca se traduzia em sentimentos. Eu *nunca* quis nem eles, nem a atenção deles.

— Não, nenhum garoto — respondi. — Só estou caminhando muito. Espairecendo. Sabe?

Às vezes, quando tinha tempo livre durante o dia, eu aparecia para ver a esposa de Roan. Eu me sentia mal por ela. Lá estava ela com seus jeans sem graça e blusas floridas, andando pela casa, distraída comprando coisas para cozinhar para a família, afofando edredons, preenchendo formulários, arrumando a geladeira, limpando o chão, todas as coisas que imagino que donas de casa de classe média façam. E para quê? Para o marido entrar pela porta um dia e dizer: "Conheci alguém. Ela é mais jovem do que você e mais bonita e quero transar com ela sempre que eu quiser." E depois? O que acontece com uma mulher assim, com um emprego de faz de conta e filhos prestes a sair de casa? Onde Cate Fours terminaria? Eu realmente me sentia mal por ela. De verdade. É horrível quando você sabe de algo que ninguém mais sabe, isso faz você se sentir responsável pelo problema de alguma forma.

Então, perto do fim do verão, no dia em que recebi o resultado das provas (tirei seis dez e três noves, caso você esteja se perguntando), uma coisa estranha aconteceu.

Era sexta-feira à noite e estava tarde, eu tinha ido à casa da minha amiga Jasmin comer e ouvir música. Ela estava se preparando para ir a uma boate ou algo assim. Eu não quis ir. Não era a minha praia. Mas gosto de ver meus amigos se arrumando, gosto de ouvir música, gosto de frango *tikka* e *paratha*, gosto da Jasmin, então, sabe, fiquei por um tempo.

Era mais ou menos nove horas quando saí de lá. O céu estava escurecendo, mas ainda estava calor, então decidi ir a pé para casa, passando pela rua do Roan. Eu não planejava ficar, só passar lá, dar uma olhada e seguir meu caminho. A essa altura, era parte de mim, como se eu fosse um cachorro ou um pombo: era um hábito.

Eu vim de outra direção, já que estava na casa da Jasmin, passando pelo lado do canteiro de obras que dá para outra rua. Mesmo antes de chegar ao local, já dava para sentir o cheiro, o cheiro forte e enjoativo de maconha. Enfiei a cabeça por uma fenda na folhagem e olhei o terreno. Não percebi nada no início, mas aí vi o brilho de um celular e a ponta vermelha em chamas de um baseado grosso. Vi um rosto, o rosto de um garoto. Ele estava sozinho. Parecia jovem. A ponta vermelha ficava maior e mais brilhante quando ele puxava. A luz do celular apagou quando ele o desligou. E então o vi se virar e olhar para trás. Eu o ouvi fazer um barulho baixinho e o vi colocar a mão no bolso. Ele tirou algo de lá e se virou novamente, fazendo o mesmo barulho.

E então lá estava ela: a raposa. Ela parou por um momento e apenas olhou para o menino. Achei que iria fugir, como todas as raposas que encontrei na rua sempre faziam. Mas essa raposa não. Essa raposa começou a rastejar para a frente, muito devagar, um centímetro de cada vez, a cabeça baixa, os ombros para trás. A cada poucos segundos, olhava para trás. Por fim, parou ao lado do menino.

— Boa noite, senhora — eu o ouvi dizer.

E o vi entregar algo para a raposa comer. A raposa pegou a coisa, a alguns metros de distância, deixou cair e a comeu do chão, lenta e metodicamente. O menino estendeu outro pedaço de comida, entre o indicador e o polegar. A raposa voltou e o pegou com delicadeza.

Então, inconsequentemente, o menino tocou a cabeça da raposa, que deixou.

Fiquei boquiaberta. Nunca tinha visto algo assim. Tirei uma foto: menino e raposa, lado a lado. Bem quando a raposa tinha se virado para olhar para o garoto. Quase como um cachorro fiel olhando para o dono.

O menino terminou de fumar o baseado e pisou nele. A raposa ouviu um barulho ao longe e saiu correndo. Vi o menino se levantar, pegar uma mochila, limpar as pernas e a lateral da calça. Virei rápido para que ele não me visse. Peguei meu celular e fingi estar olhando o Snapchat. O menino espiou através da folhagem no canto, subiu no muro e pulou para a calçada. Ele virou a esquina e eu o vi ir em direção à casa de Roan, e só então percebi: era o filho dele. Com as mesmas pernas desengonçadas. Pensei: toda família tem seu ponto fora da curva, sua erva daninha. Eu sou a erva daninha da minha família, sem dúvidas. E parecia que eu tinha encontrado a da família de Roan. Com quem o menino tinha conseguido o baseado? Por que estava fumando sozinho em um canteiro de obras? E como ele tinha feito amizade com uma raposa? Que tipo de esquisitice estilo Dr. Dolittle era aquela?

Dei zoom na foto quando cheguei em casa. Amei. O rosto do garoto era bonito, como o do pai, mas ainda não totalmente definido. Nas sombras escuras e sem cor da foto, com seu cabelo mal cortado, seus traços ainda em formação, sua expressão sincera, ele parecia quase vitoriano. E então dei zoom na raposa, os olhos fixos no garoto, o bigode branco brilhando sob a luz da rua. Tão bonita. Tão calma. A foto podia ganhar um prêmio em alguma competição.

Eu a salvei na pasta de favoritas.

Então, guardei meu celular, fechei o notebook e — enquanto Jasmin ia para a cidade com os peitos pulando do top e uma garrafinha de vodca na bolsa minúscula, enquanto Roan fazia sei lá o quê com aquela mulher pré-Rafaelita bonita com um Ph.D. em uma sexta-feira depois do trabalho, enquanto o filho dele estava sentado no quarto, chapado, com os bolsos cheios de carne — me sentei na cama e abri um livro.

26

Na manhã seguinte, a rua de Cate está isolada. Dois carros de polícia estão estacionados diagonalmente do outro lado da rua, as luzes azuis girando, lançando formas nas paredes do quarto de Cate. Há uma van descaracterizada estacionada no meio da rua e dois policiais uniformizados perto da fita, instruindo as pessoas a pegarem outro caminho. Do outro lado da rua, cortinas são afastadas e os moradores espiam pela porta da frente, ainda de pijama.

Georgia aparece atrás de Cate.

— O que está acontecendo?

— Não faço ideia. Imagino que tenha alguma coisa a ver com aquela garota. Saffyre Maddox.

— Ai, meu Deus. — Georgia põe as mãos nas bochechas. — Você acha que encontraram ela? O corpo dela?

— Meu Deus, Georgia. Não. Isso é...

Cate deixa as palavras morrerem, mas já pensou nisso. O grande portão de madeira do outro lado da rua, no terreno em construção, está aberto, e policiais entram e saem.

— Vou perguntar — declara Georgia, virando-se para deixar o cômodo.

— Georgia, não — diz Cate. — Deixa eles, estão fazendo o traba...

Ela ouve a porta da frente se abrir e vê Georgia, ainda de pijama, com o moletom jogado por cima e apenas a parte da frente dos pés enfiada nos tênis que ainda está tentando calçar direito enquanto pula na direção dos policiais uniformizados. Cate observa por trás das cortinas enquanto a filha para na frente deles, as mãos no bolso do moletom, balançando a cabeça, assentindo, indicando o canteiro de obras e a casa deles. Logo depois, ela se vira e volta. Cate a encontra na porta da frente.

— O que eles disseram?

Georgia se livra dos tênis e vai para a cozinha, falando com Cate enquanto caminha.

— Disseram que encontraram algo no canteiro de obras. A equipe forense está lá. Perguntei se tem um corpo. Disseram que não, nada de corpo. Perguntei se tem algo a ver com Saffyre Maddox. Eles disseram que não podem me contar. Falaram que vão ficar lá o dia inteiro, e talvez amanhã também.

Cate assente. O estômago dela se revira. Ela dá uma olhada no relógio: acabou de passar das nove. Roan saiu mais cedo para o trabalho, às sete. Ela se pergunta se a polícia já estava lá fora quando ele saiu. Ela se pergunta como ele teria se sentido com isso.

Cate envia uma mensagem para ele por WhatsApp: *A polícia isolou o entorno, a equipe forense está no canteiro de obras do outro lado da rua. Tem ideia do que está acontecendo?*

Os tiquezinhos continuam cinza. Ela deixa o celular de lado e enche a chaleira.

— Quer chá? — pergunta à filha.

Georgia está comendo um bolinho.

— Não, obrigada, vou voltar para cama — responde.

E então ela tira o moletom e o coloca nas costas da cadeira. Tenta jogar o pacote do bolinho na lixeira, mas erra e o deixa cair no chão. Cate está prestes a chamá-la para pegar, mas não consegue reunir forças para isso, então suspira e o joga fora. Pequenos choques são enviados por seu sistema nervoso enquanto ela se movimenta.

Ela vai até a gaveta onde ficam os panos de prato e pega o cartão misterioso de Dia dos Namorados de Roan de novo. Então, algo lhe ocorre: o cartão de Molly não tem o mesmo formato que o envelope. É ligeiramente comprido demais e não tão largo. O cartão não foi comprado com o envelope. Ela o pega de novo, abre, lê. Pequena Molly. Que garotinha estranha ela deve ser, mandando cartões de Dia dos Namorados para homens velhos.

Cate vira o cartão nas mãos, atrás de algo, alguma coisinha que possa explicar melhor a situação. Mas não há nada. Afinal, Roan trabalha cuidando de crianças estranhas, então, por que ela está surpresa que uma se comporte de um jeito estranho com ele?

Cate suspira e coloca o envelope de volta na gaveta.

Então se vira e leva um susto. Josh está parado à porta. Está enrolado em um cobertor, descabelado.

— Por que tem um monte de policiais lá fora? — pergunta.

— Não sei — responde ela. — Talvez tenha alguma coisa a ver com aquela garota desaparecida. Eles encontraram alguma coisa no canteiro de obras, a equipe forense está lá.

— Sério? — diz Josh, voltando para o corredor, entrando no quarto de Cate e espiando pela janela.

Ela o segue. A nuca dele está irritada pelo corte de cabelo do dia anterior, estilo *Peaky Blinders*, um *undercut* com o topo volumoso, que todos os garotos estão fazendo e que faz com que a cabeça deles pareça grande demais para o corpo.

Cate está atrás dele na janela. Ambos assistem a um homem e uma mulher à paisana saírem do local carregando caixas de plástico. O policial que vigiava o cordão de isolamento o puxa para que outro veículo da polícia passe. Mais duas pessoas saem. Uma delas, Cate reconhece como a detetive que se sentou em seu sofá no dia anterior, que perguntou de forma bem específica onde ela estava à meia-noite no Dia dos Namorados. Há cinquenta ruas entre a Alfred Road, onde Saffyre mora, e o centro de Hampstead, para onde ela disse à família que estava indo. Mil casas. Dezenas de milhares de pessoas. Mesmo assim, a polícia escolheu tocar a campainha de Cate, sentar-se em seu sofá, perguntar seu paradeiro e agora investigar o canteiro de obras em frente à sua casa. Sem mencionar o relacionamento de seu marido com a garota que estão tentando encontrar.

Ela e Josh olham para cima quando o som das hélices de um helicóptero começa a soar no ar.

— Repórteres — diz Josh. — Como será que descobriram?

— Só precisam de uma ligação — argumenta Cate. — A polícia não tentou esconder o que está acontecendo aqui.

Ela vê um movimento do outro lado da rua e observa o portão do prédio em frente se abrir. Lá está aquele homem, o esquisito. Ela se move um pouco para não ser vista.

Atrás dele, está a mulher com quem parece morar, aquela que parece uma estátua, de cabelo grisalho, que estivera procurando as chaves na bolsa naquela manhã semanas antes. E atrás da mulher, está um senhor alto de cabelo grisalho penteado para trás.

Eles saem devagar. O homem mais velho olha para o céu, para o helicóptero. A mulher vai até a polícia, perto do cordão de isolamento, e Cate a observa fazer algumas perguntas. O homem mais velho e o mais novo ficam lado a lado, a alguns metros de distância. De repente, Cate pensa que talvez o homem

165

esquisito tenha algo a ver com tudo isso. Que talvez a polícia ter ido até a casa dela perguntar sobre a noite do Dia dos Namorados não tenha nada a ver com ela e tudo a ver com ele.

Cate o encara, passando por cima do desconforto físico. O homem está com os dedos sobre a boca e o outro braço em volta da cintura. Ele fica olhando para o canteiro de obras. Depois de alguns minutos, deixa o casal mais velho na frente da garagem e volta para o prédio.

Cate vê a detetive falando com duas pessoas que acabaram de sair do terreno com caixas de plástico. A mulher parece perguntar alguma coisa. Uma delas assente. A outra balança a cabeça. Os três se viram para olhar para a construção. Então, a detetive se vira e olha diretamente para a casa de Cate, para a própria Cate. Parece que estavam falando dela, da família dela.

— Vem — ela chama Josh, que mal respirou nos últimos dois minutos. — Vamos deixá-los trabalhar.

Ela toca o ombro do garoto, que se encolhe, quase imperceptivelmente.

— Não — retruca ele. — Quero ficar aqui e ver.

Cate suspira.

— Tudo bem. Você quer uma xícara de chá?

— Quero, por favor — diz Josh. — Obrigado. Te amo.

— Também te amo — responde ela.

O coração dói um pouquinho ao pensar nele. Seu garoto gentil com amor infinito e a nuca irritada.

27

Owen ouve hélices de helicóptero rasgando o ar. Ele abre a janela do quarto e espia o máximo que pode. Nesta época do ano, enquanto as árvores ainda estão sem folhas, dá para ver partes do grande espaço vazio ao lado do seu prédio. Costumava haver uma casa ali chamada Winterham House. Resistiu durante décadas, com suas janelas quebradas, heras subindo até as sacadas precárias, chaminés destruídas, paredes grafitadas e grama alta. Quando Owen se mudou para o apartamento de Tessie, faltavam dois meses para uma ordem de demolição. Ele assistiu fascinado enquanto toda a construção era desmantelada, tijolo por tijolo, os adornos sendo levados em vans para serem revendidos a preços inflacionadíssimos, os tijolos levados para serem guardados no estoque. Todo o resto sendo quebrado em partes menores, pequenas o suficiente para caber na carroceria de uma picape.

Demorou cerca de três meses e, então, a equipe de demolição foi embora e, de repente, acabou a poeira, acabou o barulho, a luz passava por entre as árvores e chegava ao quarto de Owen, ouvia-se o canto dos pássaros e as raposas, havia flores silvestres todo verão. De vez em quando, nas noites quentes, ele ouve alguns adolescentes por lá e um cheiro péssimo entra em seu quarto.

Um dia, apareceu um aviso do lado de fora informando que alguém havia solicitado permissão para construir cinco moradias de luxo no local. Lógico que toda a vizinhança se juntou para tentar evitar. No final, o empreiteiro que havia comprado o terreno cedeu ao projeto de um pequeno complexo de edifícios, mantendo assim o máximo de vegetação e espaço livre possível. Isso foi aprovado há quatro anos, porém, desde então, nada foi feito.

O aspecto aberto e verdejante do local faz Owen se sentir como se vivesse sozinho em meio à natureza: sua vista não consiste em nada além de árvores, não há sinal de vida urbana. Mas agora, ao olhar pela janela, ele vê que aquele oásis silencioso está repleto de pessoas. Vozes se chamam, rádios estalam. Vê o que parecem corpos se movendo pelo espaço aberto enquanto o estrondo dos helicópteros no alto aumenta e diminui. Ele imagina que tenha alguma coisa a ver com a garota desaparecida, aquela sobre a qual a polícia o interrogou ontem. Supõe que seja sua culpa eles estarem ali, já que foi ele quem fez a estupidez de mencionar a garota de moletom parada em frente à casa do outro lado da rua no Dia dos Namorados. E ele nem tem certeza do que viu. Aquela noite é um borrão, um filme acelerado que para vez ou outra em uma cena aleatória e então volta a acelerar. Ele mal se lembra de ter se deitado na cama naquela noite e acordou ainda de camisa e usando uma meia só.

Owen sai para o corredor. Tessie e Barry já estão lá, de pé na porta da frente, observando.

— Eles encontraram alguma coisa — diz Tessie. — Tem alguma coisa a ver com a garota sobre a qual estavam perguntando, aquela do panfleto.

— O que eles encontraram?

— Não me falaram. Mas vão manter a rua fechada o dia inteiro. E pediram acesso às áreas externas.

— Do quê?

— Daqui. Do prédio. E eu dei.

Owen pisca.

— Você não se importa, né? — pergunta Tessie, estreitando os olhos.

— Não. Por que eu me importaria?

— Não sei. Você pode sentir que é uma invasão da sua privacidade. Ou algo do tipo.

— Bem, o jardim não é meu, né? É de todo mundo.

— Sim — responde Tessie —, sim. Tem razão.

Agora, há policiais no jardim dos fundos deles, vasculhando a vegetação rasteira, passando pelas pilhas de equipamentos de jardinagem velhos e enferrujados que ninguém usa. Ele os observa por um tempo, tentando ouvir o que estão dizendo. Capta uma palavra ou outra, mas não o suficiente para ter qualquer ideia do que possam estar falando.

Parece haver um grupo menor de detetives fazendo buscas perto da janela do quarto de Owen, nos fundos do prédio. Uma onda de ansiedade percorre seu corpo enquanto ele volta para o quarto e fecha a porta.

Ele ouve uma voz, perto da janela, um homem chamando outra pessoa.

— Aqui, olha. Traga a lanterna.

Owen prende a respiração, de pé ao lado da janela, as costas apoiadas contra a parede, ouvindo.

— Chame a chefe — diz o homem.

Owen ouve alguém correr pela grama até a entrada da garagem, chamando a detetive Currie.

Logo depois, ele escuta a voz de uma mulher:

— O que vocês acharam?

Ele espia com cuidado. Olha para baixo e vê o topo de três cabeças e uma luz sendo apontada para a grama, uma sugestão de rosa dourado brilhando no feixe. Vê mãos enluvadas abrindo a grama com cuidado. Vê a capinha de um celular sendo tirada da grama e colocada em um saco plástico aberto.

O ar parece elétrico. Algo está prestes a acontecer. Algo extraordinário. Algo terrível.

As hélices do helicóptero soam como passos pesados de dezenas de animais, ecoando na poeira densa e escura.

Owen se afasta da janela e tomba contra a parede.

28

SAFFYRE

O nome do filho de Roan é Josh. Joshua Fours. Você quase precisa dizer de um jeito elegante, ou então não sai direito. Ele estudava na escola em frente ao meu prédio. Eu o via às vezes durante o outono. Ele nunca se destacaria para mim em meio a uma multidão — era só um típico cara branco desengonçado de casaco da North Face e tênis preto. Ele tinha um amigo, um garoto ruivo com rosto anguloso, estranhamente quase como se o amigo e a raposa fossem de alguma forma intercambiáveis, como se Josh só gostasse de coisas que lembrassem raposas. Eu o segui até em casa algumas vezes durante o outono. Ele andava devagar, como uma tartaruga. Quando olhava para algo no celular, literalmente parava no meio da calçada, ignorando quem estivesse atrás ou em volta. Às vezes, Josh atravessava a rua sem motivo nenhum e depois voltava a atravessá-la. Ele parava e olhava vitrines de lojas que não pareciam ser do tipo que chamariam a sua atenção. Eu pensava às vezes que era como se ele estivesse apenas tentando se atrasar. Como se talvez não quisesse ir para casa.

Ele se enfiava entre os arbustos e ia até o terreno baldio com frequência para fumar maconha. Uma noite, entrou com o cara ruivo. Eu os ouvi rindo muito e fiquei feliz por ele ter um amigo com quem rir.

Então, um dia, no final de setembro, fui para minha aula de quinta-feira no dojo e lá estava Josh, todo duro e nervoso, em uma aula experimental. Eu estava alguns minutos adiantada para a minha aula, então me sentei e o observei terminar a dele. Ele era trinta centímetros mais alto do que todo mundo, era uma aula para iniciantes, composta majoritariamente por crianças. Não entendi o que ele estava fazendo ali, aquele garoto cambaleante que fumava maconha e conversava com raposas. Não parecia o estilo dele.

Josh fez dupla com uma garotinha para os últimos exercícios. Parecia envergonhado. Ela parecia resignada.

Então acabou e eles aprenderam como terminar a aula:

— *Kahm sa hamnida.*

— *Ee sahn.*

Josh entrou no vestiário e apareceu logo depois vestindo o uniforme da escola, com o casaco da North Face e a mochila. Ele me pegou olhando para ele, e o cumprimentei com a cabeça. Ele corou e desviou o olhar.

Aquele garoto estar lá, no meu dojo, parecia significar alguma coisa. Por um momento, eu me perguntei se ele teria me visto o seguindo e estava tentando virar o jogo — sabe, tipo tentando me mostrar que sabia o que eu estava aprontando. Mas Josh nunca pareceu me notar, ele não tinha uma *vibe* de que estava ciente da minha presença.

Na terceira vez em que vi Josh no dojo, eu cheguei atrasada e estava no vestiário com ele. A cortina estava puxada. Havia dois menininhos sentados no chão de pernas cruzadas, amarrando o cadarço. Tirei a jaqueta e o moletom e os pendurei em um gancho.

Me virei para Josh e perguntei:

— O que você está achando?

Ele olhou para mim como se eu fosse a primeira pessoa que havia visto na vida.

— O quê?

— Eu perguntei o que você está achando. Você é novo aqui, né?

Ele assentiu.

— É legal — respondeu.

— Qual é o seu objetivo?

— Hã?

— Qual é o seu objetivo? Treino desde que tinha seis anos. E entrei porque não queria que ninguém na rua pudesse me assustar, me intimidar, sabe? Aí fiquei pensando por que você veio para cá.

— Pelo mesmo motivo, acho.

— Autodefesa?

— É — disse ele. — Mais ou menos isso. Fui assaltado.

— Ah, meu Deus. Quando?

— Tipo, há algumas semanas.

— Merda. Isso é péssimo. — Olhei para os meninos sentados no chão e falei: — Desculpe. — E então para Josh: — Te machucaram?

Ele deu de ombros.

— Não. Não de verdade. Eu não resisti muito, sabe?

Eu sabia. Sabia de verdade.

— Faz ideia de quem foi?

— Não. Só um cara branco, de capuz.

— Assustador — comentei.

— É.

Então ele pegou a mochila e foi embora sem se despedir. Ele nunca mais voltou.

*

Uma noite, mais ou menos na mesma época em que vi Josh pela primeira vez no dojo, fui para casa e encontrei meu avô jogado na poltrona, a pele dele parecia cinza.

— Vovô, você está bem? — perguntei.

— Acho que sim, não tenho certeza. — Ele disse que estava com indigestão, então tomou um remédio. Ficou massageando o peito e fazendo careta.

Aaron chegou em casa uma hora depois e chamou uma ambulância.

Pouco depois, eu estava em uma cadeira de plástico barulhenta no hospital, segurando a mão do meu avô e dizendo que ia ficar tudo bem.

Mas não ia.

Estava tudo errado.

Meu avô passou três dias internado fazendo vários exames. Por fim, foi diagnosticado com angina e, então, depois de mais exames e raios X, com doença arterial coronariana. Ele foi mandado para casa com uma longa lista de novos hábitos a serem adotados, coisas que ele deveria comer, remédios que precisava tomar. Dava para ver que ele não tinha a intenção de fazer nada daquilo. Ele tinha perdido a esposa e a filha, sentia dor havia anos, não tinha vida social nem trabalho e, agora que eu estava crescida, era quase uma adulta, ele não via sentido em mudar tudo para viver por mais vinte anos e ainda ser um problema para todos nós.

Então meu avô recusava toda a comida saudável que Aaron comprava e cozinhava, deixava os remédios na mesa perto da sua cadeira, e se recusava a sair para caminhadas tranquilas comigo, e então, antes que sequer começássemos a tentar sal-

174

var sua vida, ele teve um ataque cardíaco e morreu. Ele só tinha cinquenta e nove anos. Parece muito menos que sessenta quando se trata de morte.

E lá estava eu. Sem mãe, nem pai, nem avós, apenas dois tios e duas priminhas. Não era o suficiente.

Não consegui sair da cama por uma semana depois do enterro do meu avô. Eu me sentia vazia, como se alguém pudesse me soprar para longe ou me esmagar com o dedão.

Pela primeira vez na vida, fiquei atrasada com as matérias do colégio.

Aaron foi falar com meus professores e eles enviaram uma mulher, que tinha alguma coisa a ver com tutela, cuidado pastoral, ou algo assim — eu nunca a tinha visto. Ela era mal-humorada e tinha um rosto que parecia uma bola de massa — não é como nos filmes, sabe, quando a Sandra Bullock ou alguém assim vem e muda sua vida. A mulher se sentou do outro lado da nossa mesinha de jantar, diante de mim, nós duas segurando canecas de chá azuis que Aaron trouxe, e ela me disse coisas e houve palavras, muitas palavras, ela era bem-intencionada e foi boazinha, mas, assim que foi embora, eu voltei para a cama.

Foi a Noite de Guy Fawkes — que celebra a conspiração da pólvora, que tentou explodir o Parlamento inglês — que me tirou da crise. Fiquei sentada no sofá com o Aaron, abri as cortinas e observei o céu explodir em todas aquelas cores diferentes. Era estranho sem o vovô com a gente, porém também me lembrou de que, por mais mundano que soe, a vida continua — fogos de artifício ainda explodem, pessoas ainda assistem a eles com os olhos cheios de admiração, as crianças ainda riem, raposas ainda reviram a escuridão urbana em busca de ossos de galinha.

Vesti meu casaco acolchoado e disse a Aaron que ia comprar limonada na loja lá embaixo. Em vez disso, comprei um pacote de *nuggets* prontos e fui em direção a Hampstead, pelas avenidas frondosas onde os fogos de artifício explodiam nos jardins das casas, manchas brilhantes só um pouco visíveis acima das árvores centenárias. Na esquina da rua de Roan, me esgueirei para o terreno baldio pelo mesmo buraco por onde vira Josh entrando. Não estava frio, então tirei o casaco e o usei como cobertor.

Abri meu pacote de *nuggets* e o coloquei no cascalho úmido ao meu lado, esperando que o cheiro se dissipasse no espaço aberto. Liguei o celular e mandei mensagem para Aaron.

Vou para a casa da Jasmin. Te vejo mais tarde.

Ele respondeu: *Está tudo bem?*

Comecei a digitar a resposta e parei ao ouvir um farfalhar atrás de mim. Era ela, a raposa. Pousei o celular no colo e prendi a respiração. Dava para ouvir suas patinhas tateando no cascalho, cada vez mais próximo de mim. Enfiei a mão no pacote e puxei um dos *nuggets*, segurando entre o indicador e o polegar, bem ao lado do corpo. Ainda assim, não me virei para olhar. Ouvi a respiração da raposa, um som ansioso e ativo. Senti quando ela parou e sabia que estava a centímetros de mim. E então senti o calor de sua respiração contra a pele da minha mão. Deixei a carne cair e a ouvi comê-la. Mas ela não se moveu. Estendi o pacote a alguns centímetros para ver se ela o seguiria. E aí, lá estava ela, ao meu lado, olhando para o pacote com expectativa, como um cachorro.

— Quer mais um?

Ela não me olhava, apenas encarava o pacote, com seus olhinhos cor de âmbar totalmente fixos.

— Ok, então — falei, pegando mais um. — Aqui.

Um fogo de artifício enorme explodiu, e por um momento a raposa pareceu que ia fugir. Mas ela ficou parada e seu focinho apareceu na minha visão periférica, e aí, pronto: ela pegou o *nugget* da minha mão. Inspirei tão fundo que ouvi meu próprio arfar.

E então me vi de volta lá, naquele mesmo estado emocional da festa da Lexie, quando o cara me deu a coruja chamada Harry. Toda a escuridão dentro de mim ficou prateada e dourada. Senti o impacto da conexão com o solo, o céu, as árvores, o ar, tão forte que quase me deixou sem fôlego. Senti um frio na barriga. Abafei uma risadinha e cobri a boca com as costas da mão. Ergui os olhos para o céu noturno manchado de pólvora e procurei até encontrar uma estrela, desfocada e suja, mas ainda lá, e juntei minhas mãos em oração, dizendo:

— Eu te amo, vovô. Eu te amo, vovó. Eu te amo, mãe.

Peguei meu celular e respondi a mensagem de Aaron.

Tudo bem!, com um emoji sorridente.

E a raposa permaneceu ao meu lado.

Dei mais *nuggets* para ela e ri alto.

Pensei: *Rá, viu, Roan Fours? No fim das contas, eu não precisava de você. Eu só precisava da natureza. Só precisava de corujas, raposas, estrelas e fogos de artifício.*

Eu estava curada.

Pelo menos era o que eu achava.

29

O cordão de isolamento da polícia ainda está lá na rua de Cate no dia seguinte. Os helicópteros voltaram. Mas não há nada nos noticiários. É óbvio que eles ainda não encontraram nada. É óbvio que não há nenhum corpo lá. Se tivesse, Cate acha, com certeza eles teriam encontrado a esta altura, certo?

Roan está comendo uma tigela de cereal, de pé. Mastiga fazendo um barulho irritante, enfiando a comida goela abaixo, por algum motivo, como se estivesse atrasado para algum compromisso.

— Você está com pressa? — pergunta Cate.

— Sim, um pouco. Quero chegar cedo ao trabalho.

— Você chegou cedo ontem.

— Sim. Tem muita coisa acontecendo. Tem dois psicólogos de férias, sabe como é nesta época. Preciso adiantar as coisas.

— Você pode fazer isso aqui — argumenta ela, indicando a mesa da cozinha.

— Este é o seu espaço.

— Às sete da manhã, não. Vou tomar banho e me arrumar. Por que você não fica aqui e faz suas coisas?

Ele raspa a tigela com a última colher cheia de cereal e o engole.

— Preciso ir para o trabalho — insiste, deixando a tigela na pia. — Preciso de acesso a umas coisas de lá. Por que você quer tanto me manter aqui?

Cate dá de ombros.

— Por causa de tudo isso, acho. — Ela aponta para cima, na direção dos helicópteros. — E aquilo. — Ela aponta em direção à frente do prédio. — É de dar nos nervos. E se algo aconteceu com aquela garota, bem aqui, do outro lado da rua, então talvez não estejamos seguros. Quer dizer, você acha que devemos manter a Georgia aqui dentro por enquanto?

Roan para, as costas curvadas sobre a pia. Ele suspira e então se vira.

— Talvez seja bom perguntar à polícia sobre isso. Ver o que eles têm a dizer.

Cate assente.

— Sim, talvez.

Roan se aproxima dela, pousando a mão no braço da esposa.

— Vai ficar tudo bem, seja lá o que for. Tenho certeza de que estamos seguros. — Ele pega a bolsa, o casaco, o cachecol. — Vejo você mais tarde. Vou tentar voltar cedo hoje. Talvez a gente possa até fazer alguma coisa.

Cate força um sorriso.

— Pode ser. — E então, antes que ele desapareça de vista: — Roan? Quem é Molly?

Ele para. Depois se vira e olha para ela.

— Molly?

— Sim. Esqueci de te dizer. Você recebeu um cartão dela. De Dia dos Namorados. Georgia o abriu por engano e eu guardei porque sabia que você não ia gostar dela abrindo suas coisas. E aí me esqueci. — Cate vai até a gaveta e o pega. — Aqui. Desculpe.

Roan se aproxima e pega o cartão. Ela o observa abri-lo e ler. Ele sorri.

— Ah, *Molly*! Sim. Conheço a Molly. Ela é uma paciente. Ou pelo menos era. Eu não a atendo mais.

— E ela tem seu endereço? — Cate mostra a ele o envelope.

Roan parece um pouquinho confuso.

— Pelo visto, sim.

— Como?

Ele pega o envelope e o encara por um momento.

— Eu não faço ideia — responde. — Quer dizer, talvez estivesse no meu escritório, em uma correspondência ou algo assim.

Cate pega o cartão e o devolve à gaveta.

— Bem — diz —, você tem que tomar mais cuidado.

Roan lança um olhar estranho para ela.

— Sim, você tem razão.

Ele a beija rapidinho na bochecha e vai embora.

Cate agarra as costas de uma cadeira, sentindo o coração batendo forte no peito, a onda enjoativa de adrenalina causada pelo confronto. Ela ouve a porta da frente bater, mas é reaberta quase na mesma hora. A voz de Roan surge no corredor, junto com uma voz feminina.

A porta da casa abre e o marido volta a entrar, com a detetive Angela Currie logo atrás.

— Não tem problema — diz para ela. — Problema nenhum. — Roan olha para Cate. — Esta é a detetive Currie. Ela só quer nos fazer algumas perguntas.

Cate toca a clavícula.

— Para mim também?

— Sim, por favor. Se você tiver tempo — diz a detetive.

— Claro. Aceita alguma coisa? Chá? Café?

A detetive dá uma batidinha na garrafa d'água de plástico que tem em mãos.

— Obrigada, estou bem.

Roan a conduz até a sala de estar. Ela se senta na poltrona. O casal se senta lado a lado no sofá.

— Então — começa a detetive —, desculpe incomodar a esta hora da manhã, mas acabamos de descobrir isso e, tenho que ser honesta, não sei como não percebemos antes, entretanto, tendo interrogado vocês dois separadamente a respeito deste caso, a Sra. Fours como testemunha em potencial e o Dr. Fours como alguém que trabalhou de perto com a Saffyre, só agora percebemos que vocês dois moram juntos. E obviamente isso dá um outro enfoque para as coisas, um ângulo novo. Então espero que vocês não se importem se eu fizer mais algumas perguntas, tudo bem? — Ela sorri e olha para cima, dizendo: — Malditos helicópteros. Sinto muito, deve ser um pesadelo. Mas estamos perto de acabar agora. Eles vão embora logo. Prometo.

A detetive pega uma caneta esferográfica e um bloquinho da bolsa.

— Sr. Fours, nós nos falamos há alguns dias sobre a Saffyre estar sob os seus cuidados por um tempo e você confirmou que parou as sessões com ela há mais ou menos um ano, certo?

— Certo.

— E você a viu depois disso?

— Não. Bem, como contei a você ontem, eu a vi algumas vezes na região, mas não parei para falar com ela.

— Então depois de dar alta a ela, esse foi o fim do relacionamento de vocês?

— Sim. Isso.

— Ótimo — diz a detetive. — Obrigada por explicar. E então, na noite de 14 de fevereiro, Dia dos Namorados, vocês dois saíram para jantar juntos no centro, certo?

Ambos assentem.

— E vocês dois voltaram para casa por volta das onze e meia da noite?

Eles tornam a assentir.

— Mais ou menos a essa hora — diz Cate.

— E estavam na cama à meia-noite?

O casal troca um olhar.

— Sim, por aí — confirma Cate.

Roan faz que sim, vira-se para a detetive e diz:

— Bem, pode ser que eu tenha me deitado um pouco mais tarde. Eu me lembro de ter ido lá fora por algum motivo.

Cate o encara.

— Quer dizer, não sei com certeza, faz mais de uma semana, eu não estava sóbrio, mas me lembro de ter ido lá fora. Acho que estava jogando o lixo fora. E ouvi alguma coisa. Olhei para o outro lado da rua e aquele cara, aquele do prédio do outro lado da rua, estava parado lá.

— Parado?

— Sim.

— Ele te viu?

— Não. Eu estava no jardim, perto das lixeiras. Estava fora de vista. Consegui vê-lo por um espaço na cerca-viva.

— E o que esse homem estava fazendo lá?

— Só estava lá, encarando. Parecia bêbado. Já encontrei ele bêbado outras vezes. Ele me encarou uma vez quando eu estava correndo, na esquina. Ficou parado e me encarou por bastante tempo. Quando questionei qual era o problema dele, ele só me perguntou se eu era casado. Achei… estranho. E teve também aquela outra vez. — Roan se vira para a esposa com um olhar de cumplicidade. — Lembra, há um tempo, quando a Georgia estava vindo para casa à noite e ele chegou muito perto dela e a assustou?

Cate fica um pouco tensa. Não está totalmente confortável com o que Roan está insinuando.

— Sim — responde —, é verdade. Ele é um pouco estranho, mas isso não significa…

— Não — interrompe a detetive. — Não, você tem razão, Sra. Fours. Não significa nada. Obviamente. Porém, vale a pena anotar. — Ela se vira para Roan. — Então isso aconteceu perto da meia-noite?

— Sim, perto da meia-noite.

— E você voltou para dentro e foi para a cama?

— Sim. Correto.

— E quando estava lá, jogando o lixo fora à meia-noite, tirando o homem do outro lado da rua, viu mais alguma coisa? Mais alguém?

— Não. Foi só isso. O homem do outro lado da rua.

— É possível — continua ela — que ele não estivesse encarando você, mas sim outra pessoa?

Roan franze a testa.

— Não sei o que você…

Currie fecha o bloquinho.

— Você poderia me mostrar exatamente onde estava naquela noite quando viu seu vizinho te encarando?

— Claro — responde Roan.

Eles se levantam.

Cate pega um dos moletons com capuz de Josh no corredor e veste, seguindo Roan. A detetive segue Cate, e eles saem para o deque no jardim da frente, onde as lixeiras ficam.

— Eu estava de pé aqui — diz Roan. — Coloquei o lixo na lixeira. Fechei a tampa e o vi por aqui. — Ele aponta para um buraco na cerca-viva, de frente para um muro baixo de tijolos.

Currie fica no lugar de Roan e espia pelo buraco. Ela se afasta e dá uma olhada na entrada da casa e no portão de metal. Em seguida, torna a espiar pelo buraco na cerca. Escreve algo no bloquinho e o fecha. Então diz:

— Maravilha, muito obrigada. Acho é só isso que precisamos de vocês dois por enquanto. Por fim, uma última pergunta, Dr. Fours. Sei que você disse que não vê a Saffyre desde o seu último atendimento com ela em março de 2018, porém consegue pensar em uma razão, qualquer razão mesmo, para ela estar perto da sua casa na noite em que desapareceu?

— Então ela estava… — começa Cate.

— Ainda não temos certeza de nada. Temos dezenas de possibilidades. Mas, sim, essa é uma delas. Então, Dr. Fours, você consegue…?

Cate olha para o marido. Roan balança a cabeça com firmeza.

— Não — responde ele. — Não. Não consigo pensar em nenhuma razão para ela estar aqui. Nenhuma mesmo.

— E você tem certeza de que não a viu?

— Tenho certeza de que não a vi.

Há uma longa pausa, como se a detetive esperasse que Roan dissesse mais alguma coisa. Como ele permanece em silêncio, ela volta a sorrir, aquele sorriso desconfortável dela, que é meio consultora de maquiagem de loja de departamento e meio professora maluca do ensino fundamental.

— Muito obrigada, de novo, a vocês dois. E, como eu disse, estamos quase acabando. Soube que o cordão de isolamento será retirado em poucas horas. Vocês terão sua rua de volta!

Ela põe as mãos nos bolsos de um casaco verde de lã muito bonito com botões grandes, torna a sorrir e então vai embora.

Cate e Roan trocam um olhar. Ele pega o celular no bolso e dá uma olhada na hora.

— Porra — diz. — Eu preciso mesmo ir.

Ele dá outro beijo leve na bochecha de Cate e, andando bem rápido, afasta-se dela, atravessa o jardim e segue para a calçada.

30

SAFFYRE

Dezembro passado fez frio. Você lembra? Muito frio. Ou talvez eu ache isso porque passei muito tempo ao ar livre.

É estranho, sabe? Eu tinha uma casa, uma casa quente — quase quente demais, você sabe como eles esquentam essas habitações sociais, não usam termostato, colocam tudo no aquecimento central. Eu tinha o Aaron para cuidar de mim, comida boa e um quarto bom, e mesmo assim… por algum motivo eu não queria ficar lá. Talvez porque meu avô não estivesse ali. Talvez fosse simples assim. Mas parecia mais complicado do que isso para mim, como se eu estivesse me transformando em algo mais, algo que não era totalmente humano.

Não sei, pode ser que eu tenha lido Harry Potter demais enquanto crescia, porém não me sentia segura lá em cima no oitavo andar — eu me sentia solta, como se não houvesse gravidade lá. Eu precisava colocar os pés na terra firme. Precisava do ar na minha pele. Precisava de árvores, terra, umidade, luz da lua, luz do dia, sol, vento, pombos e raposas. Era como se eu estivesse me tornando um animal.

Estou exagerando, obviamente. Eu ainda ia para o colégio todos os dias. Ainda tomava banho, ainda penteava o cabelo, usava delineador, usava roupa íntima limpa, essas coisas — não era um animal *sujo*. Só gostava de ficar em ambientes abertos. Eu me agarrava a toda oportunidade de ficar fora de casa.

Eu passava muito tempo no canteiro de obras do outro lado da casa de Roan. Era legal lá. Eu podia ver os transeuntes pelos buracos nas cercas-vivas sem risco de ser vista. Algumas vezes, a raposa foi me ver. Levei outras carnes processadas de presente e ela sempre ficava muito grata. Havia também um cara cuja janela do quarto dava para o terreno. Não sei qual era o nome dele, mas eu o chamava de Clive. Não sei por quê, ele tinha cara de Clive. Ele era meio estranho. E digo isso como alguém que também é meio estranha. Quando eu ficava de pé na escavadeira estacionada no terreno, via o interior do quarto dele através da fresta das cortinas. Parecia um quarto de senhora. Ele tinha uma colcha de náilon na cama pequena e desconfortável e um daqueles guarda-roupas de madeira antigos esquisitos iguais aos que têm em pousadas baratas, com um espelho na porta, além de um pequeno roupão listrado sujo pendurado na porta e um quadro com uma paisagem acidentada em uma moldura feia. O quarto parecia frio. Toda noite, ele se sentava na poltrona com os fones de ouvido e o notebook em cima de uma caixa de papelão diante dele e olhava suas coisas — não sei que coisas eram, não dava para ver a tela. Mas não era pornô, sei disso porque nunca o vi fazer o que os homens fazem quando assistem a pornô.

Às vezes, a mulher entrava, a mulher de cabelo grisalho que morava com ele. Eu sempre o via suspirar e revirar os olhos antes de abrir a porta. Ela aparecia com os braços cruzados e um olhar azedo, dizia algo, a que Clive respondia, e parecia ainda mais azeda antes de ir embora.

Eu tinha pena dele. Não conseguia imaginar como era ser igual a ele. Clive parecia ter idade o suficiente para ser casado e já ter um ou dois filhos. Obviamente estava fazendo alguma coisa errada para ter a vida que tinha. Eu me perguntava se ele tinha raiva de ser tão solitário. Eu pensava muito no Clive.

Nossos caminhos se cruzaram uma semana antes do Natal. Ele estava subindo a pequena colina que liga a rua de Roan à Finchley Road. Era tarde, mais ou menos onze da noite. Ele estava péssimo. O cabelo todo bagunçado, a bolsa pendurada no ombro, puxando o casaco dele para baixo. A camisa tinha uma mancha enorme e ele estava meio que cambaleando. Clive olhou para mim e vi que estava bêbado. Ele sorriu e, quando passamos um pelo outro, disse:

— Feliz Natal!

— Feliz Natal pra você também, Clive — respondi.

Ele parou.

— Clive? — perguntou.

Eu sorri.

— Não é nada. Só tô brincando. Feliz Natal.

— Owen — disse ele. — Meu nome é Owen.

— Owen — cumprimentei. — Sou a Jane.

— Feliz Natal, Jane.

Nós apertamos as mãos. A dele estava suada e pegajosa.

— Desculpe — disse ele —, estou um pouco suado. Estava dançando. Baile de escola. Sou professor. Não um aluno. Óbvio.

Ele riu. Eu ri.

— Boa noite, Jane.

— Boa noite, Owen.

Então ele se foi e eu também, pensando: *Owen. O nome dele é Owen.*

*

Roan levou Alicia para jantar perto do Natal. Ele a levou para o restaurantezinho francês fofo que fica no térreo do meu prédio. Eu os segui da clínica e vi os dois entrarem. Tirei minhas fotos estilo *paparazzi*: *clique, clique*. Alicia estava linda. Ela era linda. Muito mais linda que a esposa de Roan. E mais linda ela ficava, quanto mais durava o caso com Roan, como se ele a estivesse enchendo de algum tipo de elixir mágico. O cabelo ruivo estava solto, e ela usava um casaco preto, botas vermelhas, um cachecol rosa, batom vermelho e calça preta. Ela não conseguia parar de sorrir. Roan parecia mais cuidadoso: abriu a porta para ela, como sempre, dando uma rápida olhada para trás enquanto entrava.

Eu os vi sendo conduzidos até uma mesa bem nos fundos do restaurante.

Não dava para vê-los de onde eu estava, então coloquei o celular no bolso e fui para casa.

Aaron estava lá. Ele tinha comprado uma árvore de Natal, o que me deixou feliz. Uma coisa boa sobre a partida do vovô é que Aaron tinha um quarto agora, em vez de ter que dormir na sala, e podíamos ter uma árvore de Natal decente, não a fininha que ocupava pouco espaço, na mesa, e que estávamos usando havia anos. A árvore tinha um cheiro muito bom. Fiquei perto dela, enfiei o rosto nos galhos e inspirei.

Aaron me deu uma caixa de enfeites tirada do armário do corredor.

— Toma — disse ele. — Trabalho de menina.

Ele piscou para mim e eu o empurrei. Aaron não é exatamente feminista, mas também não é machista. Ele gosta da ideia de o mundo ser controlado por mulheres. Ele gosta de mulheres.

189

Enfeitei a árvore e dei umas espiadas pela janela vez ou outra, para onde o restaurante chique ficava, e enquanto espiava, fiquei pensando: o que eu estava fazendo seguindo Roan, tirando fotos de tudo o que ele fazia? Eu me perguntei no que aquilo daria. Se era possível que eu estivesse louca. Mas não me sentia louca. Eu me sentia cem por cento bem.

Aaron colocou a mesa para o jantar.

— É legal ter você aqui — comentou ele. — Pra variar.

Ele disse isso com um sorriso. Não estava pegando no meu pé. Ele quis dizer exatamente o que disse.

— Sabe — disse Aaron, servindo arroz amarelo e olhando por cima do meu ombro para a árvore piscando —, é um pouco estranho. O primeiro Natal sem meu pai. Se você quiser falar sobre isso…

Eu sorri e balancei a cabeça.

— Estou bem — garanti. — Sério.

— Eu me preocupo com você, Saff. Todos nos preocupamos.

Lancei a ele um olhar questionador.

— A família. Eu. Lee. Tana. As meninas.

— Não é bem uma família, né?

— Uau, essa doeu. — Aaron sorriu. — O importante é a qualidade, não a quantidade, certo?

Sorri também.

— É.

— Só fale com a gente, Saff, ok? Seja lá o que estiver te incomodando. *Quem quer* que esteja te incomodando. Você pode contar com todos nós. Tá bem?

Olhei para ele.

— Mas, e você? — perguntei. — Com quem você pode contar?

Aaron pareceu meio envergonhado.

— O que você quer dizer?

— Você está com quase trinta anos. Tem dois empregos. Não tem namorada desde que tinha uns vinte e quatro. Quem está se preocupando com você?

Aaron pousou o garfo e a faca e me olhou com muita seriedade. A cara séria de Aaron não é nem um pouco séria, devo comentar. Ele tem um rostinho de anjo.

— Saff, não preciso que você se preocupe, ok? Pelo amor de Deus, não se preocupe comigo. Só foque em você. Foque no colégio, naquelas provas finais. E aí foque em entrar na faculdade. Depois, foque em conseguir seu diploma. E talvez depois, só depois, eu te deixe se preocupar comigo. Só que, até lá, nada disso, ok?

Fiz que sim, mas senti o movimento incômodo no fundo do meu estômago. Aaron teria trinta e um anos quando eu terminasse a faculdade. E aí? Pensei em Clive, ou Owen, ou qualquer que fosse o nome dele, e seu quartinho triste e seu roupãozinho triste, e pensei que ele parecia ter mais ou menos trinta e um e eu não queria aquilo para Aaron.

— Talvez eu nem vá para a faculdade — falei.

— Lógico que vai.

— Por quê? Só porque eu sou inteligente? Não tem uma lei que diga isso. Posso fazer o que eu quiser quando terminar o colégio. Posso arranjar um trabalho e me mudar, e aí você vai ter o apartamento só para você.

Aaron riu.

— Não quero o apartamento só para mim! Por que eu ia querer o apartamento só para mim?

— Para poder começar uma família.

Ele voltou a rir, alto.

— Eu não quero uma família, menina! Você é a minha família!

Eu ri também, mas por dentro estava começando a entrar em pânico. Aaron era um homem tão bom... Ele tinha se esforçado muito no colégio, que nem eu, e tirado boas notas nas provas, no entanto, lá estava ele trabalhando em uma casa de apostas e cuidando do jardim dos outros e então voltando para casa e tendo que se preocupar comigo, desperdiçando os melhores anos da vida dele, e pensei, sabe, talvez fosse melhor se eu não estivesse ali.

Depois do jantar, falei com Aaron que estava indo para a casa da Jasmin, e ele disse "divirta-se", e eu disse "pode deixar" e saí com uma sensação de estranheza em relação a tudo. Eu me sentei em uma das bicicletas de ginástica ao ar livre na praça e pedalei devagar, com as mãos nos bolsos, meu capuz erguido por conta do ar frio da noite. Coloquei uma música no celular e ouvi por um tempo, vendo as pessoas irem e virem. Ninguém olhou para mim. Ninguém me viu. Quando você usa um capuz, fica invisível.

Depois de um tempo, Roan e Alicia saíram do restaurante e esperei para ver o que fariam — e quer saber o que fizeram? Aqueles pervertidos? Deram entrada em um hotel, o Best Western, perto da escola de teatro.

Fiquei boquiaberta. Não sei por que me surpreendi. Estava tudo se encaminhando para aquilo. Mesmo assim, fiquei chocada. Roan ia transar com uma mulher que não era a esposa dele. A mais ou menos oitocentos metros da esposa. Ele ia deitá-la numa cama e fazer coisas com ela.

Tremi um pouco, tirei o capuz, mostrando meu cabelo rosa para o mundo, e fui ver a Jasmin.

31

Na noite anterior, Owen e Deanna passaram duas horas trocando mensagens. Ela estava tentando convencê-lo a pensar em aceitar o trabalho na escola de volta. Tinha dado bons argumentos, alguns bem convincentes. A maioria a ver com o fato de que as garotas que o denunciaram iam embora em alguns meses, e aí seria um ambiente totalmente novo, ninguém se lembraria do que aconteceu, ele poderia recomeçar. Também tinha o fato de ele gostar muito do trabalho. E, quanto mais tempo passasse afastado, mais difícil seria explicar a um empregador em potencial o que estivera fazendo.

A preocupação dela o fez perceber que até então ele não tivera uma única pessoa na vida para lhe oferecer conselhos decentes, empáticos, sensatos e atenciosos sobre sua vida e suas escolhas, nem uma vez. Não desde que a mãe morrera.

Eles se despediram às onze em ponto, Owen poderia continuar conversando por horas, mas, claro, Deanna precisava acordar cedo para o trabalho. Owen tinha caído no sono com o celular no peito e um sorriso no rosto.

Ele sai da cama e vai até a janela do quarto. A polícia voltou. Ainda está fuçando o jardim dos fundos. Cercou o jardim inteiro na noite anterior antes de ir embora, falou com todos os moradores, pediu para que ninguém cruzasse o isolamento. E um policial ficou parado em frente ao canteiro de obras a noite inteira.

Owen espia o ponto que a polícia esteve examinando na grama, onde foi encontrada a capinha de celular. Algo cruza seu pensamento enquanto ele encara a grama.

Algum tipo de movimento, uma exclamação de dor.

Ele afasta o pensamento e vai até o banheiro, toma um banho e lava o cabelo. No espelho, Owen olha para o cabelo e decide que está oficialmente longo demais. Como não está a fim de ir ao barbeiro só para aparar, pega uma tesoura do armário do banheiro, ajeita o cabelo sobre a testa com os dedos e apara seguindo a linha das sobrancelhas. Começa do lado esquerdo e observa as mechas escuras caindo na pia, onde parecem bigodinhos descartados. Está prestes a aparar o lado direito e voltar para o meio quando ouve uma batida alta e insistente na porta. Owen se assusta um pouco e a ponta da tesoura mordisca sua pele. Uma gota de sangue surge. Ele a esfrega com força e grita:

— Que foi?!

— Owen — diz Tessie. — A polícia está aqui. Eles precisam que você saia.

Ele suspira.

— Preciso de alguns minutos.

— Senhor — ele ouve uma voz masculina —, precisamos que saia agora. Por favor.

— Acabei de sair do chuveiro. Vocês vão ter que esperar.

— Senhor, por favor, saia.

— Pelo amor de Deus — sussurra Owen baixinho. Ele se seca de qualquer jeito com a toalha e veste o roupão velho. Abre a porta e nota Tessie se encolher um pouco ao vê-lo. — Posso pelo menos me vestir? — pergunta para o policial uniformizado ao lado dela.

O policial se vira para uma mulher atrás dele. É a detetive Currie.

Ela assente.

— Mas, infelizmente, vou precisar que o policial Rodrigues te acompanhe.

— O quê?

— Sinto muito mesmo. É o protocolo.

— Qual é o problema aqui? Por que a pressa?

— A pressa, Sr. Pick, é porque precisamos levá-lo para a delegacia para fazer algumas perguntas sobre o desaparecimento de Saffyre Maddox. Também temos um mandado de busca para o seu quarto. — Ela ergue um pedaço de papel. Owen o encara. — Infelizmente, precisamos garantir que você não toque em nada no quarto. Sinto muito.

Ela sorri. Um sorriso irritante. Parece quase suave, mas há algo rígido e frio nos cantos dele.

Owen faz menção de dizer alguma coisa, e então percebe que não consegue encontrar as palavras. Também tem consciência de que seja lá o que está acontecendo é algo que pode piorar se ele disser ou fizer a coisa errada. Então assente, firme, e vai para o quarto, com o policial seguindo logo atrás. Seu olhar varre pelo quarto enquanto ele se veste; Owen tenta pensar no que pode haver ali, o que poderia conectá-lo ao desaparecimento de uma garota da qual ele nunca ouvira falar até dois dias antes, uma garota que ele talvez tenha até imaginado que viu.

— Mais rápido, Sr. Pick, se não se incomodar.

Owen veste a roupa do dia anterior. Ele a tinha colocado na pilha de roupa suja, na intenção de usar roupas limpas agora, mas não consegue pensar de forma objetiva o suficiente para escolher outras peças. Ele pega os sapatos velhos e colados e passa os dedos pelo cabelo molhado. Algo em sua testa sai sob a ponta do dedo — é o sangue seco do corte da tesoura. O sangue flui, e Owen tenta puxar um lenço de papel da caixa ao lado, em sua mesa de cabeceira, porém o policial diz:

— Por favor, não toque em nada, senhor.

— Mas estou sangrando.

— Podemos dar um jeito quando o senhor estiver no carro. Só deixe assim por enquanto, por favor.

Owen hesita. Então dá mais uma olhada no quarto, pega o casaco do gancho atrás da porta e segue o policial de volta ao corredor.

Tessie está parada perto da porta. Usa um quimono de seda sobre um pijama verde. O cabelo está solto. Ela parece cansada e triste. Quando Owen passa, Tessie o toca no ombro e pergunta:

— O que você fez, Owen? O que você fez?

— Não fiz nada, pelo amor de Deus. Você sabe que eu não fiz nada.

Tessie se afasta.

— Pelo amor de Deus, Tessie — grita ele. — Você sabe que eu não fiz nada!

Ela entra no quarto e fecha a porta silenciosamente.

Owen sente uma mão em seu ombro.

— Por favor, Sr. Pick, precisamos ir.

Ele se livra da mão, com a raiva começando a substituir o choque e a surpresa.

— Estou indo. Estou indo, tá?

Enquanto sai do prédio, Owen de repente percebe que as proporções da rua estão erradas, que algo não está certo, há uma sen-

196

sação de caos iminente, e então eles aparecem: um bando, um monte, dezenas de homens e mulheres com câmeras e microfones se aproximando. O policial e a detetive tentam cobri-lo instintivamente com os braços e o apressam, cruzando a multidão.

— Sr. Pick, Sr. Pick!

Eles sabem o nome dele. Como sabem o nome dele? Como sabiam que isso ia acontecer? Como?

Owen olha para cima, direto para as lentes das câmeras. Ele arregala os olhos, que são ofuscados pelo calor do flash branco. Algo força a cabeça dele para baixo de novo. Owen está dentro de um carro. A porta está fechada. Há rostos na janela, rostos e lentes. O carro se move rapidamente, pessoas o tocam, estão tão perto que Owen não entende por que os pneus não estão esmagando os pés delas. E então ele não está mais na sua rua, está na rua principal, e não há mais pessoas com câmeras, só pessoas normais cuidando da própria vida. Owen se recosta no banco e expira.

— Quem contou para eles? — pergunta para a nuca das duas pessoas sentadas na frente.

— Para a imprensa? — pergunta a mulher.

— Sim. Quem contou a eles que vocês estavam vindo me buscar?

— Infelizmente, não faço ideia. Eles sabiam que íamos vasculhar a área. As pessoas falam. Sinto muito por você ter tido que passar por isso.

— Mas… vai estar nos jornais — diz Owen. — As pessoas vão achar que eu fiz isso.

— Fez o quê, Sr. Pick?

Ele espia o rosto dela pelo retrovisor. Ela olha direto para ele. Ali está aquele sorriso frio de novo.

— A coisa! — diz Owen. — Seja lá pelo que vocês estão me prendendo.

— Você não está preso, Sr. Pick. Ainda não.

— Então por quê? — Owen olha pela janela, vê uma moça pequena de uma empresa de passeadores de cachorro tentando enfiar um bloodhound enorme pela traseira de uma van. — Por que eu estou aqui?

Ele encara o próprio reflexo no retrovisor. O cabelo começou a secar. Está mais curto de um lado do que do outro e arrepiado. O sangue do corte secou na forma de uma lágrima gigante, pingando na sobrancelha. Ele está horrível. Completamente horrível. E a imprensa o fotografou assim, sendo colocado na traseira de uma viatura para ser interrogado sobre o desaparecimento de uma adolescente. Ele nem gosta de adolescentes. E nem está preso. E deixou o celular em casa. E se Deanna estiver tentando falar com ele por mensagem? E se ela achar que ele a está ignorando?

E então um pensamento ainda pior lhe ocorre. E se ele estiver nos jornais amanhã? Com o cabelo torto, a sobrancelha cheia de sangue e vestindo as roupas do dia anterior, parecendo um pervertido nojento com a manchete em letras garrafais de algo horrível como "SERÁ ESTE O ASSASSINO DE SAFFYRE?". Owen suspira alto.

— Você está bem, Sr. Pick?

— Não! — responde ele. — Pelo amor de Deus. Não. É lógico que não estou bem. Vou aparecer nos jornais e nem fui preso! Isso é legal?

— Sim, é legal, Sr. Pick.

— Mas todo mundo vai ter visto o meu rosto e então você vai me liberar e ninguém vai ligar se eu fiz esse negócio ou não, só vão se lembrar do meu rosto. Nunca vou arranjar um empre-go, eu... — Owen imagina Deanna abrindo o *Evening Standard* no metrô à noite. — Meu Deus!

— Sr. Pick. Vamos dar um passo de cada vez, sim? Com sorte, vamos liberar o senhor em uma ou duas horas. Vamos notificar a imprensa. Eles não terão interesse em dar a notícia se não houver nada. Então, vamos ver como as coisas se encaminham, ok?

A detetive sorri de novo.

Owen se recosta, cruza os braços e se balança um pouco. O mundo parece uma camisa de força apertando seus ossos, tirando todo o ar do peito dele. Ele olha para os transeuntes pela janela: pessoas normais fazendo coisas normais. Entrando em lojas. Indo trabalhar. Ser normal de repente parece a coisa mais estranha do mundo, algo que ele mal consegue conceber.

— Vou precisar de um advogado? — pergunta Owen.

— Quem decide é o senhor. Já tem um?

O amigo de Tessie, Barry, é advogado. Mas não é o advogado de Owen.

— Não.

— Bem, podemos fornecer um se for necessário.

— Não — diz Owen. — Não. Tenho certeza de que vou ficar bem.

— Vamos ver como as coisas se encaminham, ok?

Owen assente.

E então, como uma casa desabando do céu sobre ele, a sombra ficando cada vez maior, vindo cada vez mais rápido, ele de repente se lembra de algo.

Na gaveta de meias. Escondido em uma pressa ligeiramente envergonhada depois de seu encontro com Bryn, com a intenção de colocá-lo na lixeira da esquina na próxima vez que saísse, porém logo completamente esquecido.

O "Boa noite, Cinderela".

Uma terrível overdose de adrenalina atinge o estômago de Owen. A cabeça dele gira. O coração para e depois acelera, em um ritmo doentio.

— Ah, meu Deus — sussurra ele.

— Tudo bem? — pergunta Currie, olhando-o pelo retrovisor.

— Acho que vou... — Ele cobre a boca. De repente, percebe que vai vomitar. — Eu vou...

A detetive pede ao policial para parar o carro. Eles param perto de um gramado, e Currie sai e abre a porta no momento em que Owen se inclina para a frente e vomita, ruidosa e dolorosamente. A pele se arrepia e a cabeça lateja com o esforço. Ele engasga e vomita de novo. A detetive Currie aparece diante dele, com um lenço de papel na mão. Ela o encara. Owen não sabe dizer se a expressão dela é de pena ou nojo. Ele pega o lenço e limpa a boca.

— Tudo bem? — pergunta ela.

Owen assente.

— Pronto para continuar?

Ele torna a assentir.

Currie sorri e espera que ele coloque as pernas de volta no carro antes de fechar a porta e voltar para o banco do carona.

— Foi alguma coisa que você comeu? — pergunta logo depois, olhando para Owen pelo retrovisor.

Ele faz que sim, com o punho contra a boca.

— É. Deve ter sido.

Currie sorri, mas não parece acreditar nele.

32

— Mãe — chama Georgia, entrando no banheiro sem bater. — Acabaram de prender ele!

— Quem?

— A detetive. Ela foi até o prédio do outro lado da rua com outro policial. Saiu com aquele esquisitão. Enfiaram ele no carro e levaram embora. Está cheio de jornalistas lá fora, tirando fotos. Vem ver!

Cate seca as mãos na calça jeans. Faz duas horas desde que Currie falou com eles, desde que Roan saiu para o trabalho. Ela achou que as coisas poderiam se acalmar, mas pelo visto se enganou. Ela vai até a porta da frente com Georgia.

Há pessoas perambulando, duas equipes de filmagem guardando os equipamentos. Cate vai lá fora e se aproxima de uma jovem de casaco amarelo com capuz felpudo.

— O que está acontecendo? — pergunta. — Para onde levaram aquele cara?

— Você está falando de Owen Pick? — A mulher, que Cate supõe ser jornalista, enfia alguns cabos em uma bolsa preta e a fecha.

— Não sei o nome dele. O cara que mora naquele prédio. Meio jovem, cabelo escuro.

— Sim. Owen Pick. Eles o levaram para ser interrogado.

— Sobre a Saffyre Maddox?

— Sim. Aparentemente encontraram algumas coisas dela do lado de fora da janela do quarto dele e rastros de sangue na parede e na grama.

— Ai, meu Deus.

Cate cobre a boca com as mãos. Ela ouve Georgia arfar ao seu lado.

— Ai, meu Deus, ela está morta? — pergunta a filha.

A mulher dá de ombros.

— Não encontraram nenhum corpo ainda, mas parece que é provável.

— Meu Deus, isso é tão triste — diz Georgia. — Aquele cara é bem esquisito. Não me surpreende muito que ele possa ter feito algo assim.

A jornalista encara Georgia.

— Eles ainda não têm certeza de que foi ele. Melhor não começar a espalhar isso por aí. — Ela para, olha para o prédio de Owen e então de volta para Georgia. — Mesmo que, sabe...

Cate segue o olhar dela até o prédio. Pensa naquela noite há algumas semanas quando Georgia achou que estava sendo seguida por Owen Pick. Pensa naquela noite alguns dias mais tarde, quando Tilly apareceu na porta dela e disse que tinha sido abordada do outro lado da rua. Pensa nas agressões sexuais acontecendo na área. Pensa em Roan vendo Owen na noite do Dia dos Namorados, observando a casa deles.

Ela sente um peso sair de seus ombros, um peso que mal tinha notado até então: o peso da dúvida, o peso da suspeita, de pensar que a qualquer momento o mundo poderia desabar em sua cabeça.

*

Cate e Georgia fazem um bolo. As férias do meio do ano letivo estão quase acabando. Georgia passou a semana toda revisando matérias para a escola ou saindo com amigos, e Cate mal a viu. É um daqueles dias cinzentos e abafados em que tudo parece confuso e embaralhado. O foco de pesar, medir, contar e mexer é exatamente o que o dia pede.

Georgia colocou uma de suas playlists do Spotify, uma mistura de músicas que Cate um dia dançou em boates e músicas modernas que soam sem sentido e vazias aos ouvidos dela. As duas estão preparando uma receita que encontraram na internet chamada bolo Choco-Mocha. Cate pega um expresso na máquina de café e o deixa de lado para esfriar. Georgia está batendo açúcar e manteiga. O forno chia enquanto esquenta.

O rosto de Owen Pick aparece e desaparece na mente de Cate. Aquela vaga expressão insatisfeita que ele tem, como se estivesse pensando o tempo todo em coisas desagradáveis. O cabelo com aquele jeito um pouco derrotado, de coisa velha. Os sapatos desgastados, incongruentes em contraste com as roupas estranhamente elegantes que parecem não lhe cair bem. Ele parece ser bem esse tipo, ela acha. Ele tem esse tipo: um cara solteiro, morando sozinho com uma proprietária excêntrica em um apartamento que parece sujo com cortinas esfarrapadas na janela.

E agora há sangue debaixo da janela do quarto dele.

Cate olha para Georgia, cujas bochechas estão rosadas pelo calor do forno e pelo esforço de misturar o açúcar com a manteiga. Ela está com uma mecha de cabelo pendendo na frente do rosto e a assopra pelo canto da boca.

Cate se aproxima e coloca a mecha atrás da orelha dela. Georgia dá um beijo na mão da mãe.

— Obrigada, mãe.

Elas trocam um olhar. Cate sabe que estão pensando na mesma coisa.

Saffyre Maddox pode estar morta e o vizinho delas, que talvez a tenha matado, poderia ter matado Georgia também.

Mas agora a polícia o tem sob custódia e elas estão seguras: estão fazendo um bolo.

33

SAFFYRE

O Natal do ano passado foi bom.

Lee veio com a família, Aaron fez pratos deliciosos, uma mistura de comidas de Natal britânicas e coisas que minha avó costumava fazer para o almoço natalino: macarrão de forno e torta de batata-doce. Tomamos ponche de rum com guarda-chuvinhas e enfeites nos copos e cantamos na máquina de karaokê que Lee trouxe. A árvore estava linda, colocamos uma lareira falsa na tela da TV e, apesar da falta do vovô, foi um dia de Natal de verdade. Comi tanto e fiquei tão altinha e sonolenta depois disso que nem queria sair de casa. Eu me senti bem segura naquela noite, com a barriga estufada, sentada em uma cadeira confortável no oitavo andar. Só fiquei ali acariciando minha barriga e assistindo a minhas priminhas brincando com as coisas novas. Àquela altura, eu tinha passado vários meses seguindo Roan, sua família e sua amante por aí, e passar um dia me conectando direito com as pessoas, de uma maneira real, parecia mágico. Talvez se eu tivesse conseguido me agarrar àquele sentimento de que pertencia ao mundo, de que deveria estar ali e não em outro lugar, tudo tivesse sido diferente.

Mas, pelo menos por um dia, eu estava relaxada, presente. Foi bom.

*

No dia 27 de dezembro, comecei a me sentir muito agitada de novo. O apartamento estava quente demais e havia essa sensação horrível de confinamento no prédio, como se fôssemos todos ratinhos presos em caixas minúsculas. O sol tinha saído, e coloquei minhas botas de neve com as calças do pijama, prendi o cabelo e vesti meu casaco acolchoado. Não estava bonita, mas nem liguei. Eu só precisava sair.

Fui na casa de Jasmin. Ela também estava um bagaço, e nós rimos da nossa cara, as duas inchadas de tanta comida. Jasmin saiu para dar uma volta comigo, e fomos ao Starbucks na Finchley Road. A gente se sentou no sofá para conversar, e fiquei de olho na janelona de vidro que dava para a rua, só para o caso de ver alguém conhecido passando. Aí Jasmin disse que precisava voltar porque tinha uns parentes de visita, então fomos juntas até lá. Nisso já estava escurecendo, aquele momento idiota no meio do inverno quando você está acordado há poucas horas e de repente o céu fica daquele tom de amarelo sujo, as árvores sem folhas se transformam em esqueletos escuros e a noite se instaura no meio do dia.

Eu me virei e olhei para o meu prédio, para os andares altos. Todas as janelas brilhavam em cores diferentes e piscavam com luzes de Natal. Parecia quente lá em cima. Era bonito.

Senti um arrepio e, em vez de ir para casa, dei meia-volta e subi a colina em direção ao centro.

Hampstead parecia um globo de neve em tamanho real naquela época do ano, com todas as árvores enroladas em luzes brancas. Eu gostava de subir lá pelo exercício, na verdade: do meu apartamento, o caminho inteiro é uma subida, então é um bom aeróbico. Depois de dois dias sentada no apartamento comendo

Ferrero Rocher, era bom sentir o ar frio entrando e saindo dos meus pulmões, sentir o sangue acelerando nas minhas veias. Eu deveria ter corrido, na verdade, mas sou feita para muitas coisas e correr não é uma delas.

Estava agitado no centro: as liquidações já tinham começado e as pessoas estavam em peso por lá. Dei uma olhada nas vitrines, observando artigos que não precisava nem tinha dinheiro para pagar. A loja de itens de ioga com leggings de cem libras. Lojas de pisos caros, lojas de tintas caras, uma loja vendendo apenas uma marca de panela em vinte cores. Eu não entendia Hampstead muito bem, mas gostava.

Eu estava prestes a ir em direção à outra extremidade do centro — até o topo da colina, onde o ar é mais rarefeito, onde começa o parque Heath, com suas entradas confusas e vistas infinitas e vislumbre futurístico das torres pontudas de vidro lá do outro lado de Londres —, então me virei, e foi quando fiquei cara a cara com um homem, e esse homem era Roan.

Eu não estava de capuz, então ele me reconheceu na mesma hora, e por uma fração de segundo foi um pouco esquisito. Roan estava de boina e casaco acolchoado e carregava uma enorme sacola com a palavra "liquidação" escrita em vermelho. Ele não tinha feito a barba e parecia meio bizarro.

— Oi, Saffyre. Uau, tudo bem com você?

— Tudo bem, tudo bem — respondi. — E com você?

Ele olhou para a sacola.

— Tudo ótimo. Só trocando um presente que não serviu.

— Da sua esposa? — disse antes que pudesse evitar.

— Sim — respondeu Roan, e percebi que o sorriso dele ficou duro que nem cimento. — Sim. Grande demais. Infelizmente.

Assenti de forma encorajadora e sorri.

— E você? — perguntou ele. — Tudo certo?

— Sim. Bom, meu avô faleceu. — Dei de ombros. — Faz uns dois meses. Foi bem ruim.

— Ah, Saffyre, sinto muito por isso.

— É, bom... Não tem muito como evitar, né? As pessoas morrem.

Ele concordou com a cabeça.

— Sim, as pessoas morrem, é verdade. Ainda assim, é horrível. Sinto muito pela sua perda. Sei como vocês eram próximos. Como você está lidando com isso?

— Assim, em alguns pontos é mais fácil, sabe? Porque o Aaron não tem que cozinhar tanto nem se preocupar e tal. Mas em outros, é uma merda, porque a minha família é muito pequena agora. Muito, muito pequena.

Falei isso de forma leve, como se talvez fosse uma piada, porém deve ter saído com mais emoção do que o planejado, porque Roan colocou a mão no meu braço, olhou-me cheio de preocupação e disse:

— Você acha que precisa falar sobre tudo isso com alguém?

Pensei: *Rá, é, com certeza, porque você fez um ótimo trabalho me ajudando da última vez, né?*

Mas meio que ri e ignorei aquilo.

— Não. Sério. Está tudo bem. Só leva um tempo para me acostumar. — Houve uma breve pausa e perguntei: — Como está a sua família?

Roan fez uma forma estranha com a boca e assentiu.

— Bem. Estamos todos bem.

E então — não adianta me dizer que eu não deveria ter feito isso porque agora é tarde, já fiz, está feito — o olhei bem nos olhos e perguntei:

— Como está a Alicia?

Pode me bater. Tanto faz. Ele merecia. Ele, e sua boina, e seu casaco, e o presente que a esposa comprou para ele porque foi burra o bastante para pensar que ele era um marido fiel e não um animal excitado.

— O quê? — disse Roan, e eu pude ver o pânico surgindo em seus olhos como girinos pequenininhos.

— Como está a Alicia? — repeti, e então a onda de adrenalina chegou ao meu coração enquanto meu cérebro enfim acompanhava o que minha boca estava fazendo. — Sua colega.

Ele assentiu, balançou a cabeça.

— Desculpe, mas como você conhece a Alicia? Você voltou à clínica?

Balancei a cabeça e sorri para ele.

Era nítido que ele estava procurando o que dizer ou fazer em seguida e decidi que estava na hora de me afastar daquela granada que eu tinha deixado ali pronta para explodir.

— Enfim, legal te ver Roan. Boas festas.

Ele se virou enquanto eu me afastava.

— Mas, Saffyre, o que você quis dizer com isso?

— Não posso ficar. Tenho que correr.

Andei pelo último trecho da colina a aproximadamente cem quilômetros por hora. Árvores delicadas cheias de pompons brancos cintilantes. Restaurantes cheios de gente rica. Galerias de arte, imobiliárias, salões de beleza com lustres cor-de-rosa. Já estava bem escuro quando cheguei ao topo. Fiquei parada com as mãos na cintura e olhei para baixo, minha respiração tão alta ao entrar e sair, que dava para ouvi-la.

34

Owen está numa sala de paredes azul-claras, uma janela de vidro liso de um lado, outra alta e fina do outro, com vidro opaco e texturizado e três barras brancas verticais de metal.

Na frente dele, estão a detetive Currie e outro detetive, um homem chamado Jack Henry. Ele usa um terno azul muito bonito com uma camisa branca apertada por baixo. Tem cabelo loiro, como o da parceira, e mais ou menos a mesma idade que ela — eles parecem muito um casal, estranhamente, como se tivessem acabado de pedir pizza em um restaurante e estivem tentando pensar em algo sobre o que conversar.

— Bem, Owen. — A detetive Currie sorri para ele, correndo um dedo sobre a papelada. — Muito obrigada por ter concordado em vir tão rapidamente e pela cooperação.

— Não tem de quê — diz Owen.

— Vamos tentar acabar com isso o quanto antes. Tenho certeza de que você tem mais o que fazer. Mas, só para você saber, nosso mandado nos permite mantê-lo aqui para interrogatório por vinte e quatro horas. Então, se tiver alguém com quem você precise falar, é só nos avisar e entraremos em contato. Tudo bem?

Ela torna a sorrir.

Owen faz que sim.

— Então — começa Currie, depois de ligar o gravador. — Owen. Vamos voltar para a noite de 14 de fevereiro, se você não se importar. Sei que já falamos sobre isso, mas, para nossos registros, precisamos gravar. Você saiu naquela noite?

— Sim.

— E aonde foi?

— Fui a um restaurante italiano. Na Shaftesbury Avenue.

— E com quem você estava?

— Com uma mulher chamada Deanna Wurth. Em um encontro.

— Então você bebeu?

— Tomei alguns drinques.

— Quantos mais ou menos?

— Dividimos uma garrafa de champanhe e uma de vinho tinto. E um drinque. Não sou muito de beber, então foi muito para mim.

— Caramba — comenta a detetive. — Eu diria que é muito para qualquer um! — Ela troca um olhar com o detetive Henry, que balança a cabeça e sorri. — Então, você não estava sóbrio quando chegou em casa?

— Não. Eu estava bastante bêbado.

— E que horas eram?

— Mais ou menos onze e meia. Talvez mais tarde.

— O que você fez quando chegou em casa? Pode repetir, por favor? Como chegou em casa?

— Peguei o metrô até a Finchley Road. Depois fui a pé para casa, pelos Winterham Gardens.

— E depois?

— Vi uma pessoa de capuz em frente à casa do outro lado da rua. Entrei. Fui para a cama.

— E voltando, se você não se importar, da sua caminhada desde a estação de metrô naquela noite...

Owen se desvia um pouco para a lembrança enevoada de uma mulher, o olhar assustado dela nele, o dedo no ícone de chamada de emergência na tela do celular.

— Você viu mais alguém quando estava caminhando para casa?

Ele balança a cabeça.

— Sim ou não, por favor, Sr. Pick.

— Não. Não, não vi ninguém.

— E esta moça?

Currie entrega a ele uma foto. É uma jovem bonita no que parece ser um retrato oficial de empresa. Ela tem um longo cabelo loiro e está usando uma blusa vermelha.

Ele balança a cabeça, esfregando o queixo com nervosismo.

— Não — responde. — Não conheço.

— Bem, esta moça mora a duas casas de você. E ela diz que, na noite em questão, você a ameaçou fisicamente por volta da meia-noite. Que você tentou bloquear o caminho dela. Que você a chamou de "puta". Ela se sentiu muito, muito intimidada por você e quase chamou a polícia.

Owen inspira fundo.

— Não foi isso o que aconteceu.

— Ok, então você se lembra desta moça.

— Agora me lembro. Não reconheci por esta foto. Mas eu me lembro de ela estar lá. Ela estava mexendo no celular. Não me viu. E foi ela que estava no *meu* caminho. Ela foi grossa *comigo*. Eu só estava me defendendo. Reagindo à grosseria dela. Pelo amor de Deus. — Owen cruza os braços, petulante.

— Ok, então você estava indo para casa. Teve um contratempo com esta moça. Você viu uma jovem do lado de fora da casa do seu vizinho por volta da meia-noite. Você pode descrever para nós? Seja lá o que for que se lembre?

Owen suspira.

— Quer dizer, nem sei mais. Era tarde. Estava escuro. Eu ainda estava bem bêbado. Poderia ser qualquer coisa.

— Só tente, Owen, por favor.

— Eu vi... — Ele se interrompe, tentando ao máximo voltar para aquele momento, do lado de fora do prédio, com o ar frio de sua respiração ao seu redor. — Uma figura. De capuz. Magra. Não era alta. Não era baixa. Primeiro pensei que fosse um homem. Estava olhando para a frente, para o topo do caminho, perto do portão. Estava com as mãos nos bolsos, então os cotovelos estavam assim. — Owen faz as asas pontudas com os próprios cotovelos. — E então, depois de mais ou menos um minuto, ou menos, menos de um minuto, a figura se virou um pouco na minha direção, e vi que provavelmente era uma garota. Com um tipo de... — Ele procura pela palavra certa. — Cabelo volumoso.

— Volumoso? Você quer dizer um cabelo tipo afro-caribenho?

— Não sei — admite Owen. — Não sei bem o que isso significa.

— Ok. Então você viu essa figura. E o que aconteceu?

Owen balança a cabeça de leve, buscando na memória o que aconteceu depois que os olhos da garota encontraram os seus. Mas não há nada lá.

Ele balança a cabeça com mais força.

— Não aconteceu nada. Eu a vi e então entrei.

— E depois?

— Fui para a cama e dormi.

— Alguém te viu entrando?

— Não, não que eu saiba.

— Perguntamos aos seus vizinhos e nenhum deles se lembra de ouvir o portão fechar àquela hora da noite.

Owen pisca.

— Não sei… Eles provavelmente estavam dormindo. Por que ouviriam o portão?

— Não sei, Sr. Pick. Mas é um portão grande e pesado. E faz um barulho alto quando é fechado.

Ele torna a piscar e balança a cabeça.

— Na verdade, não — diz.

— Bem, suponho que seja uma questão de opinião. — Currie olha para o outro detetive. — Ok, acho que o detetive Henry também tem algumas perguntas. Você está bem? Quer mais água? Uma bebida quente? Algo para comer?

Owen balança a cabeça.

— Não, obrigado.

Henry abre o bloco de anotações. Ele pigarreia e então diz:

— Então, os vizinhos da casa da frente, os, há, Fours?

Owen balança a cabeça, em negativa.

— Cate e Roan Fours.

— Não — diz ele. — Não sei quem são.

— Ok, bem, eles moram do outro lado da rua, onde você viu a figura na noite do dia 14.

Owen assente.

— Certo. — Agora sabe de quem estão falando. Aquela família. O pai que usa lycra, a esposa nervosa, a filha metida e o garoto desengonçado. — São os que têm filhos?

— Sim, os que têm filhos, correto. Como é a sua relação com eles?

— Não tenho relação com eles.

— O Dr. Fours diz que você uma vez o abordou na rua, quando ele estava correndo, disse que você estava bastante bêbado e fez perguntas estranhas.

Owen se endireita na cadeira.

— O que isso tem a ver com...?

— Bem, diretamente nada, Sr. Pick. Mas adiciona alguns detalhes.

Owen inspira fundo quando percebe o que está acontecendo. Está sendo levado por essa dupla de seres humanos loiros e sem sal por um caminho opaco e tortuoso para se incriminar.

— Quer saber? — diz ele. — Acho que se vocês não vão me perguntar nada que tenha a ver com qualquer evidência real de que eu tenha feito algo errado e só vão falar sobre coisas que eu posso ou não ter dito aos meus vizinhos há três semanas, então talvez eu queira um advogado. Por favor.

Os gêmeos loiros se entreolham, e então tornam a encarar Owen.

— Claro, Owen. Com certeza. Você tem um número para o qual eu possa ligar?

— Para o Sr. Barrington Blair. Barry. Acho que ele trabalha em algum lugar no West End. Soho, naquela área.

— Ótimo, vamos garantir que alguém ligue para ele agora. Enquanto isso, talvez possamos fazer uma pequena pausa.

Eles reúnem os papéis. O detetive Henry endireita o casaco e o colarinho. A detetive Currie toca a parte de trás de seu penteado complicado, colocando uma mecha solta de volta no lugar. Owen se pergunta se eles são pessoas de verdade ou só androides muito sofisticados.

— Alguém vai te trazer alguma coisa para você comer, Owen. Só esperar.

E então Owen fica sozinho. Ele estica as pernas e cruza os tornozelos. Raspa um pedaço de comida grudada no punho do suéter. De repente, pensa que pode haver uma fileira de policiais e detetives sentados do outro lado do vidro, observando-o, então decide se mover o mínimo possível.

Logo depois, um policial jovem e uniformizado entra com dois sanduíches e um copo de papel com chá.

— Atum ou salada *caesar* de frango?

— Não estou com fome — responde Owen.

— Vou deixar os dois. — Ele entrega o copo de chá e sai da sala.

— Quanto tempo falta? — Owen chama pela fresta da porta.

O rapaz reaparece.

— Não faço ideia — diz num tom alegre. — Desculpe.

Não há nada para olhar na sala. Nada para distraí-lo. Ele olha para as unhas, brinca com o cabelo, tenta endireitar sua franja assimétrica estúpida. Toca o machucado na testa. Cruza e descruza as pernas. O tempo passa em minutos longos e vazios, sem qualquer forma por conta da estranheza do cenário.

Owen puxa um dos sanduíches em sua direção. Atum, maionese e pepino. Ele odeia atum e pepino, e o sanduíche é de pão integral, que na verdade nunca provou. Ele nem sequer olha para o outro, sabe que não vai gostar.

Ele bebe o chá escaldante com cautela. O coração torna a saltar ao pensar na polícia revirando seu quarto, os comprimidos na gaveta de meias. Tenta pensar no que vai dizer sobre os comprimidos quando eles inevitavelmente os encontrarem. Como vai explicar Bryn? Como vai explicar seu relacionamento com um *incel* louco que quer incitar o estupro em massa de mulheres?

Owen tamborila na mesa e tenta controlar a respiração. Consegue sentir uma bola vermelha de pânico avançando em sua direção, ameaçando engoli-lo. Imagina os policiais atrás do vidro espelhado. Ele não pode surtar, não pode. Barry virá em breve. Barry lhe dirá o que fazer.

Owen toma mais um gole do chá, rápido demais, sente-o escaldar o interior da boca, encolhe-se e diz *cacete* baixinho.

Enfim a porta se abre e os dois detetives retornam.

— Contatamos o Sr. Blair — diz a mulher. — Ele está a caminho. Podemos continuar conversando enquanto esperamos… Isso vai te fazer ir para casa mais cedo, talvez. Ou podemos esperar até que ele chegue. Você decide.

Owen torna a pensar nos comprimidos na gaveta.

— Acho que vou esperar.

35

Roan chega cedo do trabalho naquela noite e vai direto até a cozinha.

Cate desvia o olhar da tela do notebook quando ele entra.

— Ah! Você chegou cedo.

Ele passa por ela e segue para a geladeira, servindo-se de uma taça de vinho antes mesmo de tirar o casaco.

— Quer um pouco? — oferece, com a garrafa erguida.

Acabou de passar das seis, mas Cate faz que sim.

— Como foi o seu dia?

— Bem sinistro — diz ele, abrindo o zíper e tirando o casaco.

— Sinistro pra caramba.

Cate sabe muito bem que não adianta pedir detalhes ao marido. Geralmente essa fala significa um paciente suicida, algum tipo de violência ou algo horrível envolvendo fluidos corporais. Às vezes, também significa uma reunião burocrática com um colega ou um superior. Seja qual for a situação de que Roan está falando agora, Cate não pergunta. Apenas ergue a taça de vinho em direção à dele e diz:

— Um brinde à sexta-feira à noite.

Roan retribui o gesto de forma seca e pega o celular, rolando alguma página. Então se vira para ela.

— Você viu isto?

Cate pega o celular, coloca os óculos de leitura e olha para a tela.

— Ai, meu Deus.

É uma foto do cara que mora do outro lado da rua. A boca dele está aberta e dá para ver o interior dela e a língua cinza. Ele tem sangue incrustrado na testa, e o cabelo está oleoso e tem uma aparência um pouco brutal. É uma imagem chocante. A manchete acima dela diz: "Será este o assassino de Saffyre? Homem é levado para interrogatório depois de 'sangue e capinha de celular' serem encontrados em sua propriedade."

— Você viu isso acontecer? — pergunta Roan.

— Não, mas a Georgia viu.

— Você sabia do sangue que os detetives encontraram?

— Sim. Uma jornalista nos contou. Quem te contou? — questiona Cate.

— Um colega. Bom, vários colegas. Só falaram disso hoje. É... caralho. É horrível.

Cate torna a olhar para a página no celular de Roan. Ela imagina um milhão de celulares em um milhão de mãos, um milhão de pessoas olhando para o rosto do homem naquele mesmo instante. O homem que mora em frente à casa dela.

Cate lê a matéria:

Hoje mais cedo, Owen Pick, um professor de 33 anos, foi levado para interrogatório pela polícia, a respeito do desaparecimento de Saffyre Maddox, 17. Pick, que mora em Hampstead com a tia, Tessa McDonald, foi recentemente suspenso do trabalho como professor de ciência da computação na

Ealing Tertiary College depois de várias estudantes o acusarem de assédio sexual. Uma delas, Maisy Driscoll, contou aos repórteres que, entre as estudantes, Pick tem a reputação de ser "asqueroso". Ela diz que o professor tocou seu cabelo em uma festa e espalhou suor no rosto dela várias vezes. A escola não se pronunciou.

Os vizinhos do Sr. Pick na rua arborizada em Hampstead onde vive o descrevem como "peculiar" e "solitário", e uma mulher, Nancy Wade, 25, recorda ter sido abordada por ele na rua pouco antes da meia-noite na data do desaparecimento de Saffyre Maddox. Ela contou aos repórteres que o Sr. Pick "deliberadamente bloqueou meu caminho. Quando pedi que saísse da frente, ele disse coisas desagradáveis, me assediando verbalmente. Tive muito medo".

Ernesto Bianco, 73, que mora no apartamento acima do Sr. Pick e da Srta. McDonald, disse que essa não é a primeira vez que o Sr. Pick é interrogado pela polícia nas últimas semanas. De acordo com o Sr. Bianco, Pick já havia sido visitado pela polícia com relação a uma onda de sérias agressões sexuais na área, incluindo duas nas proximidades da residência dele. Por ora, ninguém foi encontrado nem indiciado por essas agressões. É provável que ele também seja questionado sobre tais eventos.

Relatos ainda não confirmados sugerem que, ao vasculhar a área abaixo da janela do quarto de

Pick, os policiais descobriram alguns objetos, incluindo uma capinha de celular, que se suspeita pertencerem à adolescente desaparecida. Também acredita-se que tenham descoberto manchas de sangue na alvenaria perto do quarto de Pick e na grama abaixo. Os policiais forenses ainda estão no local e o caso está em andamento. Nenhum corpo foi encontrado e a busca por Saffyre Maddox continua.

Cate estende o celular para Roan. Ela pensa em como se sentiu culpada por mandar a polícia à porta de Owen Pick semanas antes. Mas estava certa, pensa agora, tinha seguido seus instintos, e eles foram certeiros.

— Você leu aquela parte? — pergunta ela. — Sobre o assédio no trabalho? Quero dizer, parece bem óbvio, não é? Deve ter sido ele.

Roan pega o celular da mão dela.

— É. Parece que sim.

Cate beberica o vinho e olha para o marido, pensativa.

— Mas ainda é estranho, não é? Ela ter estado aqui. Na nossa rua. Quer dizer, por que aqui? E por que ele e por que ela? É só… — Ela se arrepia. — É perturbador.

Roan dá de ombros.

— Acho que ela não morava longe daqui. E esta é uma das ruas que leva até o centro. Talvez não seja tão estranho.

— Mas para onde é que ela estava indo? Ninguém falou que tinha planos de se encontrar com ela?

— Não sei — responde Roan, abrindo os braços. — Não sei nada sobre a vida pessoal dela.

Cate suspira.

— Só de pensar naquela vez que ele seguiu a Georgia mês passado...

— Bom, graças a Deus ela teve o juízo de te ligar.

— Sim. Com certeza. Não consigo nem...

— Não — diz Roan, balançando a cabeça de leve. — Não. Nem eu.

Naquela noite, Cate olha pela janela do quarto, esperando ver a polícia trazendo Owen Pick para casa. No entanto, a rua está silenciosa. Uma chuva fina cai do céu escuro e nublado. Ela consegue ver os filamentos sedosos da chuva através da luz amarelada dos postes. O cordão de isolamento da polícia foi retirado da rua, porém ainda está colado no portão que leva ao canteiro de obras. No dia seguinte é fim de semana. A polícia faz buscas forenses em cenas de crime aos fins de semana? Cate não tem ideia. Ela se vira ao ouvir um som atrás de si, esperando ver Roan, mas é apenas Josh.

— O que você está fazendo? — pergunta ele.

— Só vendo o que está acontecendo ali.

Josh põe a mão no ombro dela, que Cate cobre com a sua.

— Sinto pena dele — diz Josh.

Ela se vira para encará-lo.

— De quem?

— Dele. Do cara que mora ali. Eu me sinto mal. Todo mundo vai pensar que foi ele, quer tenha sido ou não.

— O que faz você pensar que não foi ele?

— Eu não falei isso — retruca Josh. — É só que, sabe, todo mundo é inocente até que se prove o contrário, essas coisas. Mas as pessoas gostam de ter alguém para culpar, né? Elas gostam de saber quem é o vilão da história. Em quem atirar ovos. Pedras. Fico com pena dele.

Cate olha para o filho, envolve o rosto dele com as mãos e sente a leve sugestão da penugem que não é barbeada há três dias, suave como a grama no verão.

— Você é um garoto tão maravilhoso — diz ela. — Um garoto tão maravilhoso.

Josh sorri e esfrega o rosto contra a palma dela, e então se aproxima para um abraço. Cate sente os ossos dele, os músculos e tendões. Ele tem o cheiro do amaciante que ela usa. Ela se pergunta se ele fuma. E, se fuma, ela se pergunta se seria um problema. Quando tinha catorze anos, Cate fumava. Nos campos, perto dos trilhos do trem, atrás de muros e cercas. Ela fumava Silk Cuts. Costumava roubá-los da mãe. Quando foi descoberta, sua mãe passou a esconder os cigarros, e então Cate passou a enrolar os seus. Será que pode ficar brava com ele por algo que ela mesma fez?

Cate sente que, no atual clima de assassinato, ela não se importa se o filho fuma ou não. Talvez se importe mais tarde.

Ela o solta e sorri.

— Tenho certeza de que a justiça será feita — diz em um tom tranquilizador. — Tenho certeza de que a pessoa certa será punida.

36

É quase meia-noite. Owen ainda está sentado em uma sala azul-clara com uma grande janela estreita e um espelho falso. Os detetives Currie e Henry ainda o encaram. Na mesa à frente deles, há dois copos de papel vazios, embalagens de três barras de KitKat, quatro pacotinhos vazios de açúcar e três palitinhos de madeira. Owen passa o dedo pelas extremidades de uma pequena poça de chá e desenha um tentáculo. Faz isso mais sete vezes, até desenhar um polvo.

Aparentemente, eles estão esperando um relatório dos caras que estão revirando o quarto dele o dia inteiro. Barry está sentado ao lado de Owen, cutucando as unhas. Ele usa abotoaduras com pedras verdes e uma camisa xadrez lilás e verde. Destoa da sala com os detetives idênticos e sem sal, as paredes descascando e o próprio Owen, que está começando a se sentir muito acabado e fedido.

Owen não contou a Barry sobre os comprimidos Rohypnol escondidos na gaveta de meias. Quando Barry chegou à delegacia, há quatro horas, bastou uma olhada para Owen perceber que o único motivo para ele estar lá era o pagamento que receberia. Não houve sorriso de reconhecimento ou de empatia, nenhuma sugestão de que Barry já tivesse visto Owen na vida. Ele estava tão sério que chegava a ser cruel.

A porta se abre e mais dois policiais entram. Eles olham para Owen de um jeito estranho, e ele sente o estômago revirar. Sabe o que esse olhar significa.

Eles saem da sala com a detetive Currie por alguns minutos, depois, ela retorna sozinha. Espalhando uma nova papelada na mesa, ela pigarreia, sussurra algo no ouvido do detetive Henry e encara Owen.

— Bem, Sr. Pick. Eu acho… — Ela rearranja a papelada. Obviamente está planejando o que fazer em seguida, quer garantir que está falando no tom certo. — Acho que talvez precisemos retroceder um pouco aqui. Acho que talvez precisemos discutir suas atividades nas últimas semanas. Na verdade, desde sua suspensão do Ealing College. Você diria que aquela experiência te mudou de alguma forma, Sr. Pick? Mudou sua visão de mundo?

Barry se inclina à frente, correndo um dedo por sua requintada gravata de seda.

— Não responda, Owen. É uma pergunta ridícula.

Owen fecha a boca.

A detetive inspira e recomeça:

— Sr. Pick, nós olhamos o histórico de pesquisa do seu computador. Encontramos alguns posts bastante perturbadores em vários do que acredito serem chamados de fóruns *incel*. Sr. Blair, você sabe o que é um fórum *incel*?

— Sei, sim — responde Barry, surpreendendo Owen.

Barry parece que saiu dos anos 1960, Owen não consegue imaginá-lo tendo um computador, quanto mais sabendo o que é um fórum *incel*.

— Você diria que tem frequentado esses fóruns com frequência ultimamente, Sr. Pick?

Ele dá de ombros.

— Não. Na verdade, não.

— Bem, eu posso te dizer exatamente quanto tempo você passou frequentando esses fóruns, Sr. Pick, porque temos a informação bem aqui. Desde quinta-feira, 17 de janeiro, o dia em que foi suspenso do Ealing College, você passou mais ou menos quatro horas por dia nesses fóruns.

— Owen, você não precisa dizer nada. Isso é uma bobagem completa.

— Owen, você disse algumas coisas bastante horríveis nesses fóruns. Juntou-se a discussões sobre como estuprar mulheres, que tipo de mulher merece ser estuprada e por quê. E se referiu a mulheres em termos tão degradantes que nem consigo repetir. Você fica sentado aí, parecendo um anjinho, com seus olhos grandes e tristes, e, enquanto isso, pensa essas coisas e expressa essas opiniões perversas sobre mulheres.

A detetive fala mais alto, seus olhos brilham. Pela primeira vez desde que bateu o olho em Angela Currie, ela está mostrando sua verdadeira personalidade. Ela vira os papéis para que ele possa ver as palavras que ele digitou durante aquela onda de euforia ao encontrar pessoas com quem se identificava.

As palavras flutuam diante dele.

... Vagabunda... Boca...
... Punho...
... Puta... Força... Rosto...
... Vadia...
... Piranha... Sangrar... Buraco...

Owen fecha os olhos.

Não quis dizer de verdade nenhuma daquelas palavras.

Ele estava apenas tentando se enturmar. Era o garoto novo. Deixou-se levar por aquilo.

— Pode confirmar se essas palavras foram escritas por você?

Ele olha para Barry.

Barry simplesmente o encara. Está enojado.

Owen assente.

— Por favor, afirme verbalmente, Sr. Pick.

— Sim. Eu escrevi essas palavras. Porém não estava falando sério.

— Não estava falando sério?

— Não. Não pra valer. Quero dizer, eu estou, eu *estava* zangado com muitas coisas. Estava zangado por ser denunciado por coisas que não tinha feito no trabalho...

— Não tinha feito?

— Não tinha feito da forma como aquelas garotas *disseram* que fiz.

— Está dizendo que elas te interpretaram mal?

— Sim. Não. Sim. Não tenho o menor interesse em adolescentes. Não daquele jeito. Elas parecem crianças para mim. Então, seja lá o que pensaram que eu fiz, foi feito de maneira completamente inocente, sem intenção.

A detetive Currie assente.

— Então você estava zangado e foi a esses lugares na internet — ela toca o papel num gesto bruto — e disse coisas nojentas e violentas sobre mulheres só por causa disso?

Owen assente.

— Sim. Correto. Mas eu não falei pra valer.

— Assim como não quis jogar suor naquelas garotas nem perguntar se gostavam de meninos ou meninas?

— O quê? Eu não disse isso...

— Segundo elas, você disse, Sr. Pick. Nancy Wade diz que você a fez temer pela própria vida enquanto ela andava sozinha no escuro. Seus vizinhos te identificaram como uma potencial ameaça sexual quando a amiga da filha deles contou que tinha sido abordada perto de casa no mês passado, e um policial foi enviado para te interrogar sobre isso. Você passou dezenas de horas em salas de bate-papo e fóruns discutindo a melhor maneira de estuprar mulheres e encontramos vestígios do sangue de Saffyre Maddox na parede e na grama abaixo da janela do seu quarto, e agora, Sr. Pick, soubemos da existência de uma grande quantidade de uma droga proibida, Rohypnol, em uma das gavetas do seu quarto. Rohypnol é, como tenho certeza de que todos sabemos, um exemplo bem conhecido do que é chamado de "Boa noite, Cinderela". É meia-noite e três minutos, sábado, 23 de fevereiro. Owen Michael Pick, você está preso pelo sequestro de Saffyre Maddox. Tem o direito de permanecer calado, e tudo o que disser pode ser utilizado contra você no tribunal. Você entendeu?

Owen olha para Barry como se houvesse algo que ele deveria estar fazendo ou dizendo para fazer isso parar.

Mas Barry fecha os olhos e assente.

37

SAFFYRE

Alguns dias antes da véspera do Ano-Novo, encontrei Aaron na porta do nosso apartamento, parecendo agitado. Eu tinha acabado de sair do elevador.

— O que aconteceu? — perguntei.

— Tenho uma surpresa para você.

Sorri para ele, desconfiada.

— Ah, é?

— Tire o casaco. — Ele o pegou das minhas mãos e o pendurou. — Venha. Mas em silêncio, tá bem? Tire os sapatos.

Eu me livrei dos meus tênis e o encarei, curiosa.

Então, o segui até a sala de estar. Aaron me levou para a árvore de Natal e disse:

— Olha! Tem outro presente debaixo da árvore! Papai Noel deve ter voltado porque você tem sido uma menina muito boazinha!

Franzi a testa e me ajoelhei perto do embrulho. Era mais uma caixa do que um embrulho, uma caixa vermelha brilhante com tampa e laço dourado.

— Melhor você abrir, não?

Tirei a tampa devagar. Olhei lá dentro. E então arfei. Minhas mãos foram direto para a boca. Olhei para Aaron.

— Não! — exclamei.

— Na verdade, sim.

Ele estava com um baita sorriso.

Dentro da caixa havia um gatinho de cor creme. Era o tipo de gatinho que a gente vê no Instagram: olhos grandes e azuis, peludinho. Ele abriu a boca como um leão prestes a rugir e soltou um miadinho patético. Eu ri e enfiei as mãos na caixa para pegá-lo. Não pesava quase nada, era muito pelo e pouca massa física, só um fiapinho de bicho.

— É nosso?

Aaron balançou a cabeça.

— Não. É seu. É o seu gato.

Fiz um barulho estranho, uma mistura de gritinho com grunhido. A vida toda, a minha vida inteirinha, havia pedido um animal de estimação, e a vida toda ouvi não, que era trabalho demais, que não tínhamos espaço, que o vovô tinha alergia, que era caro, que era demais. Por fim, desisti uns dois anos antes, e agora lá estava meu bichinho. Lá estava ele. Nas minhas mãos.

Beijei a cabecinha dele.

— Sério? — perguntei.

— Sim. Sério — respondeu Aaron.

— Ai, meu Deus. Ai, meu Deus. Não acredito. Não consigo acreditar.

Coloquei o gatinho no chão e deixei que explorasse o ambiente. Ele se equilibrou nas patas traseiras e deu uma patada em uma bolinha da árvore, pendurada perto do chão. Aaron e eu nos entreolhamos e rimos.

— Qual vai ser o nome dele? — Ele quis saber.

— Nossa, não sei. O que você sugere?

— Sei lá. Quer dizer, os olhos azuis… Frank Sinatra?

— Quem?

— Frank Sinatra. É um cantor das antigas. O apelido dele era Olhos Azuis. Por causa dos seus olhos azuis. Como é que você não sabe disso?

— Por que eu deveria saber? Sou jovem. Não sou velha que nem você.

— Mas Frank seria um nome legal para ele, não acha?

Peguei o gatinho e olhei bem em seus grandes olhos azuis. Ele fez aquele barulhinho de novo. Pensei: *não, ele não parece Frank. Parece um anjo.*

— Angelo. Ele vai se chamar Angelo.

Sei por que Aaron comprou o gatinho para mim. Não sou burra e era muito óbvio. Ele fez isso para me fazer querer ficar em casa. Eu sabia que ele estava desconfortável com o tempo que eu passava fora, e Aaron também não é burro. Foi um tanto genial. Porque como eu poderia querer ficar lá fora sozinha no escuro, no frio e na chuva quando podia ficar quietinha com o Angelo, o gatinho dos meus sonhos?

No entanto, não funcionou. Foi, tipo, o que os olhos não veem, o coração não sente. Quando estava em casa com o Angelo, ficava obcecada por ele. Eu o encarava, o assistia como se ele fosse o melhor programa de TV já feito. Tudo o que ele fazia me encantava. De manhã, ele me acordava pisando no meu rosto com suas patinhas afiadas como agulhas, mas eu não me importava. Ele tinha cheiro de nuvem, de piscina de água natural, de topo de montanha. Às vezes, eu o pegava só para cheirar. Eu o amava. Amava muito, muito mesmo.

Mas não era o suficiente para me fazer parar de querer sair, colocar meu capuz e desaparecer em plena vista.

*

A primeira vez que passei a noite toda na rua foi na véspera de Ano-Novo.

Falei com Aaron que iria a uma festa na casa de Jasmin e dormiria lá. Aaron ia trabalhar em um bar naquela noite, o pagamento era em dobro e as gorjetas, enormes — ele fazia isso todo ano, geralmente vinha para casa com umas duzentas libras por uma noite de trabalho. Falei que iria para casa cedo no dia seguinte para cuidar do Angelo, e Aaron disse que me levaria para sair se eu estivesse a fim.

Arrumei minha mochila e peguei o saco de dormir em cima do guarda-roupa (comprado para o acampamento de verão no quinto ano e não usado desde então. Era rosa brilhante com corações). Coloquei um pouco de comida, carne para a raposa, um rolo de papel higiênico e álcool em gel. Vesti muitas peças de roupa, embora não estivesse tão frio lá fora. Peguei Angelo e o beijei, tirando as garras dele da minha roupa e o cheirando. Eu o deixei na cozinha com um jornal no chão e alguns petiscos na tigela.

A última coisa que ouvi antes de sair foi o som de seus dentinhos mastigando a comida.

Eu fui mesmo para a casa de Jasmin. Ela estava dando o que chamava de *soirée* — enrolando os Rs, *suor-r-r-ei* —, uma festa. Nem sei de onde ela tirou a palavra. Pareceu aterrorizada quando tirei meu casaco e ela viu todas as camadas de roupa.

— Você nem tá tentando mais, né?

— Tenho planos — expliquei. — Preciso ficar aquecida.

— Diga que você está usando uma blusinha bonita por baixo.

— Não. Tô horrível. Aceite.

Fiquei até mais ou menos onze horas. Foi legal. Estavam as garotas do colégio e alguns dos namorados delas. Tomei uma taça de vinho tinto. Achei que me ajudaria a dormir. Havia música e conversas, e então umas tias de Jasmin chegaram do bar bêbadas, elas falavam muito alto e eram divertidas, e aí a música começou a tocar ainda mais alto, as pessoas dançaram e foi legal. Eu sabia que todo mundo ia fazer um escândalo se eu desaparecesse antes da meia-noite, sabia que iam tentar me convencer a ficar. Então não contei que estava indo embora. Simplesmente peguei minha mochila, o restinho da garrafa de vinho e fui.

Da rua, espiei as janelas de Roan. Estavam um pouco embaçadas, então imaginei que estivessem em casa. Me perguntei o que pessoas como Roan e a esposa faziam na véspera de Ano-Novo. Saíam para jantares finos? Se embebedavam e dançavam na casa dos amigos? Ou só tomavam vinho no sofá?

Escalei o muro e entrei no terreno baldio, armando meu pequeno acampamento atrás da escavadeira. Caso alguém entrasse, não me veria. Ela também me protegeria do vento. Depois de tirar algumas pedras do caminho, coloquei um cobertor no chão. Tirei o moletom e o moldei para fazer um travesseiro. Tornei a vestir meu casaco acolchoado e puxei um gorro para cobrir as orelhas. Sentei-me com as costas contra a escavadeira e bebi o vinho. Eu nunca tinha tomado mais do que uma taça de vinho antes e fiquei muito surpresa com o quanto era gostoso, como deixava tudo tão diferente. Dei uma olhada no celular: Jasmin estava postando vídeos infinitos de todos dançando, e gritando, e olhando para a câmera. Senti que não estava perdendo nada. Eu estava onde queria estar.

Chequei a hora: 23h28.

Mandei mensagem para Jasmin e disse que tinha ido para casa, desejando feliz Ano-Novo. Ela não respondeu, o que significava que ainda estava se divertindo. Não queria que ela se preocupasse comigo.

Terminei o vinho e senti um cobertor de embriaguez me envolver.

À meia-noite, o céu foi tomado por fogos de artifício. Pensei em Aaron no bar em Kilburn, enchendo uma lava-louças com copos, cercado de gente bêbada. Pensei no vovô no céu, fazendo seja lá o que as pessoas mortas fazem no céu.

E então ouvi uma porta se abrir e fechar, e o som de um homem tossindo. Fui até o muro da frente e espiei pelas árvores: vi Roan vestindo um casaco, saindo de casa. Dei a volta na ponta dos pés e observei enquanto ele virava a esquina e tirava o celular do bolso.

— Oi — ouvi ele dizer. — Sou eu. Feliz Ano-Novo.

Ouvi uma vozinha de mulher ao fundo.

— Você está bem? Você está…? Ah, ok. É. Bom. Não, não posso falar por muito tempo. Fingi que estou tirando o lixo. Sim, estamos só, bem, juntos. Tomando champanhe. Nada de especial. Sabe como é. Não. Nada do tipo. Bem tranquilo. Sim. Eu sei, eu também queria. Porra, sim, lógico que eu queria. Você sabe que sim. Queria muito. Alicia. Porra, eu te amo tanto. Sim. Sim. Neste dia, no ano que vem, eu juro. A esta hora, ano que vem, seremos você e eu, as Maldivas, talvez, Seychelles, sim! A comida é melhor! Meu Deus, sim! Só nós. Eu prometo. Eu juro. Eu te amo tanto. Porra. Alicia. Preciso voltar agora. Confie, minha linda. Só confie. Sim. Sim. Você também. Feliz Ano-Novo. Te vejo em três dias! Eu te amo. Eu te amo. Tchau. Tchau.

E então silêncio.

Voltei para a parte da frente do terreno e olhei em direção à casa de Roan. A esposa estava lá, na porta, com um suéter brilhante e jeans, meias, uma taça de champanhe na mão.

— Aonde você foi? — perguntou ela a Roan quando ele virou a esquina.

— A lugar nenhum. Pensei ter ouvido uma coisa.

— Ouvido uma coisa?

— Sim. Gritos. Fui dar uma checada. Acho que era só uma galera comemorando.

Não ouvi o que a esposa respondeu porque soltaram mais fogos. Mas meu coração batia forte. Roan Fours, o homem com quem eu me sentei em uma sala toda semana por mais de três anos enquanto ele descascava as camadas da minha psique com tanta leveza e habilidade: lá estava ele, fazendo planos de deixar a família por uma ruiva sedutora. *Neste dia, no ano que vem.*

Naquele dia, no próximo ano, a esposa magrela estaria morando em um apartamento de merda em algum lugar porque seria tudo o que poderia pagar, e os filhos teriam que ficar para lá e para cá entre dois apartamentos de merda e ter conversas desconfortáveis com Alicia, e cuidar da mãe porque seu coração estaria partido e ela não seria mais a mãe que eles conheciam, seria uma nova mãe, e a infância deles estaria destruída e mudada. E como eu sabia disso? Eu simplesmente sabia. Dava para ver no jeito furtivo do filho, com seu baseado e sua raposa, que já sabia que a vida seria difícil, e na arrogância da filha grandalhona com a voz estrondosa, que pensava que a vida sempre seria fácil. E vi isso também na agitação nervosa da esposa que construiu a vida em torno de um homem que ela pensava que nunca iria decepcioná-la, embora soubesse o tempo todo que ele ia, sim. Eu sabia porque dava para ver. Com meus próprios olhos. Porque, como já falei, não sou burra.

Senti o vinho tinto azedar no meu estômago.

Escutei a porta abrir e fechar de novo e voltei para as sombras. Ouvi o som suave de passos se aproximando e então virando a esquina.

Uma voz masculina.

— Flynn. Mano. Aqui.

— E aí?

— Feliz Ano-Novo e tals.

— É.

— 2019.

— Porra. É.

— Tomara que não seja um ano merda igual a 2018.

— Todos os anos são uma merda.

— Verdade. Verdade.

Através da cerca-viva, vi os contornos escuros de dois garotos dando um soquinho. Então os vi virar a esquina e ir em direção ao espaço entre as árvores. Eu me espremi no canto mais distante. Mais fogos estouraram, e usei o barulho para cobrir o som dos meus movimentos.

— Uau — ouvi um dos garotos dizer. — Olha. Um acampamento de sem-teto.

Vi a luz de um celular se aproximar do meu acampamento.

Senti uma onda de territorialismo e precisei me segurar para não ir até lá e dizer a eles para não tocarem nas minhas coisas.

— De quem será que é? — ponderou um dos garotos.

— Parece que é de uma garota. Olha. Saco de dormir cor--de-rosa.

236

— Meu Deus, que triste. Imagina ser uma garota sem-teto.

— Pelo menos, ela tem vinho — ponderou um deles, erguendo minha garrafa vazia.

Então, os dois pararam e varreram o terreno com o olhar. E, assim que garantiram que não havia ninguém por perto, eles se sentaram e enrolaram um baseado.

No meu cantinho escondido, eu estava perto da janela do quarto de "Clive". Olhei para cima, para a luz que passava pelas cortinas, e me perguntei o que ele estava fazendo lá. Pobre Clive e sua colcha de náilon.

O cheiro de maconha me atingiu um minuto depois. As vozes deles chegavam aos poucos, junto da fumaça.

— As coisas vão ser diferentes este ano.

Não dava para saber qual dos garotos estava falando — para mim, as vozes soavam iguais.

— Ah, sim. Você quer dizer…?

— É. A máscara está caindo.

Um deles riu. O outro o acompanhou.

— Chega de Sr. Legalzão?

— Chega de Sr. Legalzão. Foda-se. Foda-se mesmo.

Mais risos.

— Neste dia, ano que vem.

— Sim, neste dia ano que vem.

— Talvez a gente fique famoso.

— Infame.

— É…

Mais fogos de artifício abafaram o resto da conversa.

Depois de alguns minutos, eles juntaram as coisas e se levantaram.

— A raposa não apareceu hoje? — perguntou um deles.

— Provavelmente ficou com medo dos fogos — respondeu o outro.

Os dois pararam e olharam para a minha pequena pilha de pertences.

— Será que a garota sem-teto vai aparecer?

— Talvez ela já esteja aqui.

— Uhhhh, assustador!

— Devemos deixar algo para ela?

— Tipo o quê?

— Não sei. O resto do champanhe?

Só então vi que um deles estava segurando uma garrafa pelo gargalo.

— É. Por que não? Eu não quero o resto.

Eles deixaram a garrafa no chão, ao lado das minhas coisas.

— Feliz Ano-Novo, garota sem-teto — disse um deles.

— Espero que o seu ano melhore, garota sem-teto — completou o outro.

Depois, eles desapareceram.

Eu os vi se separarem na rua. Vi Joshua atravessar devagar até sua casa, e o seu amigo igualmente magro foi para o outro lado, descendo a colina.

E então os fogos de artifício pararam. O céu ficou claro. A rua, silenciosa. Tirei meus tênis e calcei as meias felpudas que tinha levado. Eu me enfiei no saco de dormir. Cheirei o gargalo da garrafa de champanhe pela metade e pensei melhor. Liguei o celular e respondi algumas mensagens, incluindo uma do Aaron dizendo que estava a caminho de casa e que me veria de manhã. Encarei o céu, o novíssimo céu de 2019. Escuro, novo, uma página em branco.

38

No domingo, Cate vai até a casa deles em Kilburn. Ela não gosta de ir durante a semana quando os pedreiros estão por lá, porque atrapalha a obra e eles a olham com curiosidade, como se de alguma forma a tivessem pegado fazendo algo errado. É cedo quando ela sai de casa, os filhos ainda estão dormindo e Roan está na cama, apoiado nos travesseiros e usando o notebook, colocando o trabalho em dia. Cate decide ir a pé, vai levar trinta minutos, mas está uma manhã agradável. Ela atravessa a rua e espia o terreno baldio através da folhagem. Não dava para imaginar, pensa ela, não dava para imaginar os detetives, viaturas e helicópteros, era como se nada daquilo tivesse acontecido. Então ela passa pelo prédio de Owen Pick, desta vez sem evitá-lo. Tudo está silencioso. As cortinas estão fechadas. A manhã só começou.

Na casa vazia em Kilburn, Cate consegue ouvir a própria respiração. Os passos soam no piso vazio, ainda vão chegar tapetes, azulejos, cortinas, móveis, papéis de parede e almofadas. Os contornos básicos estão no lugar agora, e ela quase consegue imaginar seu lar ali de novo. Ela olha da janela no nível do mezanino para o jardim dos fundos destruído. Está cheio de sacos de cimento, pedaços de madeira, e a grama está coberta de entulho. Ela se imagina lá fora, em alguns meses: alto verão, o céu estará de um azul forte, eles terão móveis de jardim novos e bons — ela já escolheu o que quer do catálogo da Ikea —, talvez tenha até um churrasco rolando. Ela não verá mais o prédio de Owen Pick toda vez que sair de casa. Não terá mais que passar pelo terreno baldio assustador com as raposas gritando.

Cate inspira fundo e se agarra à animação silenciosa que corre por suas veias, na expectativa por tudo aquilo. Ela sobe a escada até o cômodo que logo será o quarto dela de novo — tem vista para a rua, para uma fileira de casas inofensivas, assim como a dela. Sem espaços vazios sinistros, sem árvores antigas gemendo e jogando sombras pela cama dela, sem criminosos sexuais se esgueirando por trás de portas pesadas e cortinas engorduradas. Só casas normais com pessoas normais. Ela nunca mais vai deixar de dar o devido valor a Kilburn.

Cate tira fotos do progresso para mostrar a Roan mais tarde e tranca a porta ao sair, colocando a palma da mão na parede da casa do lado de fora, em um gesto rápido e afetuoso, antes de voltar para casa.

Quando ela chega, Roan está na cozinha fazendo torradas.

— Quer? — pergunta ele. — Posso colocar outra fatia.

— Não, obrigada, já tomei café da manhã.

Cate o acha estranhamente alegre. Animado.

— Você viu aquilo? — pergunta ele, apontando para a tela do notebook.

Cate a toca e vê a página inicial da BBC. A notícia diz "Professor preso pelo sequestro de Saffyre Maddox".

— Ai, meu Deus — arfa ela. — Prenderam ele!

— Eu sei. Estou aliviado.

Ela olha para o marido.

— Aliviado? — É uma escolha estranha de palavras.

— Sim — diz Roan. — Agora talvez a gente descubra onde ela está.

Cate lê a matéria.

O ex-professor de 33 anos Owen Pick foi formalmente preso e está sendo mantido sob custódia na delegacia de Kentish Town pelo sequestro da adolescente desaparecida Saffyre Maddox, 17. A garota foi vista pela última vez há dez dias, na noite do Dia dos Namorados, entrando no centro de Hampstead depois de dizer à família que ia encontrar uma amiga. Fontes da polícia dizem que Pick, que é solteiro e mora com a tia em um apartamento em Hampstead, não soube justificar os vestígios de sangue encontrados em sua propriedade. Também descobriram que ele esteve ativo em vários sites conhecidos como "fóruns *incel*", onde homens que se identificam como "celibatários involuntários", incapazes de terem relacionamentos sexuais com mulheres apesar de quererem, se juntam para compartilhar suas frustrações. A teoria é que o sequestro de Saffyre Maddox pode ter sido o resultado da radicalização de Pick por outros usuários dos fóruns. Muitos tiroteios em massa recentes nos Estados Unidos foram atribuídos à influência de elementos radicais em tais sites.

A família de Pick não comentou o caso. Acredita-se que a fiança tenha sido estipulada em um milhão de libras.

— Fóruns *incel*? — diz Cate, com o estômago revirando com o conceito. Certa vez, ela assistiu a um documentário sobre o assunto que a deixou toda arrepiada. Todo o ódio, o veneno e a amargura. — Meu Deus.

— Eu sei — concorda Roan. — Mas faz sentido, não faz? Quando a gente olha para ele, quando vemos onde mora. Quer dizer, só de olhar dá para saber que ninguém liga para ele.

— Você já tratou um paciente assim? — pergunta Cate logo depois. — Sabe, alguém que odeia garotas porque elas não gostam dele?

— Nossa, sim. Garotinhos que com certeza crescerão e entrarão em fóruns *incel* para falar sobre a melhor maneira de estuprar mulheres. Com certeza já tratei. Uma vez, uns anos atrás, tratei um menino de onze anos: ele tinha sido pego na escola escrevendo fantasias de estupro elaboradas e super-violentas.

Cate balança a cabeça devagar, pensando, não pela primeira vez, sobre a natureza macabra do trabalho do marido.

— Isso não te afeta? Lidar com crianças assim?

Roan para de passar manteiga na torrada e olha para a esposa.

— Lógico que afeta. Meu Deus. Lógico que sim.

É o domingo que antecede a volta às aulas depois das férias de fevereiro, o que significa que Georgia vai passar o dia inteiro de pijama, irritada terminando o dever de casa, gritando que odeia a escola, as provas e Cate por obrigá-la a ir, que odeia o governo por impor que ela frequente as aulas e odeia a vida e todo mundo, e não liga para o diploma do ensino médio. Até que ela enfim acabe o dever de casa e separe algo cheio de açúcar para comer em frente à TV, algo que ela vai sentir ser cem por cento merecido. Vai ser um dia de muito drama, extenuante, e Cate está pronta para ele assim que ouve a porta do quarto de Georgia se abrir às onze e meia da manhã.

— Oi, anjo.

— *Arg* — diz Georgia. — Eu acordei, tipo, umas oito, por aí, e não consegui voltar a dormir.

— Bem, entrei no seu quarto e dei uma olhada em você umas dez e meia, e você estava apagada.

— Eu fiquei cochilando e acordando.

— Quer comer alguma coisa?

Georgia boceja e balança a cabeça.

— Está quase na hora do almoço. Vou esperar.

— Fui ver a casa mais cedo — conta Cate, ligando o celular e o levando para Georgia.

— Ah! — exclama a filha, animando-se. — A casa! A casa! Quero ver!

Cate mostra as fotos e então vai até o quarto de Josh para ver se ele está bem. Geralmente ele acorda antes de Georgia. Cate teria ouvido o chuveiro a essa altura, o som da música vinda do celular que ele apoia no pote das escovas de dente. Mas não houve nada.

Ela bate suavemente na porta.

— Joshy?

Silêncio.

— Josh?

Ela abre a porta.

A cama de Josh está vazia.

Cate vai até o banheiro e encontra Roan sentado no vaso, as calças arriadas até o tornozelo, jogando Candy Crush.

— Você viu o Josh?

— Não — responde Roan. — Ele ainda está na cama, não?

— Não. Não está. Ele deve ter saído.

Ela volta à cozinha e pega o celular da mão de Georgia.

— Tem ideia de onde o Josh está? — pergunta.

Georgia balança a cabeça.

— Acho que ouvi a porta abrir faz uma hora.

Cate escreve uma mensagem para Josh e envia. *Onde você está?* Ela vê os tiquezinhos de visualização dobrarem, mas não ficam azuis. Suspira.

Os tiques continuam cinza por mais uma hora. Cate liga para Josh. Cai na caixa postal. Ela deixa uma mensagem. Eles almoçam — espaguete com pimenta, alho e camarão. Cate coloca a última porção em uma tigela, cobre com papel-filme e guarda na geladeira.

Às duas da tarde, Georgia enfim se senta à mesa da cozinha para fazer o dever de casa. Roan e Cate se sentam lado a lado na sala e tentam assistir a um filme, mas Cate não consegue se concentrar. A sala fica triste quando o sol começa a se pôr no horizonte, e ela checa o celular a cada trinta segundos. Envia a Josh mais cinco mensagens e liga três vezes. Quando os créditos começam a rolar na tela, ela se vira para Roan.

— Acho que precisamos chamar a polícia — diz.

— O quê?

— São quase quatro. Ele sumiu faz cinco horas.

— Cate. Ele tem catorze anos. Ainda está claro.

— Eu sei — retruca ela. — Mas ele não é o tipo de adolescente que some. Ele sempre me avisa quando vai sair. E por que ele não está atendendo o celular?

— Provavelmente está sem bateria ou no metrô.

— Josh não *pega* metrô — rebate ela, exasperada. Às vezes parece que Roan não conhece os próprios filhos. — Ele tem ataques de pânico, lembra?

— Bom, tanto faz. Acho que chamar a polícia é exagero.

— Mas quanto tempo vamos esperar?

— Até a hora do jantar? — sugere Roan. — Mesmo assim, até lá não terão se passado doze horas. — Ele se levanta e se alonga. — Acho que vou sair para correr. Posso procurar por ele no caminho.

— Sim — diz Cate. — Sim. Ótimo. Faça isso. Vou tentar achar o número do Flynn.

Flynn é o único amigo de Josh que eles conhecem.

O menino nunca esteve na casa deles, fica lá fora e manda mensagem para Josh quando eles vão sair juntos. Para Cate, Flynn nunca passou de um vulto de cabelo ruivo e um nome.

— Georgia — chama ela, entrando na cozinha. — Você não tem o número do Flynn, tem?

— Flynn?

— Sim, você sabe, o amigo do Josh. Aquele ruivo.

— Por que eu teria o número *dele*?

— Não sei, meu amor. Só achei que você pudesse ter. Quer dizer, ele está nas suas redes sociais?

— É *óbvio* que não. Meu Deus.

— Você sabe o sobrenome dele?

— Ai, meu Deus, não. É lógico que não. Eu nem conheço ele. Ele é só… só o amigo do Josh. Ele não tem nada a ver comigo.

245

— Você...? — começa Cate, com cuidado. — Você tem ideia de onde o Josh possa estar? Ele não está atendendo o telefone.

Georgia expira ruidosamente.

— Mãe, estou tentando fazer o dever de casa e você não está ajudando agora.

— Não, não, desculpa. Você está certa. Mas estou preocupada com ele... está escurecendo...

— Ele tem catorze anos, mãe. Ele está bem. Dá uma olhada no terreno do outro lado da rua.

Cate fica tensa.

— O quê?

— No canteiro de obras. Você sabe. Onde a polícia estava. Ele ficava por lá o tempo todo no verão passado. Ele e o Flynn, às vezes.

— Ficava lá fazendo o quê?

— Como é que eu vou saber? Você acha que eu ligo?

— Não. Mas...

— Olha, o filho é seu. Você sabe tanto quanto eu. Ele é um mistério para mim. Só sei que ele costumava ficar do outro lado da rua às vezes.

— E como é que ele entrava?

— Tem um buraco — explica Georgia evasivamente, como se todo mundo soubesse do buraco. — Na esquina. Onde o muro é baixo.

Georgia volta a prestar atenção no livro diante de si e Cate vai para o corredor. Ela pega o casaco e as chaves e sai de casa.

O céu está saindo do cinza e ficando preto, em tons de petróleo. Cate liga a lanterna no celular e tateia pela vegetação na esquina até localizar o ponto onde as árvores são afastadas o suficiente para permitir que ela se esgueire por ali, chegando a uma parte de grama áspera do outro lado. Deste ângulo, o terreno parece enorme. Ela lança a luz da lanterna pelo espaço.

— Josh! — grita. — Josh!

Cate ilumina os cantos e por trás do maquinário. Não há ninguém lá.

Do outro lado do espaço, ela espia através das árvores, até o jardim dos fundos do prédio de Owen Pick. Lá, de frente para o terreno, há uma janela cujas cortinas estão fechadas. O quarto dele. Ela o imagina atrás dela, o rosto iluminado pelo brilho do notebook, escrevendo coisas depravadas em fóruns *incel*, tramando o sequestro de uma jovem bonita e perturbada, fantasiando sobre o que faria com ela quando enfim a tivesse sob suas garras nojentas.

Cate olha ao redor como se Saffyre Maddox estivesse ali, como se dezenas de policiais que passaram três dias vasculhando cada centímetro do espaço não a tivessem visto, como se a garota fosse brotar do chão e andar até ela.

Cate sente o celular vibrar na mão. É uma mensagem de Josh.

Estou indo para casa, mãe. Até daqui a pouco. Bjs.

Onde você estava?, ela responde bruscamente.

Cinema, diz ele. *Celular no silencioso. Mals.*

Ela desliga o celular e o pressiona contra o coração, olhando para o céu cor de petróleo. *Vindo para casa.* Seu coração desacelera. A respiração volta ao normal. No cinema. O menininho dela estava no cinema.

Cate se esgueira outra vez pelo espaço entre as árvores e surge diante de uma mulher passeando com o cachorro.

— Ah! — solta a mulher, colocando a mão no peito, visivelmente assustada.

247

— Desculpe — pede Cate. — Eu estava procurando o meu filho, mas já o encontrei.

A mulher olha para além de Cate, como se o filho fosse aparecer.

— Ele estava no cinema — explica Cate, sem fôlego. — Não aqui.

A mulher assente e segue seu caminho, com o cachorro saltitando ao lado dela, dando olhadinhas curiosas em Cate por sobre o rabo enquanto anda.

— Que filme você viu? — pergunta Cate quando Josh chega alguns minutos depois, com as bochechas vermelhas por conta do frio da noite.

— Aquele com o Dwayne Johnson — responde ele. — Sobre lutadores. Não consigo lembrar o título.

— Ah — diz Cate, pensando na escolha de filmes do filho. — Foi bom?

Josh dá de ombros.

— Foi normal. Posso comer alguma coisa?

Ela pega o macarrão da geladeira e o coloca no micro--ondas.

— Por que não me avisou? — questiona. — Que ia ao cinema? Por que você simplesmente desapareceu?

Ele dá de ombros.

— Foi uma decisão de última hora.

— Mas eu estava aqui. — Ela aponta para o chão da cozinha. — Literalmente, de pé aqui. Você podia ter vindo e se despedido.

Ele dá de ombros de novo.

— Desculpa. Eu nem pensei nisso.

Cate mexe no celular enquanto fala, procurando no Google o filme que o filho diz que viu. Encontra algo chamado *Lutando pela Família*. Ela vira a tela para ele.

— Este aqui? Você foi ver isto?

Josh assente.

— Você estava em um encontro? — pergunta Cate, com um sorriso se formando nos lábios, um brilho quente passando por ela ao pensar em seu garoto engraçado e solitário sentado na fileira dos fundos do cinema, com um dos braços ao redor de uma garota, assistindo a uma comédia boba sobre lutadores.

— Não.

Ela acha que o filho está mentindo.

Se fosse Georgia diante dela mentindo descaradamente, Cate não desperdiçaria nem um segundo. Diria "Mentira, me diga o que aconteceu de verdade", e Georgia daria aquele sorriso de quando sabe que foi colocada contra a parede e contaria a verdade.

Mas Cate não pode colocar o filho nessa posição, não pode fazê-lo se encolher nem sofrer. Ele não sorriria. Só pareceria estar com dor.

Então ela só diz:

— Ok.

E tira o macarrão dele do micro-ondas.

39

— Tem visita pra você.

Owen se senta com um pulo. Faz horas desde o último interrogatório dos detetives, e ele está sentado na cela sem fazer ideia do que vai acontecer. Deram o almoço para ele ali: carne picada com batata e vagem. Seguido de um pudim bege com geleia. Está quase envergonhado do quanto gostou da comida, é o tipo de refeição que a mãe dele costumava fazer, sem graça, salgada e segura. Ele limpou o prato.

— Quem é?

— Não faço ideia — diz a policial, seca.

— Eu vou até eles, ou eles…?

— Vou te levar até a sala. Pode se afastar da porta, por favor?

Owen se afasta, e a policial abre a porta e o conduz por três conjuntos de portões fechados até uma salinha azul. Tessie está lá, usando um lenço verde de veludo cobrindo os ombros e enormes brincos de prata com pedras verdes no centro. Sua boca está tensa em desaprovação.

Ela começa a falar antes mesmo que ele se sente.

— Não vou ficar por muito tempo, Owen. Mas te trouxe algumas coisas. Seu celular, embora você provavelmente não possa usá-lo. Cuecas e uma muda de roupa, essas coisas. Comprei tudo novo. Não quis mexer nas suas coisas. Principalmente depois do que a polícia encontrou na sua gaveta. Meu Deus, Owen! E aquela garota, Owen? O que aconteceu com aquela garota adorável?

Tessie cobre o rosto com os dedos, anéis que não combinam entrelaçados em um tipo de armadura. Ela olha para a mesa por um longo momento e, quando ergue o olhar, está chorando.

— Owen, por favor. Você pode me contar. Onde ela está? O que você fez com ela?

Owen sorri. Não consegue evitar. É ridículo demais.

— Tessie — diz ele, com as mãos agarrando as laterais da mesa. — Sério? Você acha mesmo que eu fiz alguma coisa?

— Bem, o que você espera que eu pense? O sangue dela! Do lado de fora da sua parede! A capinha do telefone dela do lado da janela do seu quarto. O "Boa noite, Cinderela" na sua gaveta de meias. E todas aquelas coisas, aquelas coisas horríveis que você escreveu na internet. Meu Deus, Owen! Ninguém precisa ser um Sherlock para ligar os pontos. Mas, pelo bem da família dessa pobre garota, você tem que dizer à polícia o que aconteceu!

— Meu Deus! — Owen puxa o cabelo e bate na mesa. — Eu não fiz nada com aquela garota! Nem tenho certeza de que a vi! Eu só vi *uma* garota! E pode ser que nem tenha *sido* uma garota. Talvez fosse um garoto. E o único motivo, literalmente, o *único* motivo de eu ter dito alguma coisa foi que estava tentando ser útil. Quer dizer, Tessie, sério, se eu a tivesse matado ou feito algo horrível, por que eu diria à polícia que a vi? Por quê? Pense, pelo amor de Deus. Só pense. Não faz sentido!

Tessie faz uma cara triste e dá de ombros.

— Não — diz ela. — Não faz sentido. Mas nada em você faz sentido, Owen. Nada. Quer dizer, você tem quantos anos, trinta e quatro…?

Owen suspira.

— Tenho trinta e três, Tessie. Trinta e três.

Ela continua:

— Trinta e três, e nunca teve uma namorada. Você quase não sai. Você se veste como... — Ela gesticula para ele vagamente. — Bem, você se veste de uma forma muito estranha para um homem da sua idade. Você só come comida branca. Quer dizer, Owen, vamos admitir, você é muito estranho.

— E isso significa que eu matei uma adolescente?

Tessie estreita os olhos, mas não responde. Em vez disso, diz:

— Falei com o seu pai. Ele está muito preocupado.

Owen revira os olhos.

— Tenho certeza de que está.

— Sim — declara ela com firmeza. — Ele está. Eu sugeri que ele viesse te ver, mas isso vai requerer certo convencimento, ele está um pouco... assoberbado.

— Nem se preocupe com isso, Tessie. Eu não tenho nenhuma vontade de vê-lo. Com certeza não nas atuais circunstâncias.

Owen abaixa a cabeça e seu olhar para entre os tornozelos, no chão de linóleo arranhado. Ele está cansado. Passou dois dias em uma cama horrível, numa cela. Enfrentou horas de interrogatório com um grupo de detetives que se revezavam para tentar fazê-lo dizer onde Saffyre Maddox está — e Owen viu séries policiais o suficiente para saber que essas coisas são orquestradas, que testam diferentes abordagens até que o interrogado não saiba diferenciar a esquerda da direita. Contudo, não importa o quanto eles tentem confundi-lo e confrontá-lo, a única constante, a única coisa que ele sabe com certeza, é que não tem nada a ver com Saffyre Maddox nem com o desaparecimento dela.

Barry tinha dito uma coisa interessante no dia anterior. Aparentemente, Saffyre Maddox já esteve sob os cuidados médicos do homem de calça de lycra do outro lado da rua, o corredor. Aparentemente, o Homem de Lycra é psicólogo infantil e trabalha no Portman. Aparentemente, Saffyre Maddox esteve sob os cuidados dele por mais de três anos e, aparentemente, o Homem de Lycra tem um álibi sólido. Estava na cama com a esposa.

Owen mal pode acreditar que a polícia aceitaria um álibi tão frágil. Lógico, é típico dar crédito a pessoas casadas, presumir que elas estariam na cama juntas na noite do Dia dos Namorados, é óbvio que pessoas casadas não teriam razão alguma para mentir sobre seu paradeiro.

Ontem, ele contou à polícia sobre Bryn. Não tinha conseguido pensar em outra explicação decente sobre o Rohypnol no quarto.

— Bryn de quê? — perguntaram.

— Não sei o sobrenome dele.

— Endereço?

— Não sei onde ele mora. É em algum lugar nos arredores de Londres. O trem dele chega em Euston, é só o que eu sei. E ele tem trinta e três anos. Que nem eu. Ah. Ele tem um site! www.problemaseu.net.

— Bryn sem sobrenome. Arredores de Londres. Trinta e três anos. Tem um site.

Ceticismo era pouco. Mas eles procuraram Bryn e disseram na manhã seguinte que tal pessoa não existia. Que o site não existia, que as únicas pessoas na Inglaterra que tinham trinta e três anos moravam em Chester, Aberdeen, Cardigan, Cardiff, Londres, Bangor, Newport e Dartmouth.

— Bom — questionou Owen. — É claro. Graças à imprensa, meu rosto está estampado em todos os jornais; ele teve tempo de desaparecer. Porém ele está lá, em todos os fóruns nos quais vocês me encontraram. Procurem ele por ProblemaSeu. Vocês vão ver. Ele é um líder. Um influenciador. As pessoas meio que se inspiram nele.

— E você? — questionou um detetive cujo nome Owen não decorara. — Você se inspirava nele?

— Sim. De certa forma. Mas não — acrescentou logo —, não *daquela* forma. Quando ele me deu os comprimidos, quando ele me disse o que queria fazer, o que queria que *todos nós* fizéssemos...

— Todos nós?

— Sim, nós dos fóruns.

— Você quer dizer *incels*.

Owen não gostou daquilo. Fazia com que eles parecessem maçons ou membros da Ku Klux Klan, girafas até, algo estranho. Algo que não era humano.

— Então você se identificaria como *incel*, é isso, Owen?

Ele balançou a cabeça.

— Não. Frequentar aqueles fóruns... foi uma fase. Foi uma reação ao que tinha acontecido no meu trabalho. Eu estava irritado e frustrado. Eu me sentia impotente. Precisava desabafar e os fóruns me deram um lugar para fazer isso. Mas nunca pensei que fosse um deles. Eu nunca senti que me encaixava. E o Bryn...

— Sim, conte para a gente sobre o *Bryn*. — Eles diziam o nome com uma ênfase estranha, como se fosse um personagem de um livro.

— Acho que o Bryn era engraçado. Muitos dos caras nos fóruns eram só macabros e sem graça, levavam tudo muito a sério.

O Bryn era engraçado. E carismático. As pessoas gostavam dele. *Eu* gostava dele. Mas, quando enfim o conheci pessoalmente, vi o que ele realmente era.

— E o que ele era, Owen?

— Bem — respondeu Owen depois de refletir um pouco. — Louco, acho.

Mas agora, sentado de frente para a tia, ele pensa nas injustiças cruéis de que vem sendo vítima por ser um homem solteiro, um homem "estranho", um homem solitário, um homem que obviamente não é decente ou honesto o suficiente para ter encontrado uma companheira que lhe forneça álibis para seus crimes hediondos contra meninas, e ele anseia por Bryn e pela visão de mundo dele. Não a parte sobre engravidar mulheres contra a vontade delas, mas a parte em que ele afirmava como o mundo estava desequilibrado, como tudo era voltado para favorecer as pessoas erradas pelos motivos errados. Ele gostaria de discutir isso com alguém que via a verdade. Porém Bryn se fora — Bryn, ou qualquer que fosse seu verdadeiro nome. Ele desapareceu, como um coelho no truque da cartola. *Puf!* E agora ninguém vai acreditar em Owen ou em como ele acabou com comprimidos usados no golpe do "Boa noite, Cinderela" na gaveta, nem que ele não tinha a intenção de usá-los.

Ele olha para Tessie. Ela está encarando o topo da cabeça dele.

— Eles deixam você se lavar aqui?

Owen faz que sim.

— Você quer que eu te traga sabonete? Um xampu bom?

Ele faz que sim de novo.

— Quero — diz baixinho. — Por favor. E, Tessie, você pode fazer mais uma coisa por mim? Por favor. Pode contatar uma pessoa por mim? A mulher com quem saí no Dia dos Namorados? A gente vem conversando muito desde então. Trocado mensagens. E era para a gente sair de novo semana que vem. Eu só não quero que ela pense que me esqueci dela, sabe?

— Ah, Owen. Querido Owen. Você está em todos os jornais, em todos os noticiários. Posso te garantir que ela sabe por que você não tem mantido contato.

Ele engole outra onda de raiva, fecha os olhos e os reabre devagar.

— Mesmo assim, por favor, Tessie. Você se importa? Independentemente de ela saber ou não onde eu estou, eu gostaria que ela soubesse que estou pensando nela. Que eu queria… queria não estar aqui, queria que isto não estivesse acontecendo, que as coisas fossem só… você sabe. Por favor, Tessie.

Ela revira os olhos e pega um bloquinho e uma caneta da bolsa.

Owen dá a ela o e-mail de Deanna, porque foi a única coisa que decorou.

— Por favor, Tessie, diga a ela que eu a acho incrível. Diga a ela que eu não sou essa pessoa, essa pessoa nos jornais. Diga que, se ela vier me ver, posso explicar tudo. Diga a ela para vir me ver, Tessie, por favor. Caso não queira fazer as outras coisas, faça só isso. Tudo bem?

Ele observa a tia fechar os olhos, vê as covinhas das bochechas dela aparecerem e desaparecerem.

— Tá bom — diz Tessie. — Tá bom. Mas não vou mentir, Owen. Não vou dizer nada que não acredito ser verdade.

— Não. — Ele balança a cabeça. — Não diga nada a não ser o que eu pedi. Prometa.

Ela suspira.

— Ok. Ok, tudo bem. — Tessie olha para o relógio de pulso e torna a suspirar. — Tenho que ir. É minha vez de ficar na loja.

Bom Deus — ela fica de pé e tensiona a mandíbula —, o que eu vou dizer às pessoas? Porque elas vão perguntar, Owen, vão perguntar.

Tessie trabalha uma tarde por semana na livraria da Oxfam, no centro. O trabalho a faz se sentir bem consigo mesma e com sua vida indulgente. Ele a observa ir embora. Ela não o toca nem tenta qualquer tipo de despedida. Simplesmente vai embora.

O policial de pé no canto abre a porta e a deixa sair.

A outra policial, sentada na ponta da mesa, pigarreia.

— Pronto? — pergunta para Owen.

Ele se levanta e a segue até a porta.

A sala ainda tem o cheiro de Tessie, de veludo empoeirado, amaciante de roupas barato e do perfume de íris da Penhaligon's.

40

SAFFYRE

Cheguei em casa às seis da manhã do dia 1º de janeiro. Aaron estava dormindo e Angelo estava na caminha que coloquei ao lado da minha. Ele se levantou preguiçosamente quando me viu entrar. Eu o peguei, o cheirei e o coloquei na cama ao meu lado. Eu me sentia vazia. Em branco. Estava tudo muito silencioso. Eu tinha sido acordada a noite toda com o barulho das pessoas comemorando, do vento contra os galhos altos das árvores, os carros passando toda hora, os portões gemendo, os pássaros cantando. Toda vez que caía no sono, sonhava que a raposa estava lá, lambendo o meu rosto, respirando na minha orelha, e quando acordava, me via sozinha. Era eletrizante, estava frio lá fora, na escuridão da noite, eu estava viva.

Agora eu encarava o teto encardido do meu quarto, o papel de parede cor-de-rosa com corações que eu havia escolhido quando tinha oito anos. Vinha com um conjunto de edredom e um abajur. Eu não sabia quem aquela criança era ou que pessoa ela teria sido se Harrison John não tivesse feito o que fez quando ela tinha dez anos.

Exceto pelo ronco do prédio adormecido, estava tudo silencioso. *Eu não pertenço a este lugar*, pensei. *Meu lugar é lá fora.* E mais uma vez a outra parte de mim, a parte que faz o dever de casa, pinta as unhas e assiste a *The Great British Bake Off*, sussurrou no meu ouvido: *Tem certeza de que você não está louca?* Mas eu não estava. Eu sabia que estava mudando. Estava me transformando. Me desenvolvendo.

Peguei minhas coisas e dormi diante da casa de Roan outra vez. Disse a Aaron que estava na casa de Jasmin. Ele só me deu um olhar, um olhar que dizia "Eu meio que não acredito, porém você é quase adulta e está prestes a surtar, e eu não quero ser o responsável pela gota d'água".

Na noite seguinte, dormi em casa só para agradar ao Aaron, mas minha alma estava sofrendo. Eu me sentia engolida pelo colchão, pelo cobertor, pelo ar quente ao meu redor. Estava claustrofóbica, ansiosa. Quando acordei no dia seguinte, o lençol estava enrolado nas minhas pernas, e por um momento achei que estivesse paraplégica. Senti uma forte pontada de pânico no estômago. Desenrolei minhas pernas do lençol e me sentei, arfando. Eu sabia que não podia passar mais uma noite dentro de casa. Então soube que minha mudança estava quase completa. À noite, eu esperaria Aaron dormir e aí sairia.

Não dormi naquelas noites. Praticamente. Simplesmente fiquei deitada na escuridão sentindo minha alma, minha cabeça vibrando, meu sangue fluindo pelas veias, quente e vital. Eu não precisava dormir. Estava funcionando de uma maneira diferente, usando uma energia estranha fornecida pela lua acima da minha cabeça, pelo solo aos meus pés.

De manhã, eu voltava ao apartamento e me arrumava para o colégio. Aaron parecia não fazer ideia e, se fazia, nunca disse nada. Provavelmente achava que eu tinha um namorado. Ele me tratava como se eu fosse feita de vidro, como se não pudesse me dizer nada. E eu tirava proveito disso.

Então, na metade de janeiro, aconteceu. Acho que eu sempre soube que aconteceria um dia. Um momento que estivera à minha espreita desde que eu tinha dez anos. Porque em qualquer comunidade, mesmo em uma próxima a um ponto de convergência importante onde há seis ruas de tráfego intenso de manhã, de tarde e à noite, uma comunidade com ônibus de dois andares, prédios altos, outdoors e bancos, ainda há um pequeno mundo nas ruazinhas onde o caminho das pessoas se cruza e descruza, onde você conhece as pessoas pelos colégios em que estudavam, pelas lojas onde as mães delas faziam compras, por andar pelas mesmas linhas indo aos mesmos lugares ao mesmo tempo, e você sabe que, mesmo em uma comunidade como a minha, em algum momento, você vai ver a pessoa que enfiou os dedos em você quando você tinha dez anos. Você vai.

E lá estava ele no manto frio do amanhecer quando virei a esquina na rua de Roan entrando na Finchley Road. Lá estava ele, vestido de preto, de capuz, assim como eu, com um casaco acolchoado, como o meu, e uma bolsa pendurada no ombro, assim como eu. Não havia nenhuma outra alma por perto, a luz do poste entre nós fazia partículas de névoa brilharem. Primeiro, fiquei nervosa, porque ele era um homem e estava escuro e estávamos sozinhos. Mas aí vi o formato do rosto dele, as feições marcadas, o leve achatamento do nariz como se alguém o tivesse pressionado com o dedo.

Harrison John.

O garoto que acabou com a menina do abajur cor-de-rosa.

Ele olhou para mim. Eu olhei para ele.

Percebi que ele me notou. Ele sorriu e disse:

— Saffyre Maddox.

Não falei nada, passei por ele o mais rápido que consegui, procurando os faróis fortes do tráfego descendo a Finchley Road.

— Saffyre Maddox! — gritou ele atrás de mim. — Não vai dizer oi?

Eu queria me virar e voltar pela colina, me aproximar, respirar na cara dele, dizer *seu merdinha nojento, espero que você morra.*

Mas não fiz isso. Eu continuei andando. Continuei andando. Com meu coração martelando. Meu estômago se revirando.

Cheguei em casa e revirei todas as gavetas da cozinha até encontrar um clipe de papel. Eu o moldei em um pequeno gancho e tirei as meias. Encostei a ponta do gancho na minha pele.

Pressionei, puxando para a frente e para trás até que, enfim, uma gota vermelha apareceu, e então mais uma, e mais outra, até que por fim senti algo mais forte que o poder de Harrison John.

41

As férias de fevereiro acabaram. A casa está silenciosa. Não silenciosa como quando os meninos estão na cama, não a calmaria com cara de primavera, de portas de quartos que ainda se abrirão, cafés da manhã e banhos que ainda serão tomados, mas o verdadeiro e puro silêncio de uma casa vazia: casacos retirados dos cabideiros, mochilas tiradas das cadeiras, camas vazias, tapetes de banheiro molhados, filhos na escola, Roan no trabalho, um dia de nada além dela.

Cate deveria estar trabalhando há muito tempo, mas não consegue focar em nada.

Houve outra agressão sexual no dia anterior. Está em todos os noticiários porque a polícia tomou a providência de divulgar diretrizes de segurança para as mulheres da área. Desta vez, a vítima foi uma mulher de meia-idade que voltava de um almoço com amigos na West End Lane ao entardecer quando foi arrastada para uma área atrás do escritório de um corretor de imóveis logo ao lado da rua principal e "sofreu uma grave agressão sexual". O agressor foi descrito como branco, magro, de vinte a quarenta anos, com grande parte do rosto coberto por uma balaclava escura como as que os motociclistas usam debaixo do capacete. O agressor não disse nada durante a ação e a mulher precisou de atendimento médico.

Entardecer.

Aquela era a palavra que tinha chamado a atenção de Cate na matéria do jornal. Uma palavra tão específica para uma parte tão fugaz do dia. No mesmo instante, ela pensou no entardecer do dia anterior, quando estava explorando o canteiro de obras com a lanterna, procurando o filho desaparecido. O filho desaparecido que voltou minutos depois, faminto e dizendo ter assistido sozinho a um filme do Dwayne Johnson.

Entardecer.

Ela vai até a porta do quarto do filho. Segura a maçaneta. Cate abre a porta. As cortinas estão fechadas, a cama, feita, o pijama, dobrado no travesseiro. Ela abre as cortinas e deixa entrar a luz fraca da manhã. Acende a luz. Parece que ninguém habita este quarto. Josh não tem nada. Enquanto Georgia sempre tem três copos meio cheios de água, diversas bijuterias, um livro ou dois, vários carregadores emaranhados, uma meia, um guardanapo amassado, um brilho labial sem a tampa e uma pilha de moedas na mesinha de cabeceira, Josh não tem nada. Só um porta-copos.

Entardecer...

Cate se ajoelha e espia debaixo da cama dele. Lá está o notebook, plugado na parede para carregar, com os fios escondidos. Ela o pega e o apoia no joelho — não vai se sentar na cama, preocupada de não conseguir alisar os cobertores do jeito que ele fez e Josh perceber que ela esteve ali.

Ela o liga e já sabe que a senha que Josh usava para tudo quando era pequeno, e que Cate podia saber (burro321), não vai mais funcionar e ela terá de encontrar outra maneira de acessar o computador. Mas Cate ficou muito boa em descobrir senhas no ano anterior, quando pensou que Roan estava tendo um caso. Na época, conseguiu até o login de acesso do trabalho dele. Ela espera a tela se acender e digita *burro321*. Espera a mensagem de erro, porém em vez disso o notebook liga, e ela tem total acesso.

Surpresa, ela pisca, sentindo uma onda de alívio. Se houvesse algo ali que Josh quisesse esconder, ele com certeza teria mudado a senha.

Cate clica nas janelas abertas. Planilhas para a aula de matemática, iTunes, um artigo sobre *A revolução dos bichos* e um navegador com dez abas abertas, quase todas relacionadas aos estudos. A última guia está na página do Vue Cinemas, mostrando os filmes que estão em cartaz na Finchley Road.

Ela sente o coração relaxar um pouco.

Pronto, pensa ela, *pronto*. Exatamente como Josh disse. Ele foi ao cinema.

Cate rola a tela para ver os horários. *Lutando pela Família.* Três e vinte da tarde. A sessão teria terminado bem depois do entardecer.

Ela clica no histórico (fez isso uma vez no notebook de Georgia há mais ou menos um ano e ficou pasma com a quantidade eclética de pornografia a que a filha, então com catorze anos, estava assistindo).

A pesquisa mais recente é "filmes na finchley road hoje". Ela mal registra o fato de que ele não usou o navegador desde a manhã do dia anterior. A pesquisa anterior é "prisão de owen pick".

A pesquisa anterior a isso é "owen pick".

A pesquisa anterior a isso é "owen pick saffyre maddox".

A pesquisa anterior a isso é "saffyre maddox desaparecida".

A pesquisa anterior a isso é "saffyre maddox adolescente desaparecida".

É totalmente compreensível.

Cate está obcecada com a história de Saffyre Maddox desde que a coisa toda começou. Não é de se surpreender, já que Saffyre é ex-paciente de Roan e o homem que a sequestrou mora do outro lado da rua. Cate não deveria ficar nem um pouco surpresa pelo filho se interessar pela história. Com certeza o histórico de pesquisa dela é bem similar ao de Josh.

Ela fecha o notebook e o desliza com cuidado para debaixo da cama. Em seguida, vai para o armário dele. As roupas estão dobradas e empilhadas todas arrumadinhas. Também é ali que ele deixa o material que não precisa levar para a escola e suas canetas e os artigos de papelaria que usa para fazer o dever de casa na mesa retrátil presa à parede. Cate não faz ideia de por que ele se dá ao trabalho de limpar a mesa todos os dias, fechá-la e guardar tudo. Nesse ponto, Josh é filho de Roan, não dela. Na parte de baixo do armário, está o cesto. Ela decide esvaziá-lo, já que está ali. Tira o cesto do armário e vê, escondido atrás dele, uma sacola de compras.

Não é normal encontrar uma sacola amassada nos domínios de Josh, então Cate a pega, desfaz a amarração e espia lá dentro. Roupas velhas de ginástica. Um cheiro forte de umidade e algo pior que umidade. Não é exatamente suor, mas algo do tipo. Ela puxa de lá as leggings de lycra: são de Roan. E uma camisa brilhante com linhas laranja neon nas mangas longas. Também de Roan.

Ela também tira da sacola um par de meias pretas e um de luvas aderentes. E então pega o último item, um tecido preto que não consegue identificar logo de cara. Cate o segura e o vira de um lado para o outro, estica-o e enfia a mão por um buraco no meio.

E então, enfim, descobre o que é.

Uma balaclava.

42

Cada osso no corpo de Owen dói. O colchão em que ele dorme no apartamento de Tessie tem uns cem anos. As molas já se foram, ele balança no meio, é macio e flácido, porém seu corpo se acostumou com ele com o passar dos anos. A cama na cela é basicamente um pedaço de concreto com um colchão fino por cima. Dá para sentir os ossos do quadril roçando no cimento mesmo enquanto dorme.

Owen não consegue se lembrar da cama que tinha em casa, no apartamento onde morou antes de a mãe morrer. Não consegue se lembrar se era macia ou dura. Ele lembra que era uma cama de solteiro em um quarto de solteiro em um apartamentozinho que fora tudo o que sobrara da casa da família que ele compartilhara com os pais até os onze anos, quando foi vendida e dividida pela metade. Era em Manor House, uma área no norte de Londres que nunca sofreria gentrificação, bem para lá da linha Piccadilly. A mãe dele fazia o lugar parecer ótimo porque era boa nesse tipo de coisa, mas era um apartamento horrível. Ela sempre dizia: "Esta é a sua herança, está tudo no seu nome se alguma coisa acontecer comigo." E aí de fato aconteceu algo com ela. Um aneurisma cerebral, quando ela tinha quarenta e oito anos. Owen chegara em casa depois da escola e a encontrara com o rosto caído na mesa da cozinha.

Ele pensou que talvez a mãe estivesse bêbada, o que era uma coisa estranha de se pensar porque, assim como ele, ela só bebia em ocasiões muito raras. No fim das contas, o apartamento não era uma herança muito boa. Depois de pagar todas as dívidas de cartão de crédito da mãe, que, surpreendentemente, eram muitas, não sobrou quase nada. Só alguns milhares de libras.

E então Owen foi parar no quarto extra de Tessie com o colchão flácido com o qual, assim como tudo em sua trágica existência, ele se acostumou e passou a aceitar sem questionar.

Levam café da manhã para ele na cela: torrada dura e geleia barata, uma xícara de chá e um ovo cozido de gema dura. Ele come tudo, escondendo as cascas da torrada debaixo do guardanapo para que o policial que leva a bandeja embora não as veja.

Alguns minutos depois, a detetive Angela Currie aparece. Está usando um vestido justo com bolsos grandes na frente, meia-calça grossa e botas. Suas mãos estão nos bolsos, com os polegares para fora. Parece muito alegre.

— Bom dia, Owen. Como estamos hoje?

— Estou ok.

— O café estava bom?

— Estava ok.

— Está pronto para falar mais?

Owen suspira e dá de ombros.

— Tem mais alguma coisa para ser dita?

Currie sorri.

— Ah, sim, Owen, ah, sim. Muita coisa.

O guarda destranca a porta e ele segue a detetive por corredores bizantinos até as salas de interrogatório. Owen tomou banho no dia anterior com as coisas que Tessie trouxera. O cabelo agora está limpo, assim como as roupas, porém ele ainda está com aquele grande machucado na testa, onde enfiou a tesoura, além da franja assimétrica que o faz parecer um pouco psicótico.

Na sala de interrogatório, ele se senta diante dos detetives Currie e Henry. Este último parece pior hoje. Aparentemente, ele tem um filho recém-nascido e está sofrendo com as noites insones. Não que Owen esteja batendo papo com Henry sobre a vida pessoal dele, mas escuta uma coisa ou outra quando eles conversam entre si.

Um pouco depois, Barry chega. Está com um cheiro forte de loção pós-barba, não do tipo fresco que vem em garrafas azuis de vidro vendidas no aeroporto, mas o cheiro inebriante e forte que vem em garrafas marrons de lojas velhas em ruelas de Mayfair.

— Bom dia, Owen — diz Barry, sem fazer contato visual.

O interrogatório é conduzido de uma forma com a qual Owen está se tornando bem familiarizado. Ele pigarreia, bebe um gole de água de um copo de papel e o coloca de volta na mesa.

— Então, Owen. Hoje é segunda-feira, 25 de fevereiro. Agora faz onze dias desde que Saffyre desapareceu. O sangue que encontramos na parede do seu quarto...

— Aquela não é a parede do quarto *do meu cliente* — diz Barry severamente. Ele os tem corrigido todas as vezes. — É uma parede que faz parte de um prédio que tem muitos moradores. Não *pertence* só ao quarto do meu cliente.

— Desculpe, deixe-me corrigir. O sangue que encontramos na parede abaixo da janela do seu quarto... tinha pelo menos uma semana.

— Provavelmente mais — replica Barry. Tudo está sendo gravado e ele não vai deixá-los se safar com frases descuidadas que podem incriminar Owen. — Como meu cliente mencionou várias vezes, não temos ideia de exatamente por quanto tempo aquele sangue esteve ali e ele sabe que adolescentes às vezes usam o terreno baldio do outro lado do muro para se reunirem e usar drogas. Essa garota, que sabemos ter uma associação com a família que mora do outro lado da rua, pode ter usado o terreno. Ela poderia estar drogada uma noite, comportando-se de maneira idiota, e se machucado. O sangue na parede não prova nada. Nada além de que Saffyre Maddox esteve nas proximidades do prédio do meu cliente nas últimas semanas.

A detetive Angela Currie suspira.

— Sim — diz ela. — De fato. Mas o fato de o sangue de Saffyre *ter sido* encontrado na parede abaixo da janela do seu quarto e o fato de ela ter estado nas proximidades do seu prédio mais ou menos na hora do desaparecimento são significativos o suficiente para que continuemos falando do assunto, por mais cansativo que seja. Nós não estaríamos fazendo nosso trabalho direito se deixássemos isso de lado. Então, Owen, faz onze dias desde que ela foi vista pela última vez, por você, do lado de fora da casa em frente ao seu prédio.

— Não era ela — afirma ele. — Sei disso agora. Pensei muito sobre o que vi e, quanto mais penso, mais sei que não era ela. Era um garoto.

Ele vê os detetives expirarem pesado.

— Era uma pessoa, de acordo com seu depoimento anterior, que combinava com a descrição da garota desaparecida.

— Sim — confirma Owen —, exatamente. O que não significa que fosse ela. Pode ter sido qualquer pessoa que combina com a descrição da garota. Todo mundo parece igual de capuz.

Currie não responde. Em vez disso, ela puxa um maço de papéis devagar de uma pasta na mesa. Passa um momento olhando para os papéis, um ato puramente teatral. Owen sabe disso agora.

— Owen — diz ela, mostrando a ele os papéis. — Você se lembra de nos dizer que não sentia atração sexual por adolescentes?

Ele sente o rosto corar. Sente algo ruim se aproximando e pigarreia.

— Lembro — responde.

— Você se lembra de uma garota chamada Jessica Beer?

— Não.

— O nome não é familiar?

— Não — repete.

— Bem, Jessica Beer se lembra de você, Owen. Ela foi sua aluna em — Currie confere o papel que tem na mão — 2012. Ela estava com dezessete anos. Tem vinte e três agora, e ontem eu fui vê-la. Conversamos. E ela me contou sobre um incidente bastante preocupante.

— O quê? Desculpe? Jessica de quê? — Owen olha para o papel, porém não vê nada que explique o que está para acontecer.

— Jessica Beer. Ela diz… — Currie faz uma pausa dramática, pela qual ela não ganhará nenhum Oscar — … que você se aproximou dela em uma festa de Natal na escola e disse que a estava observando nas aulas e que ela era bonita. Que ela era… *perfeita*. Ela diz que você tocou no rosto dela e disse que a pele dela era radiante. Que você suspirou no ouvido dela.

— O quê? Não! Isso nunca aconteceu!

Currie tira uma fotografia da pasta e mostra a Owen. É uma garota de linhagem mista muito bonita, com cachos castanhos suaves, um nariz com sardas e lábios rosados e cheios. Ela parece familiar. No entanto, Owen não consegue se lembrar totalmente. É possível que tenha sido aluna dele, mas faz mais de seis anos e ele teve centenas de alunos durante esse tempo, centenas de garotas bonitas. Ele pode ter dado aula para Jessica, mas se tem uma coisa da qual tem certeza é que nunca, nunca disse aquelas coisas a ela.

— Isso nunca aconteceu — repete Owen. — Posso ter dado aula para ela, e nem me lembro, mas eu não falei com essa garota, nem com qualquer garota, dessa maneira. Eu não faria isso.

— Você estava bêbado na noite da festa de Natal em 2012, Owen?

— Ah, meu Deus, como é que eu vou lembrar? Foi há sete anos!

— Um pouco mais de seis anos, Owen, para ser exata.

— Seis, sete, não importa, como é que eu vou lembrar? Não me lembro dessa garota, não me lembro dessa festa.

Mas Owen se lembra, sim, da festa. Ele se lembra muito bem. Aquela festa foi o motivo de ele não ter ido a outras festas de Natal por anos. Ele ficou muito bêbado nela. Alguns garotos que tinham sido bastante gentis com ele por todo o período letivo o incentivaram a beber doses de tequila. A certa altura, o local começou a girar, Owen se lembra de ter ficado no meio da pista de dança, encarando o globo giratório e então percebendo que o cômodo inteiro estava girando, e ele estava girando, e correra para vomitar no banheiro. Por sorte, ninguém o viu nem ouviu e Owen saiu meia hora depois, um pouco pálido e suado, e foi para casa imediatamente. Porém não houve incidente algum com aquela garota. Não mesmo. Ele não tinha feito aquilo. Ele não faria e não fez.

— Ela está mentindo — diz Owen. — Seja lá quem ela for. Está mentindo. Assim como aquelas outras garotas.

— Ela se parece um pouco com a Saffyre, não parece? — pergunta Currie, pegando a foto de volta e fazendo uma expressão muito irritante, como se tivesse acabado de notar aquela similaridade pela primeira vez.

— Não sei — responde Owen. — Mal sei como a Saffyre é.

— Aqui. — Ela vira uma foto de Saffyre para ele.

— O tom de pele é parecido — diz ele. — E só.

— Mesma idade. Ambas muito bonitas.

— Ah, pelo amor de Deus — solta Owen, batendo as mãos na mesa. — Eu realmente não sei quem essa garota é. Eu nunca a vi antes. E nunca vi essa outra garota antes também. — Ele encosta na foto de Saffyre. — Eu não gosto de machucar pessoas. Eu não gosto de tocar em pessoas. Eu não me aproximo de mulheres de forma sexual, nunca, o que é exatamente o motivo de eu ter trinta e três anos e nunca ter transado. Não consigo olhar para mulheres. Mulheres me aterrorizam. Garotas me aterrorizam. A última coisa que eu faria é chegar perto de uma garota bonita em uma festa e começar a dizer esse tipo de coisa para ela. Eu não quero fazer isso e, se algum dia eu *quisesse* fazer, teria medo demais!

— Mas não se você estivesse bêbado, Owen. Porque esse parece ser o ponto em comum aqui, não? Esse incidente — Currie toca a foto de Jessica Beer — em uma festa, enquanto, de acordo com o depoimento de Jessica, você não estava sóbrio. E as garotas da escola reclamaram de você, do seu comportamento, em outra festa, e, de novo, você não estava sóbrio. Seu diálogo desagradável com Nancy Wade na rua, quando você deliberadamente bloqueou o caminho dela…

— Isso é o que ela *alega* — interrompe Barry. — Só temos a palavra dela nesse caso, lembra?

— Quando ela *alega* que você deliberadamente bloqueou o caminho e a chamou de puta. Foi na noite do Dia dos Namorados, quando você, pelo que admitiu, não estava sóbrio. Então minha teoria é a de que talvez, Owen, você seja uma daquelas pessoas que se comporta de maneira extremamente inapropriada quando bebe, que em circunstâncias normais você não é o tipo de homem que se aproximaria de mulheres ou flertaria com jovens ou as tocaria de forma inapropriada ou agrediria verbalmente mulheres que encontra na rua, mas que talvez, depois de alguns drinques, sua guarda abaixe e este seu outro lado apareça, essa personalidade diferente. E que talvez esse seu outro lado, por mais anormal que pareça para você agora, seja de fato capaz de pegar uma jovem na rua e a machucar de alguma forma. E faz onze dias agora, Owen, onze dias desde a noite do Dia dos Namorados, e isso é tempo o bastante. Você não acha? Tempo o bastante para fazer todos sofrerem. Para impedir que a família de Saffyre consiga algum tipo de ponto-final. Então, Owen, por favor, por favor, pense naquela noite, quando você não estava sóbrio, quando você pode ter se comportado de maneira estranha e feito algo que não quis fazer, algo que praticamente se fez sozinho. Por favor, Owen. Diga para a gente o que aconteceu. Diga para a gente o que você fez com Saffyre Maddox.

— Eu não fiz nada com Saffyre Maddox — retruca Owen suavemente e, enquanto fala, sente algo pequeno, porém persistente, abrindo caminho em sua consciência.

Como uma mosquinha, voando perto dele. A garota de capuz. O nome *Clive*. Ele sente o eco na sola dos pés. Um eco dos seus passos, seguindo a garota de capuz, chamando-a na escuridão, indo atrás dela no jardim.

43

Cate passa o resto da manhã com um arrepio de pavor preso em sua espinha, fazendo-a estremecer várias vezes.

Ela não fez nada com a sacola amassada e seu conteúdo, apenas a enrolou e enfiou atrás do cesto de novo.

Cate tem que enviar o primeiro rascunho do manual mais recente para seus editores no final do mês, e não está nem perto de terminar. Ela se senta diante do computador e escreve um e-mail com calma, dizendo que vai atrasar a entrega. Suspira e aperta em ENVIAR. Ela não costuma furar prazos, mas está distraída demais, toda vez que olha para a tela, a mente fica em branco.

Em vez disso, ela entra no navegador e digita no Google: "agressões sexuais na área NW3". Ela abre um bloquinho e destampa uma caneta.

O primeiro ataque desta onda que se supõe ser cometida pelo mesmo homem usando uma balaclava aconteceu no dia 4 de janeiro, na Pond Street.

Uma jovem de vinte e dois anos teve os seios apalpados às onze e meia da manhã por um homem jovem vestido de preto, que escapou rapidamente em uma bicicleta quando alguém se aproximou.

Cate anota: 11h30, 4 de janeiro.

O ataque seguinte aconteceu três dias depois. Uma mulher de sessenta anos, que também teve os seios apalpados por um jovem vestido de preto. A agressão a deixou com escoriações. Era mais ou menos quatro da tarde, perto da área de lazer, próximo à escola.

Ela anota.

O seguinte foi no dia 16 de janeiro. Foi sobre este que ela e Roan leram no jornal. Uma jovem de vinte e três anos agarrada por trás, abusada sexualmente por cima das roupas. Ela não chegou a ver o homem que a atacou, mas disse que ele cheirava a amaciante e tinha mãos pequenas.

Cate anota também.

Ela conhece os outros dois, ambos em ruas muito próximas à sua casa. Ambos durante o dia. Ambos envolvendo agarrões e escoriações. E então o último, no dia 24 de fevereiro, ao entardecer, do outro lado da Finchley Road. Perto do cinema. Este foi o mais sério até agora, a mulher acabou no hospital, ferida.

Cate inspira fundo e olha o calendário. Ela compara as datas e horários com suas próprias atividades, desesperada, querendo encontrar algo que não bata, uma prova de que ninguém em sua casa pode ser responsável pelas coisas terríveis que têm acontecido a mulheres na região.

Ela se lembra do cheiro das roupas de corrida de Roan que encontrou no quarto de Josh: nada de amaciante, mas um cheiro azedo, suado, ruim.

Ela pensa nos garotos que Roan trata na clínica, os garotos que ainda não são homens e já estão fantasiando sobre machucar mulheres.

Ela pensa em Josh, nos abraços, mistérios e silêncios dele.

Um arrepio corre por sua espinha de novo.

Mas as roupas não são de Josh, são de Roan, e Roan também tem muitas lacunas a serem preenchidas. Ele fica fora o dia todo e garante estar inacessível. À noite, ele corre de roupa preta de lycra — às vezes por duas horas, às vezes mais. Ele volta elétrico e suando. Ele tem segredos. Mesmo que não fosse um caso no ano anterior, foi alguma coisa. E tem o cartão de Dia dos Namorados de uma criança, que é do tamanho errado para o envelope. E a garota desaparecida que costumava ser paciente dele, que foi vista do lado de fora da casa deles na noite em que desapareceu.

É muita coisa. Muita coisa que está errada. E agora há uma sacola cheia de roupas de lycra fedidas. E uma balaclava.

No entanto, Cate não consegue encontrar uma data que exclua a possibilidade de o marido ou o filho ser o agressor. Em cada ocasião, ambos podem ter estado fora da casa.

Ela olha as horas. São quase onze. Pensa em Josh na escola, Roan no trabalho. Aquelas lacunas. As rachaduras e buracos onde coisas podem entrar.

Cate pega o celular e procura em seus contatos o número de Elona, mãe de Tilly. Ela deixa o dedo pairar sobre o botão de ligar por um momento, mas perde a coragem. Em vez disso, clica no ícone de mensagem.

Querida Elona. Espero que você e Tilly estejam bem. Queria falar com você sobre uma coisa. Me avise quando tiver tempo de tomar um café qualquer hora dessas!

Elona responde trinta segundos depois: *Claro! Se der para você, estou livre agora.*

Elas se encontram no Caffè Nero na Finchley Road. Elona está arrumada: o cabelo preto preso em um rabo de cavalo esculpido, uma capa preta com acabamento de pele, jeans preto e botas de salto alto. Cate não consegue entender por que as pessoas se dão ao trabalho de ser tão glamorosas. O esforço, todos os dias, a atenção, o tempo, o dinheiro. Elona a abraça, envolvendo-a em uma nuvem de perfume doce como mel.

— É tão bom ver você, Cate — diz ela com seu sotaque musical de Kosovo. — Você parece bem.

— Obrigada — responde Cate, embora saiba que é mentira.

— Deixa eu te pagar um café. O que você quer tomar?

Cate não tem energia para discutir quem deveria estar pagando pelo café, então apenas sorri e pede:

— Um americano pequeno, por favor. Com leite morno.

Ela se senta em uma poltrona e olha para o celular. Tem uma mensagem de Georgia:

Mãe?

E mais uma:

Mãe? Posso fazer um bolo hoje à noite? Você pode comprar farinha e ovos?

E então, dois minutos depois:

E açúcar mascavo. Te amo.

Cate responde com um emoji de joinha e guarda o celular.

Se alguém lhe dissesse anos atrás que Georgia seria o menor de seus problemas, ela não teria acreditado.

Elona volta com o café americano para Cate e chá de hortelã para si.

— Então — diz ela —, como você está?

— Ah, nossa, você sabe — começa Cate. — Tudo um pouco dramático demais. Você sabe, né?

Elona assente com intensidade.

— Ouvi falar, sim.

Cate percebe que Elona provavelmente limpou a agenda trinta segundos depois de receber a mensagem dela.

— Então, o que está acontecendo? — pergunta Elona.

— Bem, sabe o cara que prenderam? O que mora em frente à nossa casa?

— Sim. Li sobre isso. Nossa. E o que você acha? Acha que foi ele?

— Bem, com certeza parece, né? Embora eu tenha lido em algum lugar que foi ele quem disse que viu a Saffyre lá. Por que ele diria isso se tivesse cometido o crime? Se ele não tivesse falado nada, a polícia nunca saberia que ela tinha estado na nossa rua. Eles nunca procurariam no canteiro de obras, nunca teriam encontrado o sangue e a capinha do celular dela. Parece um pouco estranho.

— A não ser que ele quisesse ser pego.

— Bem, sim, acho que é uma possibilidade. Mas, ainda assim, algo não parece certo para mim.

— Então, qual é a sua teoria?

Cate dá um riso nervoso.

— Não tenho uma. Só tenho uma antiteoria.

Elona sorri, obviamente esperando maiores explicações.

Cate muda de assunto.

— E como está a Tilly? Faz tempo que eu não a vejo.

— Pois é — diz Elona, baixando o olhar para as folhas do chá. — Ela virou do tipo que prefere ficar em casa. Não quer sair mais. Provavelmente é o clima, sabe? As noites escuras.

— Quando isso começou? Essa coisa de parar de sair?

— Nossa, não sei. Há algumas semanas, acho. Desde o Ano--Novo. Ela só… — Elona faz uma pausa. — Parece mais feliz em casa.

— Parece que… — Cate começa e então para, procurando as palavras certas. — Você acha que tem algo a ver com aquela noite? A noite em que ela saiu da nossa casa. Quando ela disse que o homem a agarrou.

Elona olha para Cate.

— Sabe, pensei mesmo nisso.

— E?

Elona dá de ombros.

— Ela jura que nada aconteceu. Que inventou aquilo.

— Mas é esquisito, não é? O timing. E agora parece que as agressões sexuais na área são semelhantes com o que ela disse que aconteceu.

— São?

— Sim. Está nos jornais. Seis desde o Ano-Novo. Todos praticados por um homem jovem vestido de preto. Todos envolvendo mulheres sendo agarradas e apalpadas.

Elona parece um pouco aterrorizada, e Cate continua:

— Quer dizer… você vê algum motivo para ela ter retirado o que disse? Talvez ela estivesse com medo de ir à polícia?

— Sinceramente, não sei. Quer dizer, mal falamos sobre isso. Eu estava tão, *tão* irritada por ela ter desperdiçado o tempo de todo mundo daquele jeito, por ter mentido. Fiquei com vergonha do comportamento dela, sabe, sou mãe solteira, e tudo o que ela faz se reflete em mim, sabe, e ela gosta muito da Georgia, de você e da sua família.

— Ela gosta?

— Sim. Nossa, sim. Muito. Ela nunca teve uma amiga de verdade antes da Georgia. Ela a adora. E acho que nós duas ficamos um pouco envergonhadas pelo que aconteceu naquela noite.

— Ah, não, não! Ela não precisa se preocupar com o que a gente acha. Ou com o que a Georgia acha. Nada a afeta. Você tem que dizer a Tilly que seja lá o que aconteceu naquela noite, se foi real ou não, ela pode contar para a Georgia. Georgia nunca a julgaria. Ninguém na nossa família a julgaria. Juro.

Elona sorri e põe a mão sobre a de Cate. Ela usa uma pulseira de ouro pesada em seu punho fino e suas unhas estão pintadas de cinza.

— Obrigada, Cate — diz ela. — Muito obrigada. Vou falar com ela hoje à noite e ver se tem algo que não está me contando. Você é muito gentil por se interessar assim.

Cate dá um leve sorriso. Ela não está sendo gentil. Está sendo desesperada e assustada.

Cate volta para casa depois de passar no supermercado, onde compra os ingredientes para o bolo de Georgia. No caixa, olha para a rua de novo, para a entrada da estação de metrô, procurando o marido sem perceber, como se o eco da aparição dele há duas semanas pudesse ainda estar reverberando infinitamente.

Cate volta para casa fazendo um circuito, passando em dois dos lugares que os jornais haviam mencionado: pela imobiliária perto do cinema, onde vê a fita de isolamento da polícia na entrada dos fundos e uma viatura ainda estacionada do lado de fora, e, em seguida, pelo beco na rua ao lado da dela, o local aonde às vezes vai para postar cartas. Mesmo sem saber o ponto exato do ataque, ela estremece ao olhar para os lugares escondidos onde uma mulher poderia ser facilmente agarrada sem que ninguém visse.

Cate volta para casa depressa depois disso, com os nervos à flor da pele, a respiração um pouco brusca demais. Quando vira a esquina da sua rua, ela vê alguém sentado no muro de casa.

É um jovem, forte. Ele está usando um casaco cinza com um capuz verde por baixo. Enquanto se aproxima, ela vê que ele parece de linhagem mista e é muito bonito. Ele se levanta quando vê Cate seguindo pela entrada.

— Oi, você mora aqui?

— Moro — responde ela, pensando que deveria estar nervosa, especialmente levando em conta o que estava fazendo antes, mas não está. — Posso te ajudar?

— Eu... acho que sim. Não sei. Minha sobrinha. Saffyre. Ela estava aqui. Acho. Sabe, Saffyre Maddox? Ela desapareceu... eu... — Ele esfrega o queixo enquanto fala, como se tentasse fazer as palavras certas saírem.

— Você é o tio da Saffyre?

— Sim, sou. Aaron Maddox. Você é a Sra. Fours?

— Sou.

— Esposa do Roan Fours?

Ela assente.

— Tudo bem se eu te fizer algumas perguntas?

Cate sabe que deveria negar. Ela deveria dizer *falei tudo o que precisava ser dito para a polícia* e mandá-lo embora. Mas há algo na linguagem corporal dele que sugere que Aaron carrega algo consigo, não apenas a dor da sobrinha desaparecida.

— Que tipo de perguntas?

— Encontrei uma coisa — revela ele. — No quarto dela. E sei que deveria levar para a polícia, mas queria te perguntar primeiro. Porque... não sei. Não faz nenhum sentido. Eu posso entrar?

Cate olha para o outro lado da rua, para o prédio de Owen. Está silencioso. Ela olha para as janelas dos vizinhos.

— Claro — concorda ela. — Claro. Entre.

*

Na cozinha dela, Aaron Maddox fica com o casaco cinza enorme na mão até que Cate diga:

— Aqui, eu penduro para você.

— Obrigado.

Debaixo do casaco, o moletom dele tem o logo da Marvel e uma imagem do Homem-Aranha. Ela acha isso estranhamente reconfortante.

— Quer beber alguma coisa? Chá? Uma bebida gelada?

— Água está ótimo. Obrigado.

Cate serve um copo de água e coloca diante dele.

Aaron pigarreia e sorri, desconfortável.

— Sabe, conheci o seu marido pouco antes de a Saffyre começar as sessões com ele, em 2014. Ele é um bom homem.

— Sim — concorda Cate. — Ele é. E um ótimo psicólogo.

— Coloquei minha fé nele. Sabe, uma garotinha se machucando do jeito que ela fazia, bem, a gente sabe que tem algo ruim acontecendo, algo que você não quer encarar de verdade. Mas ele entrou lá com ela. Fez com que ela se sentisse segura. E ela parou de se machucar.

— Ela estava se automutilando?

Cate já sabe disso, não porque Roan contou, mas por ter invadido os arquivos do trabalho dele e lido os relatórios no ano anterior.

— Sim. Começou quando ela tinha dez anos. Foi bem ruim. Ela ainda tem as cicatrizes. Tipo, aqui. — Ele aponta para os tornozelos. — Mas o seu marido. Ele a curou. Foi incrível. E então, descobrir que ela estava aqui, do lado de fora da casa dele, quando desapareceu... — Aaron balança a cabeça. — É irreal. E não pode ser só uma coincidência, né? E, olha, eu sei... — ele estende as mãos — ... eu sei que ele não teve nada a ver com isso. Sei que vocês estavam fora naquela noite, sei que ele estava com você. Mas ainda é esquisito. E não consigo parar de pensar nisso. Vez ou outra, volta para a minha cabeça. Porque, pelo que eu sei, depois que as sessões acabaram, ela nunca mais o viu. E nem sei como ela soube onde ele mora. É isso que me espanta. Como ela soube onde ele mora?

Aaron deixa a pergunta no ar, como um pêndulo entre os dois.

— Bem, é possível que ela tenha visto anotado no escritório dele um dia, acho...?

Aaron assente.

— Sim. Acho que poderia ter sido algo assim. Provavelmente estou pensando demais. E aquele cara. — Ele gesticula em direção ao prédio. — Aquele que acham que sequestrou a Saffyre.

— A voz dele treme um pouco. — O que acha dele? Você o conhece?

Cate balança a cabeça.

— Não. Eu só o via passar. Nem sequer o cumprimentava. Ele falou com o meu marido uma vez, há algumas semanas, aparentemente ele estava bêbado e perguntou ao meu marido se ele era casado. Meio estranho. Mas com isso que sabemos agora sobre os hábitos dele na internet...

— Sim — diz Aaron. — Aquilo é doentio. Eu nem sabia que essas coisas existiam, essa coisa de ser *incel*. Meu Deus. São homens muito, muito tristes.

— Masculinidade tóxica. Está por toda parte.

Ele assente e então emenda:

— Não, na nossa casa, não. Quer dizer, Saffyre vivia em uma casa com dois homens bons, que colocam garotas em pé de igualdade com garotos. Quero que saiba disso. Seja lá o que aconteceu com ela, sei que não estava fugindo das coisas em casa. A casa dela era boa. É boa.

Cate assente. Ela acredita neste homem completamente, em cada palavra que ele diz.

— Ouvi dizer que você perdeu o seu pai.

— Sim. — O olhar de Aaron baixa para o copo d'água. — Em outubro. Ela não lidou bem. Parou de comer. Parou de fazer o dever de casa. Eu disse para ela ir ver o Dr. Fours. Ofereci para marcar. Mas ela disse que estava bem. Arrumei uma pessoa do colégio para falar com ela, uma professora da área de cuidado pastoral. Não fez muita diferença. E então, no começo de novembro, ela se recuperou. Começou a comer. Voltou a estudar. Tivemos um Natal incrível, só estando juntos, sabe, como uma família de verdade. E aí, não sei, depois do Natal ela simplesmente… se afastou de novo.

— De que jeito?

— Não ficava muito em casa. Passava muito tempo na casa da melhor amiga. Ou "saindo para caminhar". Dormia fora demais. E acho que só pensei, sabe, ela tem dezessete anos, vai ser adulta logo, acho que ela está abrindo as asas. E ela demorou a se desenvolver, era meio atrasada para a idade, nunca teve uma vida social muito ativa, não ia a festas, não namorava, não saía, nada assim. Então pensei, bem, sabe, é bom, é hora de ela se encontrar no mundo. E aí…

Ela vê os olhos marejados dele e tem vontade de tocá-lo, porém resiste. Aaron enxuga as lágrimas e sorri.

— Então fiquei com todas essas questões. E comecei a mexer nas coisas dela. Não é muita coisa, para ser sincero. A polícia ainda está com o notebook, mas acho que não encontraram

284

nada lá; se tivessem achado, já teriam dito. Toda noite, depois do trabalho, eu fico no quarto dela, com as coisas dela, procurando alguma pista, qualquer coisa que explique o que pode ter acontecido. Por que ela estava aqui? O que ela estava fazendo? E na noite passada encontrei isto no bolso de uma calça velha...

Aaron põe a mão no bolso e tira um pedaço de papel dobrado. Ele o desdobra e o entrega para Cate.

Enquanto lê, o sangue dela gela.

44

SAFFYRE

As aulas recomeçaram no dia 7 de janeiro, e eu voltei a ser a "outra" Saffyre Maddox, aquela que aparecia na sala de aula todo dia arrumada e disposta, o cabelo preso, perfeito, e usando rímel e gloss. Não que eu quisesse deliberadamente parecer bonita — era que, se eu não parecesse, as pessoas começariam a se preocupar, a fazer perguntas, a mulher do cuidado pastoral me levaria até a sala dela e esperaria que eu contasse o que estava acontecendo de errado. Então fiz as lições. Fofoquei. Sorri para os garotos, mas não me aproximei deles. Era como se eu fosse o Super-Homem ou algo assim, com uma dupla identidade. De dia, eu era Saffyre Maddox, a aluna distraída, mas popular, educada e que tirava boas notas. À noite, eu era uma espécie de animal noturno, como o equivalente humano de uma raposa. Meu superpoder era a invisibilidade. No pátio do colégio ou na sala de aula, todos os olhares estavam em mim, mas à noite eu não existia, eu era a Garota Invisível.

O encontro com Harrison foi horrível de muitas maneiras. O som do meu nome nos lábios dele. Os mesmos lábios que ele lambera enquanto fazia aquilo comigo quando eu era criança. O tamanho dele, não mais uma criança, e sim um homem, um adulto. O jeito como ele apareceu na meia-luz, vestido de preto.

A ideia dele lá fora agora, sendo capaz de ir aonde quisesse e de fazer o que quisesse. E aquela era a raiz de tudo. Foi o que virou a chave na minha mente de automutilação para mutilação do Harrison. Senti que estávamos ocupando o mesmo território, o mesmo campo. Nós dois éramos invisíveis, porém tínhamos nos visto, como duas raposas se encarando à luz da rua silenciosa. *Eu não quero mais me machucar por causa do que essa pessoa fez comigo*, pensei. *Eu quero machucar* ele.

Agora, aonde quer que eu fosse, procurava por ele.

Eu sabia que era questão de tempo até nossos caminhos se cruzarem de novo.

Em meados de janeiro, estava tão frio quanto o frio pode ser. Eu havia caído no sono no terreno em frente à casa de Roan, que agora parecia ser meu. Eu mal dormia e, quando dormia, era rápido, imediato, pesado e profundo, geralmente por dez minutos, às vezes por meia hora, no máximo. Barulhos sempre me acordavam. Qualquer barulho. Apesar disso, esse barulho não me acordou. O som de um garoto entrando no terreno às duas da manhã e se sentando atrás da escavadeira, fora do meu campo de visão.

Ele não sabia que eu estava lá. Eu não sabia que ele estava lá. E logo eu estava bem acordada. E, com aquela respiração estranha que acompanha um despertar súbito, eu me sentei. Olhei para cima e vi um rosto, e era um rosto que eu conhecia.

— Meu Deus. — O garoto agarrou o peito. — Mas que porra...?

— Josh? — falei.

— Sim. Cacete. Como você sabe o meu nome?

Eu estava confusa por causa do sono.

— Conheço seu pai — respondi.

Puxei o saco de dormir para mim, de repente com frio.

— Como você conhece meu pai?

— Fiz terapia com ele.

— Uau — disse ele. — Sério?

— Sério. Por mais de três anos.

— Então por que você está dormindo aqui?

— É uma longa história.

— Você é sem-teto?

— Não. Tenho casa.

— Então por quê...? Tem algo a ver com meu pai?

Por onde eu deveria começar? Eu não fazia ideia.

— É — falei. — Mais ou menos. Ou, pelo menos, começou sendo pelo seu pai. E agora é por muitas outras coisas. Eu simplesmente gosto de ficar em ambientes abertos, é como se eu não conseguisse respirar debaixo de um teto.

— Você tem claustrofobia?

— É. Talvez. Mas só à noite.

— Você dorme aqui toda noite?

— Sim. Agora eu durmo.

— Então era você aqui — disse Josh —, na véspera de Ano--Novo?

— Sim. Eu estava aqui. Escondida. Naquele canto ali.

Não sei o que me fez responder tão abertamente àquelas perguntas. Havia algo nele, algo puro, imaculado. Olhei para ele e pensei que me entenderia.

— Então você escutou nossa conversa?

— Sim. Você e seu amigo iam tirar as máscaras. Ou algo assim.

— Rá. É. É isso. Acho que estávamos um pouco altos.

— Pensei que talvez vocês estivessem planejando um tiroteio na escola.

288

— *Er* — disse Josh ironicamente —, não.

— Que bom. Então do que vocês estavam falando?

— Só sobre como íamos mudar. Sabe, parar de ser invisíveis. Nos tornar "relevantes".

— Foda-se isso. Sério. Foda-se. Não sejam vistos. Fiquem por trás das cortinas. É o lugar certo para se estar.

Ficamos em silêncio por um tempo, depois Josh deu a volta na escavadeira e se sentou comigo.

— Então, meu pai. Ele era bom? Quer dizer, ele era um bom terapeuta?

Dei de ombros.

— Sim, em alguns pontos. Mas em outros, não. Tipo, eu gostava das nossas sessões e ele me fez parar de me machucar. Só que ele deixou uma coisa para trás. Dentro de mim. Ainda está aqui.

— Uma coisa? Tipo o quê?

— Tipo um câncer. É como se ele tivesse tratado os sintomas, mas deixado o tumor.

— Que merda — diz Josh. — Eu odeio meu pai.

As palavras dele me surpreenderam.

— Sério? Por quê?

— Porque ele está tendo uma merda de um caso.

— Uau. Como é que você sabe?

— Porque eu vi. Ele não esconde. E minha mãe é boba demais para ver o que está debaixo do nariz dela. Eles quase se separaram ano passado e eu lembro que também foi por conta de um caso.

— Como assim, você viu?

— Eu vi ele. Com uma garota. Todo, tipo, tocando o cabelo dela e tal. Nem tentando esconder. E tipo… a minha mãe é a melhor pessoa do mundo todo. Ela é tão fofa, e carinhosa, e gentil, ela faria qualquer coisa por qualquer um. E ele simplesmente age como se pudesse fazer o que quiser e depois voltar para casa, e ela vai ter preparado uma comida boa e vai escutá-lo reclamar sobre como o trabalho dele é estressante. E eu só fico me perguntando, sabe, como alguém que trabalha tratando pessoas, consertando a cabeça delas, cuidando e ajudando, como essa pessoa pode fazer o que ele faz a outro ser humano todos os dias? Isso me enoja.

Tinha tanto que eu queria dizer. Mas só enfiei as mãos debaixo dos joelhos para aquecê-las e fiquei calada.

— E essa é uma das coisas que eu quero mudar este ano. Como eu falei na véspera de Ano-Novo. Chega de Sr. Legalzão.

— O que você vai fazer?

Josh baixou a cabeça.

— Não sei.

— O nome dela é Alicia Mathers — revelei.

A cabeça dele se ergueu bruscamente.

— O quê?

— A mulher com quem seu pai está tendo um caso. O nome dela é Alicia Mathers. Eu sei onde ela mora.

Ele piscou.

— Como?

— Também estive observando. Eu vi os dois. Ele a conheceu no trabalho. Ela é psicóloga, como ele. Eles começaram a sair no verão. Passaram uma noite em um hotel um pouco antes do Natal. Ela mora em Willesden Green. Tem vinte e nove anos. Dois diplomas e um Ph.D. Ela é muito inteligente.

Por um momento, ele não falou nada. Então olhou para mim com aqueles olhos, tão parecidos com os olhos de Roan, e perguntou:

— Quem é você? Você é real?

Eu ri.

— Você é muito bonita — disse Josh.

— Obrigada.

— Estou sonhando com você? Não estou entendendo isso. Não estou entendendo nada disso.

— Nós já nos conhecemos.

— O quê? — Josh se surpreendeu. — Quando?

— Ano passado. Você fez umas aulas de iniciante na escola de artes marciais. Falei com você no vestiário. Lembra?

— Sim. Lembro. Você tinha cabelo rosa na época. Não tinha?

— Sim. Era eu.

— Você sabia quem eu era na época?

— Sabia. Sabia, sim.

— Foi por isso que falou comigo?

— É — respondi.

— Eu estava com tanta vergonha. Você era tão bonita.

— Sim, você pode parar de falar isso agora.

— Desculpa.

Sorri. Eu não me importava. Havia algo de muito tranquilo no garoto.

— Tudo bem — falei. — Só estou brincando. Por que você parou de ir? Ao dojo?

— Eu não parei — respondeu ele. — Ainda vou. Só mudei de horário. Vou às sextas agora.

— Você é bom?

— Sou. Faixa verde. Sabe, estou chegando lá.

— Lembra que você me disse que queria poder se defender? Que era por isso que estava fazendo as aulas? Você me disse que tinha sido assaltado.

291

Ele assentiu.

— O que aconteceu?

Josh pôs a mão no bolso e tirou um pacotinho. Enquanto falava, enrolou um baseado em cima da coxa.

— Um cara — disse, tirando uma seda do pacotinho. — Chegou por trás de mim. No verão passado. Bem ali. — Ele apontou colina abaixo. — Colocou a mão ao redor do meu pescoço, bem apertado. Disse: "O que você tem?" Colocou a mão nos meus bolsos. Tentei empurrar, mas ele disse: "Eu tenho uma faca. Ok?" Aí pegou meu celular, meus fones, meu cartão do banco e me empurrou, com muita força, e eu quase caí de cara. Me segurei no muro enquanto ele corria. E eu simplesmente fiquei parado lá. Com o coração acelerado. Foi, tipo, a coisa mais assustadora de todas. E eu não fiz nada. Só fiquei lá e deixei o cara pegar as minhas coisas. Coisas que meus pais trabalharam muito para pagar. Coisas às quais ele não tinha direito. E me fez ficar tão bravo. Acho que, agora, se eu o visse, ia matar esse cara.

As palavras dele me atingiram com força. Inspirei fundo.

— Sei exatamente como você se sente.

E então — e quão estranho é isso, depois de três anos de contribuintes pagando Roan para me consertar na sala quente dele no Portman, depois de todas aquelas horas e mais horas falando e falando, mas nunca dizendo nada que realmente importasse —, eu enfim encontrei as palavras para contar a alguém sobre Harrison John.

— Algo assim aconteceu comigo — comentei. — Alguém tirou algo de mim. E eu deixei.

— O que foi que tiraram?

Deixei um segundo de silêncio passar. E então contei.

— Quando eu tinha dez anos, um garoto do ano à frente do meu abusou de mim. Ele era o garoto mais alto da turma. Tinha duas irmãs mais novas no colégio e as protegia muito. Ele era do tipo que fazia bagunça, mas que os professores amavam. E ele meio que me escolheu. Quando jogávamos queimado no recreio, ele dizia para os outros garotos ficarem fora do meu caminho. Para me deixarem jogar. E ele me olhava, tipo: *não se preocupe, pode confiar em mim*. Ele fazia com que eu me sentisse muito especial. E aí, um dia… — Parei para me recuperar de uma onda de emoção. — Um dia, ele me levou para um lugar no parquinho, onde as crianças brincavam durante o recreio, mas todos estavam em aula ou algo assim, e ele disse: "Quer ver uma coisa mágica?" E eu disse "Sim, sim" e o segui. Ele falou "Você precisa se agachar assim" e se agachou para me mostrar, e eu fiz o que ele disse e olhei para ele, tipo "Sim! Estou agachada! Agora me mostre a mágica!". E então ele… foi tão rápido. Ele colocou os dedos dentro de mim, e doeu, doeu muito e eu falei: "Ai!" E ele disse: "Está tudo bem. Só dói na primeira vez. Depois disso, a mágica acontece." Ele acariciou o meu cabelo e então tirou a mão de mim e me mostrou, sorriu e disse: "Vai ser melhor da próxima vez. Eu prometo."

A sensação foi a de que um cinto tinha sido apertado ao redor do meu estômago e, a cada palavra que eu dizia, ele afrouxava um pouco. Quando cheguei ao fim, estranhamente senti que conseguia respirar. Embora meus olhos estivessem cheios de lágrimas e minha cabeça doesse com a tristeza daquela garotinha esperando a mágica que nunca veio, consegui respirar. Três vezes eu deixei que ele fizesse aquilo comigo. E então chegaram as férias, Harrison foi embora e eu nunca mais o vi. Mas ele continuou ali, dentro da minha cabeça, dentro do meu DNA, do meu âmago, da minha respiração, do meu sangue, de cada parte de mim. Ele continuou ali. Meu tumor.

Josh lambeu a seda e a prendeu, torceu a ponta e enfiou em um rolo minúsculo de papelão para fazer um filtro. Enfiou a mão no bolso do casaco e tirou um isqueiro.

— Que filho da puta — disse ele. — Isso é horrível. Muito horrível.

— Sim. Foi. Mas quer saber? Eu vi ele outro dia. Vi o garoto que fez isso comigo.

— Meu Deus. Merda. Onde?

— Ali. — Apontei colina abaixo. — Ele estava subindo a Finchley Road. Eu estava descendo. Ele disse o meu nome. Ele me reconheceu e disse o meu nome e foi, tipo… parecia o parquinho, tudo de novo. Como se ele tivesse direito sobre mim de alguma forma, como se eu fosse dele, meu corpo, meu nome. Sabe? E, por um ou dois dias, eu me senti retrocedendo, como se eu tivesse subido até o topo de uma montanha e então escorregado e estivesse caindo para trás, tentando encontrar algo em que me segurar, mas não havia nada. E aí encontrei algo.

Josh me encarou de olhos arregalados, com o rosto iluminado pelas sombras alaranjadas das chamas do isqueiro.

— O quê?

— Vingança. Encontrei minha vingança.

— Meu Deus. O que você fez?

— Nada. Ainda. Mas sei que é a única maneira de lutar por mim agora. A única maneira de tirá-lo do meu DNA. Preciso machucá-lo.

Josh levou o baseado até os lábios e o sugou. Estreitou os olhos e fez que sim.

— Precisa mesmo — concordou.

294

Olhei para ele de relance. Eu tinha acabado de dizer algo que estivera enterrado tão fundo dentro de mim que nem sabia o que era até dizer. Eu precisava saber como soava para outra pessoa.

— Você acha?

— Sim. Totalmente. Ele provavelmente está por aí abusando de pessoas até hoje. Se ele fez isso quando tinha onze anos e se safou, então…

Olhei para Josh de novo. Ele me ofereceu o baseado. Balancei a cabeça.

E então nós dois nos viramos ao ouvir um barulho na vegetação. Dois pontos de luz cor de âmbar. O cintilar do pelo ruivo. Um focinho no ar. Coloquei a mão no bolso de fora do meu saco de dormir, pegando os petiscos que deixava lá. Abri o pacote e a raposa veio.

Distribuí os petiscos ao nosso redor e observamos enquanto ela pegava um de cada vez, sem nos olhar.

— Quero ajudar você — disse Josh. — Quero te ajudar a se vingar. Por favor. Posso te ajudar?

A raposa se sentou e olhou para o meu saco de dormir cheia de expectativa. Mostrou a língua e lambeu os lábios.

Olhei para Josh.

— Pode. Por favor.

45

— Por mais quanto tempo eles podem me manter aqui?

Barry revira uma papelada na maleta.

— Agora que te indiciaram, pelo tempo que quiserem.

— Mas não encontraram nenhuma evidência nova. Quer dizer, eles não podem levar isso ao tribunal com tão poucas evidências.

— Não. Mas podem continuar tentando e, acredite em mim, Owen, eles estão revirando cada pedacinho da sua vida, cada filamento, até encontrarem o que estão procurando. E, enquanto isso, vão te arrastar para aquela sala e fazer perguntas até você ceder.

— Ceder? — diz Owen, incrédulo. — Mas eu não vou *ceder*. Como vou ceder se eu não fiz nada?

Contudo, enquanto ele diz isso, uma cortina de dúvida toma sua consciência. A mente continua levando-o de volta ao momento que ele sequer sabe se aconteceu. O momento logo depois que viu a pessoa do outro lado da rua. O momento antes de pensar que tinha entrado e ido para a cama.

Porque ele não consegue se lembrar de se virar e entrar.

E, desde o interrogatório de manhã, Owen revirou cada noite de sua vida em que esteve fora bebendo e percebeu que com frequência só consegue se lembrar de flashes, porém nada do que acontece entre eles.

Ele não consegue se lembrar das voltas para casa. Não consegue se lembrar de dobrar as roupas que vestia. Não consegue se lembrar de quem é "Bill", cujo número ele encontrou no bolso quando saiu para beber há alguns anos. Ele não consegue se lembrar de ter comprado a garrafa de uísque que encontrou na bolsa-carteiro no chão do quarto uma vez, com uma nota fiscal com as informações de seu cartão de crédito nela, provando que estivera na loja e fizera a transação pessoalmente. Ele não consegue se lembrar de ter tocado o cabelo das garotas na pista de dança. De ter passado suor nelas.

Ele não se lembra de ter dito a uma garota de pele macia chamada Jessica que ela era bonita. E com certeza não se lembra de ir para a cama na noite do Dia dos Namorados. Ele se lembra de ter acordado na cama, vestindo a camisa e uma meia. Ele sabe que dormiu tarde. Sabe que teve ressaca. Ele se lembra de uma garota que o chamou de pervertido, ele se lembra do homem com o cachorro branco e se lembra da garota de capuz. Mas não se lembra do resto.

E aquela imagem fica aparecendo e desaparecendo na cabeça dele: uma figura, passando por ele do lado de fora do prédio, indo para os fundos. Pode ter sido ela, a garota de capuz. Pode ter sido outra pessoa. Ou pode ser só um fragmento ridículo da imaginação dele, algo que sua psique fabricou para lidar com o trauma da situação. Ele já leu sobre isso várias vezes, sobre pessoas confessando coisas que não fizeram. *É assim que acontece?*, Owen se pergunta. É o próprio cérebro que faz aquilo, plantando coisas para se incriminar, como um policial corrupto?

Owen observa as próprias mãos. Elas lhe parecem estranhas, mãos de outra pessoa presas aos seus braços. Ele está começando a perder qualquer noção de si ou de quem deveria ser ou do que deveria estar fazendo ou de quem foi um dia. Ele tenta se colocar de volta no restaurante italiano com Deanna, tenta sobrepor o olhar dela para ele naquela noite ao olhar da detetive Currie na sala de interrogatório. Se conseguir fazer isso, talvez este pesadelo termine.

Barry alisa sua gravata grande.

— Tem uma garota desaparecida — diz. — É tudo o que eles têm. E você parece um bom suspeito para eles. A essa altura, é irrelevante se você fez alguma coisa ou não. Eles não vão te deixar ir a lugar nenhum até serem obrigados.

— Você sabe que não fui eu. — Barry não responde. — *Não fui eu.*

Barry estreita os olhos para Owen.

— Não foi você o quê? — pergunta. — O que você não fez?

— Machucar aquela garota. Eu não machuquei aquela garota.

Barry não fala por um tempo. Então olha bem nos olhos de Owen e diz:

— Bem, Owen, a hora de provar isso é agora. Prove, Owen. Me diga algo incontestável. Me diga algo que te tirará daqui. Por favor. Pelo bem de nós dois.

— Então — diz a detetive Currie, que está começando a perder o brilho à medida que a investigação se arrasta. — Owen, por favor, sei que já passamos por tudo isso. Mas vale a pena repassar. Quanto mais falarmos sobre o assunto, maior é a chance de você se lembrar. Por favor, conte-nos de novo sobre a noite do dia 14 de fevereiro.

Owen suspira alto. Ele não pode repassar tudo de novo, simplesmente não pode.

— E o Bryn? — pergunta. — Vocês o encontraram?

Ela dá um sorriso firme.

— Não. Não encontramos.

— Bem, eu queria que vocês encontrassem. Ele deveria estar aqui. Não eu. Ele é doente. Ele é um esquisitão. Ele provavelmente está por aí estuprando mulheres agora, enquanto vocês estão sentados aí me fazendo as mesmas perguntas repetidas vezes.

A detetive hesita. Estreita os olhos para Owen.

— Tudo bem, Owen. Tudo bem. Se você puder nos contar algo sobre o *Bryn* que nos ajude a localizá-lo, então, por favor, fique à vontade. Quando puder. Por favor. — Ela se reclina na cadeira e o encara friamente.

Owen suspira. Esfrega o rosto e tenta se lembrar de algo, qualquer coisa que Bryn pode ter dito sobre si. Ele pensa nos detalhes daquele primeiro post que leu. Bryn sentado em um bar em um dia de neve, observando Chads e Stacys. Owen força a consciência para lembrar mais. O contorno dickensiano do bar enquanto a neve cai, o brilho dos antigos lampiões pendurados do lado de fora e a entrada, onde os cavalos eram amarrados, e o nome do bar, que tinha mudado quando foi gentrificado e antes disso era…

Hunter's Inn.

Owen agarra as laterais da mesa.

— A cidade onde ele mora. Tem um gastrobar. Um gastrobar novo. Antes o nome era Hunter's Inn. Fica perto de um parque. De frente para uma lagoa. Com patos. Ele vai lá o tempo todo. Se vocês encontrarem o bar, vão encontrá-lo. Ele tem cabelo longo e cacheado. É bem baixinho. Usa um casaco verde com uma mancha na frente. Pergunte a qualquer um lá quem é ele. Vão saber. Ele chama a atenção.

Ele vê Currie revirar os olhos de leve. Ela não estava esperando nenhuma informação útil e está irritada por ter recebido.

— Vamos atrás disso, Owen. Deixe com a gente. Mas, Owen, mesmo se encontrássemos esse "Bryn", depois de deletar o blog e o rastro dele em todos os fóruns que você diz que ele costumava frequentar, mesmo que o encontremos e perguntemos sobre o Rohypnol, o que você acha que ele vai dizer? Você acha que ele vai nos contar o que você quer que ele nos conte? Que ele te deu os comprimidos contra a sua vontade, que você nunca teve a intenção de usá-los? Owen, se esse homem existir e nós o encontrarmos, ele vai negar te conhecer.

— Mas as digitais dele vão estar no frasco. E vocês perguntaram no bar? No bar em Euston? Já pediram para ver as gravações das câmeras de segurança? Daquela noite? Isso vai provar que ele me conhece. E pode ser que mostre ele me dando a droga.

— Sim, mas o que você não parece entender, Owen, é que nada disso vai fazer diferença. O fato é que você tinha "Boa noite, Cinderela" escondido no seu quarto e, francamente, nós não ligamos para como você conseguiu a droga ou para quê. Se você quiser nos provar que não sequestrou Saffyre Maddox nem a machucou de nenhuma forma na noite de 14 de fevereiro, infelizmente, vai ter que tentar outra estratégia.

Owen olha para Barry, que lhe lança um olhar como quem diz: "O que foi que eu te disse?"

Ele inspira fundo, pestanejando. Então olha diretamente para Currie.

— Por favor, me diga o que você acha que aconteceu com a Saffyre. Eu quero mesmo saber. O que você acha que eu fiz com ela? Como levei essa garota, essa garota muito alta, para seja lá onde você acha que eu levei? Eu, sozinho. Como eu a arrastei pelas ruas de Hampstead à meia-noite sem que ninguém visse? Na noite do Dia dos Namorados, com a rua cheia? Eu não tenho carro. Não sou exatamente forte. Gostaria que você compartilhasse suas teorias comigo. Porque, sinceramente, do meu ponto de vista, não faz sentido.

A detetive franze os lábios.

— Owen. Estamos fazendo o nosso trabalho. Estamos explorando várias linhas de investigação. Pode confiar. E temos muitas teorias sobre o que aconteceu com Saffyre, posso garantir que não gastaríamos milhares de libras do dinheiro dos contribuintes para te manter aqui se não tivéssemos um caso forte que prova que você sabe o que aconteceu com a Saffyre. Então, Owen, de novo, do começo, por favor, nos descreva os eventos da noite de 14 de fevereiro até onde você se lembrar. Começando com sair de casa e encontrar uma mulher chamada Deanna Wurth em um restaurante em Covent Garden.

Owen abaixa a cabeça. Então torna a erguê-la.

— Por volta das seis da tarde, eu saí de casa e desci a colina em direção à estação de metrô Finchley Road…

46

Cate espera Roan chegar em casa. O pedaço de papel está na frente dela. Aaron o deixou. Ela ainda não tem certeza do motivo de ele não ter levado o papel direto para a polícia. Ela acha que é por certo tipo de lealdade equivocada a Roan. Era como se ele esperasse que Cate tivesse uma explicação plausível.

Ela coloca o papel que Aaron trouxe ao lado do dela, puxado do bloquinho onde estava fazendo anotações mais cedo. Os olhos passam de um a outro, notando as similaridades e a grande diferença. A mão dela treme um pouco enquanto endireita os papéis.

Ela olha para o relógio da cozinha. Sete e dezoito. Onde ele está?

Cate tem quase cem por cento de certeza agora, está quase certa de que algo inimaginável vem acontecendo. Ela sentiu a pele arrepiar um pouco quando o filho a abraçou à tarde, ao chegar da escola.

— Está tudo bem, mãe? — perguntou Josh, com os olhos azuis cheios de preocupação.

— Está tudo bem. Só acho que estou ficando doente. Não quero te passar meus germes.

Josh estava com um exemplar do *Metro*. Ele o balançou na frente dela, apontando para a manchete.

— Olha, eles ainda não sabem o que aconteceu com a Saffyre.

Havia uma estranha intimidade, Cate percebeu, no modo como ele disse o nome da garota.

— Você a conheceu? — perguntou ela, casualmente.

— Quem?

— Saffyre. Você a conheceu? Quer dizer, ela morava em frente à sua escola. E aparentemente fazia aula de artes marciais no mesmo lugar que você. Será que você nunca a viu?

Josh balançou a cabeça.

— Não. Definitivamente, não. — E então: — O que tem para jantar?

Agora Cate olha para o pedaço de papel. O pedaço de papel com o nome do filho dela escrito. Encontrado na calça de Saffyre. E não só o nome do filho dela, mas as datas e os locais de todas as seis agressões sexuais na região desde o Ano-Novo. As mesmas datas no papel de Cate. Com uma diferença: a lista de Saffyre inclui o dia 21 de janeiro. Os jornais não disseram nada sobre um ataque no dia 21 de janeiro. Porém, de acordo com o diário de Cate, 21 de janeiro foi o dia em que Tilly disse ter sido atacada.

Em uma letra cursiva bonita abaixo das datas, há vários nomes aparentemente aleatórios.

Clive.
Roan.
Josh.
Alicia.

— Só pensei que talvez significasse alguma coisa — disse Aaron mais cedo naquele dia. — Vi nos jornais que você tem um filho chamado Josh. Quer dizer, sei que é um nome comum. Mas mesmo assim. Você pode perguntar ao seu filho? Perguntar se ele sabe o que significa? Se ele a conhece?

Cate entendeu o significado das datas imediatamente.

— Claro, vou perguntar — respondeu ela.

E tentou disfarçar a falta de ar na voz. No momento em que Aaron foi embora, ela arrancou a página do bloquinho e comparou. Pôs a mão no pescoço.

Foi direto para o quarto de Josh e tirou o cesto do armário dele. A sacola de plástico tinha sumido. Cate tirou os livros de Josh da estante e os checou, freneticamente, sem fazer ideia do que estava procurando. Quem era Clive, e quem era Alicia? Por que Saffyre tinha escrito o nome de Roan e de Josh em um papel com as datas das agressões sexuais? *O que Saffyre estava fazendo do lado de fora da casa de Cate na noite em que desapareceu?*

Ela não encontrara nada no quarto do filho. Nada novo no histórico do navegador dele. Georgia tinha chegado primeiro da escola, foi direto para o quarto para tirar o uniforme, amarrou um avental por cima da calça e do moletom, abriu uma receita no iPad, colocou-o na cozinha e começou a fazer o bolo. Cate a rodeou distraidamente, recolhendo coisas, colocando-as na lava-louças, comentando ocasionalmente no monólogo da filha sobre como ela queria que o quarto fosse decorado na casa, como talvez devesse ser escuro, tipo, escuro-escuro, talvez até preto, ou preto mesmo, ou, tipo, totalmente o contrário, tons de branco, como o quarto dela ali, mas o escuro é mais aconchegante, né?

Josh chegou em casa uma hora depois e foi direto para o quarto depois de cumprimentar a mãe.

O bolo agora está na bancada, coberto de glacê e decorado com lascas de chocolate. Está cortado do lado onde Georgia tirou uma fatia, mostrando o interior de baunilha.

Tem uma massa no forno. O cheiro faz Cate ficar um pouco enjoada.

Ela olha para o relógio de novo.

Sete e trinta e um.

— Mãe! — grita Georgia. — Quando o jantar fica pronto?

— Daqui a pouco — responde Cate. — Quando seu pai chegar!

Distraída, ela põe a mesa, prepara a salada em uma tigela e corta uma baguete. Vão comer sem ele se for preciso.

Mas, um minuto depois, Cate ouve a porta bater e então Roan surge na cozinha, suado, irradiando a energia do exercício aeróbico.

— Ah — diz ela —, você saiu para correr?

— Sim, direto do trabalho. — Roan ainda está sem fôlego quando tira as luvas, o lenço, o gorro. — Estava com mui-ta… coisa reprimida. Corri até o centro e voltei. Encontrei um lugar. — Ele abre o casaco e o tira. — No outro lado do centro. Um lugar superestranho. Tipo uma coisa dos filmes do James Bond: prédios baixos estranhos, passarelas, escondido num círculo de árvores. — Ele larga o casaco nas costas de uma cadeira da cozinha. — Enfim, pesquisei no Google e, aparentemente, é o que restou da habitação social mais cara já construída! Foi um experimento socialista fracassado do governo trabalhista na década de 1970. Agora é tudo proprie-dade privada, lógico, vale uma fortuna. Mas sério. Que lugar mais esquisito. Parece do futuro. Um cenário de filme de fic-ção científica…

Roan não para de falar, e Cate sabe mais ou menos do que se trata, e até gostaria de responder, gostaria de dizer: "Sim, sim, eu também vi esse lugar!" Mas as palavras não saem, porque, enquanto ele fala, o olhar dela vai para o contorno angular do torso dele, a forma como a lycra se agarra aos seus braços longos e esculpidos, o padrão laranja fluorescente que sobe pelas mangas dos punhos para os ombros.

— Onde você encontrou essa camisa? — interrompe Cate.

— O quê?

— Essa camisa. Onde você encontrou?

— Não sei. Na gaveta, acho… por quê?

— Eu achei…

— O quê?

— Nada. Só faz tempo que não a vejo.

De alguma forma, a camisa que estava escondida nos fundos do guarda-roupa de Josh foi lavada e devolvida à gaveta de Roan.

Ele dá de ombros.

— Vou tomar banho. O que tem para o jantar?

— Tem macarrão no forno — diz Cate, com a voz saindo estranhamente aguda. — E salada.

47

SAFFYRE

Josh me perguntou como Harrison John era, então eu o procurei no Google. Minhas mãos tremiam. Eu não aguentaria descobrir nada sobre ele, se tinha um filho, se havia feito algo bom, era inteligente ou algo assim. Estava com tanto medo de que ele tivesse feito algo para se redimir, para diluir meus sentimentos de vingança, porque, na hora, aqueles sentimentos eram os únicos que eu tinha, eram o que me fazia levantar de manhã, ir ao colégio, comer, respirar.

Apertei o botão de pesquisar e prendi a respiração. E então, lá estava ele: seu rosto, o nariz achatado, as feições marcadas, fazendo uma pose de gângster idiota. Segundo a matéria na qual cliquei, ele fazia parte de um projeto comunitário envolvendo música, algo relacionado com a faculdade onde estudava.

Virei o celular para Josh.

— É ele.

— Esse é o Harrison?

— Sim.

— Parece um imbecil.

— Sim — concordei. — Um baita imbecil.

Estávamos no parquinho perto do meu prédio, onde falei para o Josh me encontrar. Eu ainda estava com o uniforme do colégio.

Quando ele me viu, disse:

— Você está tão diferente.

E eu falei:

— É o meu alter ego.

— Então, qual é o seu plano? — perguntou Josh.

Bloqueei o celular.

— Bom, eu sei onde ele mora agora.

— Como?

Dei uma batidinha no nariz com os dedos.

— Já te falei. Sou esperta.

— Você vai stalkear ele também?

Dei um tapinha no braço de Josh, brincando.

— Eu não sou uma *stalker*!

— Você meio que é — retrucou ele.

Josh sorriu, e eu gostava do sorriso dele. Era como quando um cachorro te olha daquele jeito puro e você pensa: "Você é bom demais para este mundo." Era o que eu sentia quando Josh Fours sorria. Como se ele fosse bom demais para este mundo.

— Enfim — respondi —, já comecei. Eu o segui até o mercadinho hoje de tarde. Ele não me viu.

— O que ele comprou?

— Balinhas de gelatina. E um pouco de tabaco.

— Que elegante.

— Não é? — falei. — Sei onde ele estuda. Ele não vai escapar de mim.

— Posso ir com você?

— Quer dizer, ser *stalker* junto comigo?

— Sim.

— Claro que pode.

— Então vamos agora?

Cheguei a hora no celular. Eram quase cinco.

— Vamos. — Descemos do muro. — Por aqui, vem comigo.

Harrison morava no lado oposto da minha rua, na direção de Chalk Farm, em um conjunto de prédios muito feios depois da linha do trem. Nós nos sentamos em um banco em frente. Estava muito frio, e dava pra ouvir os dentes do Josh batendo.

— Você está bem? — perguntei. — Pode ir para casa, se quiser.

Ele balançou a cabeça.

— Não. Quero ver ele. Em carne e osso.

Dei um meio-sorriso para ele. E então nós dois nos viramos para observar os prédios.

E aí ele apareceu. Abrindo o portão do bloco em que morava. Estava vestido todo de preto outra vez, de casaco acolchoado, calça preta, tênis pretos, com um vislumbre de tornozelos brancos no meio e uma mochila pendurada nas costas. Ele acendeu um cigarro enquanto saía para a rua, estreitando os olhos enquanto tragava. Depois, virou para a direita, em direção a Haverstock Hill. Nós o seguimos, em silêncio. Ele pegou um ônibus para Hampstead, correndo para entrar antes que as portas se fechassem.

Josh e eu nos entreolhamos. Era um ônibus de um andar só. Não conseguiríamos pegá-lo sem sermos vistos. Voltei para o meu apartamento. Josh voltou para a casa dele. Combinamos de nos encontrar no dia seguinte, no mesmo horário, no mesmo lugar.

Dois dias depois, vi a manchete sobre uma agressão sexual no Hampstead Heath. Um homem de preto, usando máscara. Arrastou uma mulher por um beco silencioso e a apalpou. Enfiou a mão dentro da calcinha dela. Agarrou seus seios. E então fugiu.

Pensei em Harrison John entrando no ônibus em direção a Hampstead às cinco e vinte, dois dias antes, vestido de preto. Era ele. Eu sabia que era.

No dia 21 de janeiro, Josh me ligou, em pânico.

— Acho que o Harrison atacou a amiga da minha irmã — disse ele. — A polícia está aqui. Cacete. O que eu faço?

Ele explicou que a amiga da irmã tinha ido para a casa deles depois da escola e ido embora quando eles estavam prestes a jantar. E então voltou logo depois, dizendo que tinha sido assediada.

— Como ela descreveu o cara? — perguntei.

Houve uma pausa.

— Ela disse que não o viu. E que ele não falou nada. Que a agarrou por trás. Pelos quadris. Que se esfregou nela. Tentou pegar nos peitos dela. Mas ela conseguiu se afastar e correu de volta para cá. Será que eu falo alguma coisa, Saffyre? Para a polícia? Conto que acho que sei quem pode ser?

Meu maior arrependimento foi não ter dito sim, não termos contado para eles. Diga o nome dele. Deixe a polícia ir até a casa dele, revistar a mochila preta, pegar as digitais dele, revirar a existência dele. Deixe que o destruam.

Não falei porque queria que fosse eu. E se batessem na porta dele e Harrison dissesse "Não fui eu"? E se acreditassem nele? Então Harrison fecharia a porta, estufaria o peito e ficaria se achando mais esperto que todo mundo. E se a polícia fosse até a porta dele, o questionasse e não fosse ele? Eu queria que fosse ele. Precisava que fosse. Harrison era mau e precisava ser parado.

Então falei:

— Não, não diga nada. Deixe comigo. Deixe comigo.

48

Barry entra na sala de interrogatório. Owen reconhece o barulho da sola de couro dos sapatos dele no piso de madeira a alguns metros de distância agora, seguido pelo cheiro forte da loção pós-barba.

— Bom dia, Owen.

— Eles vão me deixar ir embora?

Barry para e fecha os olhos.

— Não, Owen. Infelizmente, não. E, olha, você precisa saber... Agora está acontecendo isto.

Ele tira um jornal dobrado da pasta e o joga na mesa diante de Owen. O *Metro* desta manhã: "O PLANO DOENTIO DE ESTUPRAR DEZENAS DE MULHERES DO SUSPEITO DE SEQUESTRAR SAFFYRE."

Abaixo está aquela foto horrível de novo, de Owen sendo enfiado na viatura com um corte na testa, o cabelo molhado e torto arrepiado em vários ângulos, o olhar morto, um dente torto aparecendo entre os lábios.

Ele olha para Barry.

— Mas...? Eu não...?

— Só leia, Owen.

Owen puxa o jornal para mais perto e lê a matéria.

Owen Pick, o desafortunado professor atualmente detido em uma delegacia de polícia do norte de Londres pelo sequestro e possível assassinato da adolescente desaparecida Saffyre Maddox, tinha um grande plano, de acordo com um amigo de um fórum *incel* que ele costumava frequentar. O amigo, que deseja permanecer anônimo, nos contou sobre um plano horrível revelado a ele por Pick durante um encontro em um bar no início deste mês. Segundo ele: "Parte do problema para a comunidade *incel* é que estamos sendo apagados da sociedade. As mulheres se recusam a nos considerar possíveis parceiros sexuais, de forma que não nos é dada a oportunidade de nos reproduzir. Nossos genes estão sendo eliminados deliberadamente, pelos governos, pela mídia e pela sociedade. Essa é uma questão muito séria para a saúde mental da comunidade *incel*. É algo que Owen e eu discutimos muito. Embora eu concorde com a teoria geral e atue de forma ativa na comunidade *incel* para tentar mudar a maneira como somos vistos pela sociedade, fiquei realmente muito alarmado na última vez que Owen Pick e eu nos encontramos para tomar uma bebida. Ele escolheu um bar decadente e miserável, e fiquei surpreso quando o encontrei pela primeira vez e vi que ele estava muito bem-vestido. Na minha opinião, ele não parecia um *incel* clássico. A aparência dele era a de alguém que poderia ser aceito na sociedade. Eu não conseguia entender por que ele teria problemas para atrair mulheres. Mas havia algo nele, algo frio, certa intensidade. Ele me deixou um pouco assustado. Eu diria que ele tem muitos traços de psicopatia. E então ele me contou que tinha um plano. Me mostrou um frasco de comprimidos. Eu não tinha ideia do que eles eram. Ele os colocou na mesa entre nós e me contou qual era o plano. Ele ia marcar de se encontrar com mulheres em aplicativos de namoro e, em seguida, drogá-las e inseminá-las enquanto estivessem inconscientes. Ele me disse que estava fazendo isso pelo bem da comunidade *incel*, mas eu não acreditei. Havia algo nele, um narcisismo, uma falta de humanidade, de compaixão. Eu diria que ele tem um transtorno de personalidade e estava usando a comunidade *incel* e nossas crenças para legitimar um interesse pessoal doentio. Na minha opinião, Owen Pick é um estuprador disfarçado de *incel*."

Um som estranho sai de Owen. Ele não estava esperando soltar aquilo. Veio das profundezas do seu estômago, um grunhido gutural. Ele ergue os punhos, que se transformaram em pedras enquanto lia a matéria, e os bate com tudo na mesa. Em seguida, pega o jornal, amassa-o em uma bola e o atira do outro lado da sala.

— Foda-se! — grita. — Foda-se isso! Foda-se tudo isso!

Owen se senta com força, esconde o rosto nas mãos e começa a chorar. Quando ergue a cabeça, Barry está sentado, ajustando os punhos da camisa. Ele nota o olhar de Owen e lhe entrega um lenço.

— A coisa não está boa, Owen — diz baixinho.

— Isso é mentira. Você sabe, não sabe? Mentira. Não foi assim que aconteceu. Ele distorceu a coisa toda. Foi *ele*. *Ele* me deu os comprimidos. Ele está agindo de acordo com os próprios interesses e me jogando para os lobos. Porra!

Barry continua a olhá-lo.

— Bem — diz ele. — Ainda temos muito trabalho a fazer. Mas isto — ele aponta para o jornal amassado — é só um boato e não deve ter peso na investigação. Vamos deixar esse negócio de lado e ver o que os nossos amigos têm para nós hoje, ok?

Alguns minutos depois, os detetives Currie e Henry entram na sala. Owen sente a energia deles. Está diminuindo aos poucos com o passar dos dias, conforme as supostas pistas não os levam a lugar nenhum e o caso contra Owen se recusa a avançar. Porém agora há certo ânimo entre o par enquanto eles se sentam, aprontando a papelada.

Currie vai direto ao assunto.

— Owen. Você conhece uma mulher chamada Alicia Mathers?

Owen balança a cabeça.

— Nunca ouvi falar.

— Bem, Alicia Mathers diz que conhece você.

Owen suspira. Ele perdeu completamente o controle das coisas. Está em um mundo onde dizem que o céu é verde, a grama é azul, dois mais dois são cinco, preto é branco e branco é preto. E nesse mundo, sim, é claro que mulheres chamadas Alicia Mathers diriam conhecê-lo.

— É mesmo?

— Sim. Ela diz que te viu naquela noite. E que você estava falando com uma jovem de capuz.

Ele apoia a testa na mesa. O plástico está frio. Seus olhos estão fechados e ele conta até cinco em silêncio antes de levantar a cabeça de novo.

— E ela só está aparecendo agora por quê...?

— É complicado — diz Currie. — Ela tem bons motivos para não ter aparecido antes. Motivos bem compreensíveis.

— Que são...?

— Não tenho liberdade para compartilhar com você.

— Não — diz Owen. — Não. Lógico que não. Continue, então. O que essa *Alicia* diz que viu?

— Alicia diz que viu você e uma garota de capuz tendo uma conversa. Na frente do seu prédio.

Um raio passa pela cabeça de Owen. Lá está outra vez, aquele momento perdido, o momento que fica se repetindo para ele em estilhaços, várias e várias vezes, sempre que fecha os olhos. A garota de capuz não estava se afastando, mas indo na direção dele. Dizendo alguma coisa. Ele achou que fosse uma memória falsa. Mas agora está ouvindo que não é.

— Isso pode ter acontecido — diz ele, sentindo alívio enquanto as palavras são ditas. — Estou tendo flashbacks faz uns dois dias. Pode ter acontecido. Mas não lembro sobre o que falamos. Não faço ideia do que ela disse. Do que eu disse. Não faço ideia.

Owen ouve Barry suspirando pesado e percebe que o rosto dos dois detetives se contorce um pouco, seus músculos e nervos debaixo da pele reagem às palavras dele.

— Owen, Alicia Mathers alega ter visto a garota de capuz conversando com você, na frente do seu prédio. Ela alega que te viu ir atrás dela até o jardim dos fundos.

— Sim — diz Owen, com a mente nadando em imagens fora de foco, a pele pinicando com a memória incerta da mão de uma garota em seu braço. — Sim, isso pode ter acontecido. Sim. Ela correu na minha direção. Ela correu pela rua e disse... — Lá está agora, saído dos confins da mente dele: *Clive! É você, Clive?* — Ela me chamou de Clive. Ela queria ver alguma coisa. Ela...

O que ela fez? A sala está em total silêncio. Ele vê que a detetive não está respirando. Ele olha para as próprias mãos. As palmas pinicam enquanto sente outra memória voltando.

— Ela me pediu para dar pezinho para ela. Para o telhado da garagem. Coloquei as mãos assim. — Owen demonstra com as mãos juntas. — Ela era pesada. Não sou muito forte. Ela quase caiu em cima de mim, mas conseguiu se agarrar em alguma coisa. Em uma calha. Em algo. E se puxou para cima. E então...

Ele aperta a ponte do nariz. Onde tudo isso esteve todos esses dias?

— Não sei — continua Owen. — Fiquei de vigia. Não sei por quanto tempo. Não falei com ela. E então ela pulou para baixo. Ela pulou para baixo. Disse *ai*. É isso...! — Ele recomeça quando percebe algo. — Deve ter sido aí que ela se cortou! Na minha parede. E deixou cair o celular. Ela deixou cair o celular e depois o pegou de volta. E correu. Ela disse "Obrigada, Clive" e correu.

— Clive? — pergunta a detetive Currie.

— Sim. Não sei. Não sei por que ela me chamou de Clive. Ela deve ter pensado que eu era outra pessoa.

Owen vê os detetives trocando um olhar.

— Ela correu? — pergunta Angela Currie.

— Sim! — responde ele, eufórico. — Ela pulou. Ela disse *ai*. Ela deixou o celular cair. Ela o pegou. Disse "Obrigada, Clive" e correu.

Owen sente uma explosão de euforia ao recuperar aquele pedaço estranho de tempo perdido entre ter visto a garota do lado de fora da casa do Homem de Lycra e vê-la descendo a rua correndo, com o som da sola de borracha dos sapatos contra a calçada fria e seca.

— E a mulher do outro lado da rua?

— Não me lembro. Eu não… ela era…

E lá está, como uma foto velha caída atrás do sofá que ele finalmente consegue pegar de volta: a peça que falta.

— Ela estava conversando com o homem do outro lado da rua. O homem que corre. O, sabe, o psicólogo. Ela estava falando com ele. Estava gritando. Estava chorando. E é isso — diz ele. — É tudo o que lembro.

A sala fica em silêncio. A detetive Currie escreve algo em um pedaço de papel e pigarreia.

— Bem, obrigada por se lembrar, Owen. O que, devo dizer, é bem estranho, depois de todos esses dias, todo esse tempo.

— Foi quando você falou da mulher. Eu sabia… eu meio que sabia que tinha algo faltando. Mas não conseguia encontrar as memórias até você falar da outra mulher.

— Isso é chamado de apagão fragmentado — diz Barry, endireitando-se. — É comum depois de beber muito. E as memórias perdidas podem vir à tona quando alguém dá algum detalhe que falta.

Owen lança um olhar para Barry. Há algo diferente nele. Em seu comportamento, no tom de sua voz. Uma nova suavidade. Um novo cuidado. É quase como se Barry acreditasse nele, Owen pensa.

A detetive Currie está revirando os papéis.

— Mandamos alguém subir no telhado da garagem? — pergunta ao detetive Henry.

Ele consulta a própria papelada, sem prestar muita atenção.

— Não tenho certeza. Vou conferir.

Currie descansa as mãos sobre os papéis vagarosamente e olha para Owen.

— Com licença — diz ela —, voltamos daqui a pouco.

Assim que eles deixam a sala, Barry se vira para o cliente e, pela primeira vez desde que Owen foi detido na sexta de manhã, ele sorri.

— Bom trabalho — comenta. — Muito bom trabalho. Agora vamos ver o que eles vão dizer.

49

O celular de Cate vibra na mesa da cozinha. Ela o pega e olha para a tela. É Elona, a mãe de Tilly.

— Cate?

— Sim — responde ela. — Oi!

— Oi. É a Elona. Você tem um tempinho para falar agora?

— Sim. Tenho, sim.

— Eu conversei com a Tilly. Ontem à noite. Sobre o que aconteceu. Ela ficou muito chateada. Acho que de certa forma ficou chocada por eu falar daquilo de novo. Acho que ela pensou que tinha acabado. Ficou dizendo: "Por que você está me perguntando isso, por que está perguntando?" Mas, Cate, ela começou a chorar e aí disse: "Não posso te contar, não posso te contar." E eu perguntei: "O quê?" E ela disse: "É ruim. Eu não posso." Ela disse, e aqui estou lendo as entrelinhas, porque o que ela disse não estava fazendo muito sentido, mas acho que ela quis dizer que aconteceu, sim, que aconteceu e que ela conhece a pessoa que fez aquilo e pareceu assustada, Cate, assustada demais para me contar quem foi.

Os pensamentos de Cate voltam de forma nauseante para a noite do dia vinte e um. Tilly na cozinha. Curry no fogão. Josh dizendo: "Tô a fim de uma comida apimentada." Tilly saindo. Os quatro sentados para comer. Tinham sido os quatro, não tinha? Ela estreita os olhos para focar a imagem: curry, mesa, Georgia, Roan, Josh. Eles estavam sentados para comer quando Tilly voltou? Não, era cedo demais. Cate ainda devia estar pondo a mesa ou servindo a comida. Ela não consegue lembrar quem estava na cozinha. Sabe que Georgia estava. E Roan e Josh deviam estar também. Ela tem quase certeza.

Mas, mesmo enquanto pensa, sente a dúvida voltar e começar a enevoar sua memória.

— Certo — diz para Elona. — Bom, obrigada por me contar.

— Mas quem? — questiona a outra, com a voz tomada de desespero. — Será que aconteceu? E se aconteceu, e ela está assustada demais para contar? Quem pode ser?

— Não tenho ideia, Elona. Sinto muito mesmo.

— Você acha que eu deveria falar de novo com a polícia?

— Nossa, eu realmente não sei. Não me parece que a Tilly esteja pronta para falar sobre o assunto…

— Mas se eles estão investigando esse cara, aquele que atacou a mulher atrás da imobiliária, esse pode ser… pode ser o mesmo cara, né? Eles deveriam saber, certo?

— Eu realmente não sei…

— Estou com medo, Cate. E se esse cara, e se ele ainda estiver por aí e seguir a Tilly? Se ela conhece o agressor, ele pode saber onde ela mora, onde nós moramos. O que eu faço, Cate? O que faço?

O estômago de Cate se revira. Ela afasta o telefone da orelha e inspira fundo. Volta logo depois e diz:

— Desculpa, Elona. Desculpa mesmo, eu preciso ir agora. Desculpa de verdade.

E então ela desliga.

50

O almoço é um sanduíche de presunto fino, cenoura crua, suco de laranja e bolo de mirtilo. Pena que é de mirtilo. Owen os retira e coloca no cantinho da bandeja.

A atmosfera mudou desde de manhã, desde que ele se lembrou da parte perdida da noite do dia catorze. Ele tem certeza de que está sendo visto menos como um assassino de crianças perturbado e mais como alguém que talvez não tenha feito nada, no final das contas. Mas então seus pensamentos se voltam para os jornais da manhã, para a história falsa plantada por Bryn. O que quer que aconteça, dentro dessas paredes, seja lá quando ele tiver permissão de ir para casa, com as acusações retiradas, talvez com uns apertos de mão dos detetives Currie e Henry como pedido de desculpas, independentemente do que acontecer aqui antes que ele vá para casa, Owen ainda será o homem na primeira página dos jornais com a testa ensanguentada, a associação com os *incels* e a gaveta de meias cheia de comprimidos para estupro. Ele sempre será o cara que chamou uma desconhecida de puta e que tinha o sangue de uma garota na parede externa do quarto, que foi demitido por passar suor em garotas em uma festa. Ele sempre será Owen Pick, o esquisitão que talvez não tenha matado Saffyre Maddox, mas que com certeza fez *alguma coisa*.

A porta se abre e os detetives retornam. Eles se sentam aprumados e olham para Owen.

— Bom, mandamos uma pessoa para o telhado da garagem — revela Currie. — Acabamos de receber as primeiras informações. Pegadas que combinam com os tênis da Saffyre. As digitais dela na calha. Nenhuma evidência de que você esteve lá em cima. Contudo, Owen, não podemos aceitar sua palavra sobre o que se recorda de ter acontecido naquela noite. Não estamos prontos para te tirar dessa equação. Nem perto disso. Então, caso se lembre de repente de qualquer coisa, por favor, avise-nos.

Eles organizam a papelada e saem.

Owen olha para Barry e suspira.

— Estamos chegando lá — garante Barry. — Estamos chegando lá. — E então completa: — Ah, a propósito, Tessie me encaminhou uma coisa. Um e-mail. Você quer ver?

— Há, sim. Claro.

Barry liga o celular e o desliza pela mesa até Owen.

É de Deanna.

Prezada Tessie,

Muito obrigada pelo e-mail a respeito do seu sobrinho, Owen. Por mais que eu tenha tido uma noite muito agradável com ele no Dia dos Namorados, acho que tenho problemas demais na minha vida agora para aceitar mais um. Não faço ideia do que pensar sobre essa prisão ou sobre as notícias no jornal relacionadas à história e ao passado dele. Não batem com o homem que jantou comigo, que era gentil, educado e atencioso. Mas as pessoas conseguem esconder muitos segredos atrás de máscaras cuidadosamente concebidas, né? Sinto muito que você esteja passando por tudo isso e espero, pelo seu bem e pelo de Owen, que tudo se resolva e seja apenas um engano. Por favor, diga a ele que estou pensando nele, mas não posso considerar levar as coisas adiante tendo em vista essa situação.

Te desejo tudo de bom.

Atenciosamente,

Deanna Wurth

Owen lê o e-mail duas vezes. Os olhos se fixam nas palavras de esperança. Percebe que em momento nenhum na mensagem ela diz que acredita que ele seja capaz de cometer um assassinato. Em momento nenhum diz que nunca mais quer vê-lo. Em momento nenhum Deanna diz que o odeia ou tem nojo dele. Isso, pensa ele, é uma luz. Algo a que se agarrar.

51

Josh volta da escola tarde naquela noite. Como sempre, entra direto na cozinha e abraça Cate, com a pele fria por ter estado lá fora.

— Te amo.

— Também te amo. — As palavras soam afetadas. Então, rápido, antes que ele saia, antes que ela perca a coragem, Cate diz: — Josh. Posso te perguntar uma coisa? Uma pergunta meio estranha?

Ele se vira e a olha. Parece magro, Cate percebe, a parte abaixo das maçãs do rosto acentuada e angulosa.

— O quê?

— Eu estive no seu quarto ontem.

Os olhos dele se arregalam um pouco, de forma quase imperceptível, mas o suficiente para denunciar a ansiedade.

— É?

— Eu estava pegando sua roupa suja. E tinha uma sacola atrás do cesto. Com umas roupas de corrida do seu pai dentro. Você faz ideia de por que elas estavam lá?

Há um momento de silêncio.

— Eu fui correr — diz Josh.

— Você foi correr? Quando?

— Não sei. Algumas vezes.

Cate fecha os olhos. Ela pensa na forma como Josh se move, seu segundo filho, tão lento. Sempre um pouco para trás. Ela se lembra de quando ele era mais novo, as incontáveis vezes em que teve de parar na calçada e esperar que Josh a alcançasse. "Para de enrolar", ela dizia. "Vamos!" E mesmo agora, com quase um metro e oitenta, ele ainda anda como uma lesma. Faz tudo lentamente. Cate não consegue imaginá-lo correndo.

— Sério? Você?

— Sim. Por que não?

— Porque… não sei. Você não é do tipo que corre.

— Bem, as pessoas mudam, não?

Ela suspira.

— Acho que sim. Mas tem uma coisa estranha. Eu não lavei as roupas, deixei lá. Então elas sumiram e agora seu pai está usando de novo e diz que as encontrou na gaveta dele.

Josh dá de ombros, passando um pé na frente do outro.

— É. Eu lavei.

— Você lavou?

— É.

Cate torna a fechar os olhos.

— Deixa eu ver se entendi. Você pegou emprestadas as roupas de corrida do seu pai e foi correr. Sem me contar que estava correndo. Você deixou a sacola no fundo do seu guarda-roupa. Depois pegou, lavou, secou e colocou de volta na gaveta do seu pai?

— Sim.

— Não entendo, Josh. Não faz sentido.

— O que não faz sentido? Faz sentido, sim.

— Não, Josh. Não faz. E você está me deixando preocupada. Como se estivesse escondendo alguma coisa de mim.

E então Josh faz algo que nunca faz. Ele grita. Ele abre a boca e grunhe, dizendo:

— Tá bom. Que merda. Tá bom. Eu me mijei. Tá bom? Eu estava correndo e não sei por quê. Não sei por quê, tá bom? Eu me mijei. Na roupa toda. E não podia contar para ninguém porque estava com muita vergonha. Então enfiei as roupas na bolsa e escondi até poder lavar. Tá bom? Tá feliz agora?

Cate se encolhe um pouco pelo choque da fúria do filho. E então vai até ele. Envolve-o nos braços e o segura.

— Me desculpa. Não quis te pressionar. Não quis te envergonhar. Desculpa. Está tudo bem.

Ela sente os braços de Josh ao seu redor, o rosto dele enterrado em seu ombro, e percebe que ele está chorando.

— Mãe. Desculpa. Desculpa mesmo. Eu te amo tanto. Eu te amo de verdade.

Cate acaricia a nuca de Josh.

— Está tudo bem, Josh — sussurra no ouvido dele. — Está tudo bem, seja lá pelo que você esteja passando, pode me contar. Você pode me contar. Está tudo bem.

— Não posso te contar — diz ele. — Não posso. Nunca.

E então Josh se afasta e sai correndo.

52

SAFFYRE

Recebi uma mensagem de Josh mais ou menos às oito horas da noite no Dia dos Namorados. Dizia: *A merda vai atingir o ventilador! Alicia mandou um cartão de Dia dos Namorados para o meu pai, e Georgia acabou de abrir. Ninguém leu ainda. Não sei o que fazer.*

Respondi: *Queime.*

Ele disse: *Não posso. Meu pai sabe que está aqui. Vou usar para confrontá-lo.*

Josh mandou uma foto do que estava escrito no cartão: "Não posso esperar mais. Estou morrendo. Largue ela agora, senão eu vou me matar."

Jesus, que dramática, pensei. *Como essas pessoas conseguem trabalhos em que têm permissão para mexer com a cabeça de crianças?*

Respondi: *Não faça nada. Só espere.*

Não, disse Josh. *Está na hora.*

Meu coração acelerou. Eu me senti estranhamente enjoada, como se fosse a minha família em risco, e não a de outra pessoa.

Depois disso, não tive notícias de Josh por horas. Estava frio e úmido lá fora e chovia de leve. *Não quero dormir lá fora hoje*, pensei. Então vesti minha calça mais confortável, comi lasanha de micro-ondas e assisti a *Shakespeare Apaixonado* na TV. Aaron chegou por volta das onze e conversamos por um tempo. Então recebi uma mensagem do Josh: *Ela está aqui! Alicia está aqui! Na nossa casa! Ela está louca! Você pode vir?*

Falei com Aaron da cozinha:

— Vou na casa de uma amiga.

— Que amiga? — perguntou ele.

— Só uma amiga da escola. Mora em Hampstead. Volto logo, tudo bem?

Cheguei na casa de Roan por volta das onze e quinze. Tudo parecia silencioso. Mandei mensagem para Josh: *Estou do lado de fora. O que está acontecendo?*

Ele respondeu: *Acho que me livrei dela.*

E seus pais?, perguntei.

Eles saíram, ele respondeu.

Eu disse: *Vou ficar de olho.*

Andei até a esquina e me sentei no muro. Estava silencioso por ali. Passados mais ou menos quinze minutos, vi Roan e a esposa voltarem. Eles pareciam bêbados e felizes e estavam de mãos dadas. Depois disso, ficou tudo quieto de novo por um tempo.

Mandei mensagem para Josh: *Acho que ela deve ter ido para casa. Não tem sinal dela aqui fora. Vou esperar até a meia-noite, ok?*

Ele respondeu: *Você é a melhor.*

Respondi com um emoji sorridente e um de medalha.

Mais quinze minutos se passaram. Um casal passou de mãos dadas, a mulher com uma rosa vermelha. Um homem passou com um cachorrinho branco. Depois passou uma mulher, de olho no celular.

E então vi alguma coisa, um movimento na minha visão periférica. Uma mulher em frente à porta de Roan. Com o celular na mão. Ela se virou um pouco, e vi que era Alicia.

Atravessei a rua, e agora estava no mesmo lado que a casa de Roan.

— Alicia! — sussurrei.

Ela se virou e olhou para mim. Dava pra ver que tinha chorado e estava bêbada.

— Sim? — respondeu ela.

— Seja lá o que você estiver prestes a fazer, não faça. Ok?

— Eu te conheço?

— Eu fui paciente no Centro Portman. Conheço o Roan. E sei o que você e Roan estão fazendo.

— Isso não é da sua conta — disse ela.

— Não — concordei. — Não é. Mas o Josh é meu amigo. Se você fizer o que está pensando em fazer, vai destruir a vida dele.

Ela se virou de volta para a porta.

— Não faça isso, Alicia — pedi. — Por favor.

Ouvi passos vindos do outro lado e me virei. Um homem estava vindo na nossa direção. Ele caminhava devagar. Trocando as pernas. Quando se aproximou, percebi que era Clive. Ou Owen. Ou qualquer que fosse o nome dele. Olhei para Alicia. Cruzei os braços. Fiquei encarando.

— Por favor, Alicia, vá para casa!

Assim que eu disse isso, a porta se abriu e Roan apareceu. Pulei para o outro lado do portão do jardim, saindo de vista. Ouvi Alicia dizer algo como "você não pode fazer isso comigo, Roan", e então a voz dela ficou abafada como se alguém estivesse tapando sua boca e vi Roan puxá-la para fora do jardim, levando-a para a rua. Eu queria ver o que estava acontecendo, mas de onde estava não conseguia. Então me virei e vi o cara chamado Clive, ou Owen ou qualquer que fosse o nome, parado do lado de fora do prédio dele, observando todo o drama. Atravessei a rua.

329

— Clive. Preciso da sua ajuda. Me ajuda a subir naquele telhado. Rápido.

E Deus o abençoe, porque ele fez o que pedi, me deu pezinho
para que eu subisse. E então consegui ver tudo.

Peguei meu celular e filmei. Alicia estava doida. Ela socava
Roan e ele deixava, e ela dizia coisas sobre como ia se matar e seria culpa dele, e ele continuou segurando os pulsos dela e dizendo: "Quieta, quieta, por favor, Alicia, fala baixo. Por favor. Meu
Deus". E era óbvio que Roan ligava mais para a esposa descobrir
tudo do que para se Alicia ia se matar ou não. Ela falou mais e
mais alto, e eu o vi colocar a mão na boca dela. Eu a vi morder a
mão dele e vi quando Roan deu um tapa nela. Ela tentou bater
nele, mas Roan agarrou os braços de Alicia e a empurrou com
tanta força que ela caiu. Minhas mãos tremiam. Foi horrível.
Era como assistir a animais.

Quando Alicia enfim foi embora, vi Roan de pé na calçada,
se balançando para a frente e para trás. Eu o filmei voltando
para casa.

Clive me chamou.

— Vou entrar agora — disse ele.

— Espere, espere, me ajude a descer! — pedi.

— Tenho que ir para a cama.

— Não, Clive, espere.

Pareceu que ele ia entrar e me deixar lá, então pulei, mas cal-
culei errado: minha perna bateu na parede e minha calça rasgou.
Caí com força de bunda no chão, em uma confusão de membros,
e deixei o celular cair. Eu estava cansada, mal conseguia respirar e
senti o sangue escorrendo pelo buraco na calça, mas consegui me
levantar. Tateei a grama para pegar meu celular e então passei por
Clive e corri atrás de Alicia. Queria ver se ela estava bem.

Estava quase a alcançando quando ouvi um clique e o zumbido de uma câmera de segurança do lado de fora de uma casa gradeada se virando para me filmar. Eu me abaixei e puxei o capuz para cobrir meu rosto, ainda a garota invisível.

À minha frente, Alicia estava caminhando rápido, ela sabia que estava sendo seguida. Acelerei o passo. Mas então diminuí outra vez quando ouvi passos abafados atrás de mim e vi a sombra escura de alguém nos seguindo.

E eu soube, mesmo antes de ver o rosto, de quem era aquela sombra.

53

O café na manhã seguinte é mingau morno, uma banana pequena e suco de alguma coisa — uma fruta tropical, talvez? Owen pensa que sentirá falta da comida quando voltar para casa. Ele gosta da comida da delegacia. É comida de verdade, mas sem os elementos mais desafiadores. Gosta de como é organizada na bandeja, gosta de não ter que pensar nela. *Talvez fosse gostar da prisão também*, pensa ele. Talvez fosse mais feliz na prisão do que no mundo lá fora, onde tinha que tomar decisões sobre comida, lidar com mulheres olhando para ele como se ele fosse estuprá-las, se preocupar com arranjar um emprego, uma namorada. Talvez esse fosse mesmo o destino dele. Talvez eles encontrassem o corpo de Saffyre Maddox cortado em pedacinhos debaixo da cama dele, e Owen de repente se lembraria de que, ah, sim, ele a matou mesmo, caso encerrado, prisão perpétua, sem direito a condicional. Muita comida sem graça e sem gosto em bandejas para todo o sempre. Talvez uma seita de mulheres estranhas quisesse se casar com Owen se ele fosse o assassino a sangue-frio de uma linda jovem. Talvez, no fim das contas, fosse um resultado melhor.

Owen entrega a bandeja para o policial do outro lado da porta. O nome dele é Willy. Ele é búlgaro. Não tem um pingo de senso de humor, o que é ótimo para alguém chamado Willy.

São oito horas. Parece que está fazendo sol lá fora. *É possível*, Owen se pergunta, *se acostumar com a vida encarcerado em menos de uma semana?* Ele perdeu toda a noção de como a vida costumava ser. O cara no banheiro de Tessie prestes a cortar a franja parece uma memória distante. O cara que costumava ir trabalhar todo dia e ensinar adolescentes a programar também parece um sonho. O cara nos jornais, o *incel* que gosta de engravidar mulheres apagadas, é uma versão ficcional dele. A única versão que parece real é esta aqui, sentada sozinha na cela em Kentish Town. Owen fica sentado por alguns instantes, encarando os ângulos ensolarados nas paredes da cela. Ele sente um estranho momento de esperança. Deanna não acha que ele é um monstro. Isso é suficiente. É tudo que ele precisa para seguir pelo resto da vida.

Seus pensamentos começam a se voltar sobre si mesmos, afastando-se da cela ensolarada, de cortar a franja no banheiro de Tessie, das janelas embaçadas de sua sala de aula no Ealing College, da mão de Tessie em seu ombro no enterro de sua mãe, da mãe caída sobre a mesa da cozinha, parecendo bêbada, mas na verdade morta. Eles se voltam para a outra versão dele: o menininho bonito que não sorria para a câmera no estúdio da agência de modelos. *Quem era aquele carinha?*, Owen se pergunta agora. *Quem era ele e como veio parar aqui?*

Ele tenta se lembrar dos momentos de dor que podem tê-lo trazido a este ponto. Pensa em toda a situação que culminou no divórcio dos pais quando ele tinha onze anos. Reflete sobre como divórcios são prejudiciais para as crianças, todo mundo sabe disso. Mas houve algo em particular sobre a forma como os pais se separaram que pode ter levado, de toda a miríade de possíveis versões dele, a esta?

Owen pensa na casa onde eles moravam, em Winchmore Hill. Uma coisa pós-guerra com paredes salpicadas de pedrinhas e janelas pequenas, uma varanda cheia de plantas gravatinhas, uma mesinha escura com um telefone e um bloquinho nela, um pequeno lustre. A mãe dele tinha uma coisa com lustres. Ele se lembra dela no último degrau, com o telefone na mão, falando com uma amiga e segurando um lenço de papel no nariz, dizendo:

— Acho que acabou desta vez, Jen, acho mesmo.

Owen se lembra do cheiro de cigarro subindo pela escada até onde se lembra dele estava sentado. Ele se lembra de descer um minuto depois da ligação ser encerrada e dizer:

— O que acabou, mãe?

E se lembrava dela sorrir, apagar o cigarro e responder:

— Nada, Owen. Nada mesmo. Volte para a cama. Você tem aula amanhã.

Mas ele ficou muito alerta depois daquilo, observando os pais tal qual um falcão, procurando a coisa que mostraria o que realmente estava acontecendo.

De repente, a pele de Owen se arrepia conforme uma memória volta, algo em que ele costumava pensar o tempo todo, mas não pensava mais havia anos, desde que a mãe morreu, porque o deixava enjoado demais.

Ele se lembra do pai chegando em casa depois do trabalho uma noite, tarde, cheirando aos bares de Londres. Owen o viu do topo da escada, deixando as chaves na mesinha escura. Tirando o casaco. Ele o viu suspirar e endireitar os ombros como se estivesse se preparando para alguma coisa.

— Ricky? — disse a mãe de Owen, da sala. — Ricky?

O pai suspirou de novo e então foi até a porta.

— Oi, amor.

E então o som, enquanto o pai abria a porta, de música, mas não da TV, uma música estranha e onírica, um homem americano cantando algo sobre um jogo perverso. E a mãe dizendo:

— Olá, querido, venha ao meu *boudoir*.

E Owen descendo a escada na ponta dos pés e espiando por baixo do corrimão, vendo a mãe de pé em uma sala cheia de velas e usando itens estranhos: roupas íntimas com buracos, algo ao redor do pescoço, saltos de dez centímetros, lábios pintados de vermelho e o pai de Owen entrando, a mãe agarrando a gravata dele, puxando-o para perto e dizendo:

— Quero que você me foda como se eu fosse uma puta.

E então a porta se fechando e barulhos — grunhidos, batidas, gemidos abafados —, que depois pararam, de repente, e então a mãe chorando e o pai saindo da sala, fechando o zíper da calça, com o rosto vermelho enquanto dizia:

— Se você agir como uma puta, eu vou te tratar como uma puta.

A mãe gritando:

— Ricky. Por favor. Por favor. Eu quero você. Eu preciso de você. Por favor. Eu faço qualquer coisa!

O rímel dela escorrendo pelas bochechas. Um seio para fora do sutiã. Babando. Toda contraída.

— Ricky. Por favor.

O pai pegando o casaco no corredor. Pegando as chaves, indo embora.

O homem cantando sobre o jogo perverso.

A porta da frente fechando.

Duas semanas depois, o pai de Owen foi embora de vez. A casa foi vendida. O apartamento foi comprado. A mãe dele morreu. O pai dele o odiava. A esposa do pai o odiava. A tia o odiava. As garotas o odiavam. Ele perdeu o emprego. Foi preso por matar uma garota. Passou a gostar da comida da delegacia.

Seria tão simples assim?, Owen se pergunta. A visão da mãe "se prostituindo" para o pai? A rejeição da mãe pelo pai? Era isso que estava por trás de tudo o que dera errado desde então? O medo que ele sentia das mulheres? De rejeição? E, se fosse simples assim, então com certeza poderia ser apagado, certo? Excluído da vida dele? E então seria um recomeço. Mas como? Como ele poderia se livrar daquele momento? Ele percebe que só tem um jeito de apagar aquilo — indo até o cerne da questão. Até o pai.

Owen vai até a porta da cela e bate nela.

Willy abre a janelinha.

— Sim?

— Preciso fazer uma ligação. Por favor. É muito urgente.

Willy pisca devagar.

— Vou ver.

— Por favor. Não fiz uma ligação ainda. Tenho direito a uma ligação. E ainda não fiz.

Willy fecha a janelinha e diz:

— Vou ver. Espere.

Logo depois, ele volta.

— Pegue suas coisas.

— Que coisas? — pergunta Owen.

— Suas roupas e seus itens de higiene. Parece que vão te deixar sair.

— O quê? Eu não…?

— Também não sei, só estou repassando a mensagem. Por favor, arrume suas coisas. Agora. É hora de ir embora.

— Não estou entendendo. O que aconteceu? Eles a encontraram?

— Agora.

Owen arruma as coisas. Ele olha para as sombras douradas na parede da cela, a marca no colchão, o cobertor bem dobrado. Olha para o quadrado de céu azul através da janela da cela. Pensa nas horas que gastou naquele cômodo que tanto se parece com o único lugar que ele já conheceu. E agora, por algum motivo, ele pode sair dali.

Mas Owen tem certeza de uma coisa: ele não vai voltar para a outra vida. Não vai voltar para o apartamento de Tessie, com as portas trancadas. Não vai voltar a ser o tipo de pessoa que os outros acham ser capaz de estupro e assassinato. Não vai voltar para os fóruns *incel*, a sair para beber com homens que odeiam mulheres.

Willy abre a porta e Owen o segue pelos corredores, por salas de pessoas que lhe devolvem coisas e lhe pedem para assinar documentos. E então ele sai. Está numa calçada de Kentish Town. O sol está forte, quente, um prenúncio da primavera, um prenúncio de recomeços.

Owen procura o cartão do banco e o dinheiro na carteira, estica o braço e chama um táxi.

54

Cate está na delegacia de Kentish Town com Josh. Ela não contou a Roan que estão ali. Não contou a Georgia. Ela ligou para a escola de Josh de manhã e disse que ele tinha uma consulta médica de emergência.

Ela coloca a bolsa no colo e pigarreia, nervosa, observando as portas vaivém abrirem e fecharem a cada poucos segundos, policiais de uniforme e à paisana passando com pastas, bolsas, cafés, celulares.

— Está tudo bem? — pergunta para Josh.

Ele faz que sim, nervoso. Parece que cada fibra de seu ser está resistindo à vontade de se levantar e correr.

Por fim, quinze minutos depois de chegarem, a detetive Currie aparece.

— Olá, Sra. Fours — cumprimenta ela, com delicadeza. — Obrigada por vir. E você é o Josh?

Josh assente e aperta a mão dela.

— Venham comigo, por aqui, por favor. Acho que consegui uma sala de interrogatório para nós, cruzem os dedos. Por algum motivo, isso aqui está cheio hoje.

Eles a seguem pelo corredor até uma porta. Ela bate e alguém atende.

— Este é o meu parceiro, detetive Jack Henry. Estamos trabalhando juntos no caso de Saffyre Maddox. Por favor, sentem-se. Aceitam um café? Chá?

Alguém vai buscar água para eles, e então Currie sorri para ambos, um de cada vez.

— Então, Josh — começa ela. — Sua mãe disse que você talvez tenha informações sobre o paradeiro de Saffyre Maddox.

Cate olha para Josh. Ele balança a cabeça e então assente.

— Não sei onde ela está — diz ele. — Só sei o que aconteceu. Só isso.

— O que aconteceu?

— É. Na noite do Dia dos Namorados. E sei que não teve nada a ver com o cara do outro lado da rua. Sei disso. Mas não sei onde ela está. Não sei onde a Saffyre está.

Cate vê os detetives se entreolhando. Currie sorri gentilmente para Josh.

— Então você estava lá? Na noite do Dia dos Namorados?

Cate prende a respiração porque Josh já contou isso a ela, ela sabe o que virá e será pior ainda ouvir pela segunda vez, pensa.

Josh fora até a mãe de manhã, no quarto dela. Empoleirou-se na beira da cama e disse:

— Preciso te contar uma coisa. Uma coisa muito ruim.

Cate largou a toalha de rosto que tinha acabado de torcer e se sentou com ele na cama.

— Pode me contar.

Então, ele contou.

E seu mundo caiu.

A detetive Currie continua:

— E o que você viu acontecer?

Josh ergue o olhar para ela.

— Eu não só vi — responde. — Eu fui parte. Eu e Saffyre. Nós estávamos tentando evitar que uma coisa acontecesse. E deu tudo errado. E aí ela correu. Ela fugiu. Não sei para onde ela foi. E ela não responde as minhas mensagens e estou com medo de que algo ruim tenha acontecido com ela. Estou com muito medo.

Currie inspira fundo. Abre aquele sorriso um tanto mecânico.

— Ok, Josh, acho que estamos acelerando as coisas aqui — diz. — Acho que é melhor começar bem do começo. De quando você conheceu a Saffyre. Como você a conheceu. Esse tipo de coisa.

Josh olha de relance para a mãe e coloca com cuidado as mãos na mesa.

— Ela estava dormindo no canteiro de obras. Do outro lado da rua. Eu costumava ir lá, às vezes. Para ter privacidade. Para ter espaço. Sabe? E tinha uma raposa.

— Uma raposa?

— É. Uma raposa meio domesticada. Eu gostava de me sentar com ela. E uma noite fui lá para ver a raposa e ela estava lá. A Saffyre. E ela me disse que tinha sido paciente do meu pai.

— Ela te disse por que estava lá?

Josh olha para Cate. Ela aperta a mão dele de forma encorajadora.

— Ela estava lá porque vinha observando o meu pai. Observando a minha família. Não sei por quê. E acho que ela tinha problemas. Tipo, claustrofobia ou algo do tipo. Ela não conseguia dormir na própria cama. Então dormia lá fora, à luz das estrelas.

— E qual você acha que era o motivo da fascinação dela pelo seu pai?

Cate torna a apertar a mão dele.

— Acho que, no começo, era porque ela se sentia abandonada por ele? Ela foi paciente dele por, tipo, uns três anos. Desde que era criança. E ela sentia que ele a tinha liberado antes de consertá-la. Ela não estava pronta para isso. Então ela meio que o seguia e o observava. Queria fazer parte da vida dele ainda. E, enquanto o observava, descobriu que ele estava... — Josh engole em seco. — Ele estava tendo um caso.

Cate sente o sorriso encorajador congelar no próprio rosto.

Ela se lembra do forte golpe no peito quando Josh lhe contou de manhã. Seguido rapidamente pela sensação nauseante de esgotamento da inevitabilidade da situação. Claro que Roan estava tendo um caso. Roan provavelmente sempre teve um caso. Por todas as três décadas da vida deles juntos. Uma sucessão contínua de casos intercalados de Marie até Alicia. *Claro*, ela pensou. *Claro*.

— E, aí — continua Josh —, acho que ela começou a ter uma fixação por ele, pelo que ele fazia e por nós, a família dele. Acho que era quase como se ela estivesse cuidando da gente. Mas, naquela noite, na primeira noite em que nos encontramos, nós conversamos. Foi muito esquisito. Nós meio que nos abrimos um para o outro. Falamos por horas. Ela tinha todos esses problemas, sobre algo que aconteceu com ela quando era criança. E ela tinha essa ideia de como se curar. E eu falei que ia ajudá-la. E foi aí que tudo começou a meio que... dar errado...

— Dar errado?

— Sim. Meio que muito errado.

55

A casa do pai de Owen se parece com a casa onde moravam em Winchmore Hill: da época do pós-guerra, com janelinhas com vitrais, um jardim, uma varanda, outro vitral em cima da porta da frente. Owen nunca esteve lá. Só escreveu o endereço em cartões de aniversário e Natal. Ele paga ao taxista e sobe pela entrada. O pai costumava ser servidor público, porém está aposentado agora.

O toque eletrônico da campainha soa quando Owen a pressiona. Ele pigarreia e espera. Uma sombra aparece atrás do vidro com relevo da porta. Owen inspira fundo, esperando que seja o pai e não a esposa dele. A porta se abre e, sim, é o pai. O filho vê o rosto dele se partir em uma centena de pedaços, vê passar da surpresa para o medo, para o horror.

— Meu Deus, Owen, o que você está fazendo aqui?

O pai parece mais velho do que ele se lembra. Só se aposentou no ano passado, mas parece que envelheceu cinco anos desde então. O cabelo um dia foi uma massa de diferentes tons de castanho, grisalho e branco, mas agora está quase todo branco.

— Eles me soltaram — responde.

— A polícia?

— Sim. Agora. Eles me soltaram.

— Então... o quê? Não foi você então?

— Não, pai. Não. Meu Deus. É lógico que não fui eu. — Owen espia sobre o ombro do pai. — Posso entrar?

O outro suspira.

— Realmente não é um bom momento, Owen, para ser sincero.

— Pai, vamos falar a verdade, nunca é um bom momento para você. Nunca, nunca é. Mas vou te contar, passei quase uma semana em uma cela na delegacia sendo interrogado por um crime que não tem nada a ver comigo. Tive o meu rosto estampado na primeira página de todos os jornais e fui difamado por pessoas que nem sequer me conhecem. E agora fui liberado, disseram que sou um homem livre, que não fiz nada de errado e me deixaram sair para o mundo e seguir a minha vida. Então talvez, só talvez, agora seja um bom momento para *mim*.

O pai abaixa a cabeça um pouco. Quando torna a erguê-la, os olhos estão marejados.

— Então entre — diz. — Mas não tenho muito tempo. Sinto muito mesmo.

A casa está quente. Cada parede é pintada de uma cor. Há placas neon nelas: "GIN POR AQUI", "AMOR", "NOSSO LAR". Um arco-íris. Um unicórnio apoiado nas patas traseiras, mudando de cor.

— Gina adora uma cor — comenta o pai, conduzindo-o até a sala. Tem uma pequena janela arqueada, persianas, sofás de veludo cor-de-rosa com almofadas bordadas com animais selvagens e mais palavras e frases fofas. — Sente-se. Por favor.

Ele não oferece nada para beber. Porém, Owen não liga.

— Pai — diz ele. — Pensei muito enquanto estive preso. Sobre como cheguei a este ponto. Por que sou do jeito que sou. Sabe?

O pai dá de ombros. Está usando um suéter cinza e calça azul-marinho e, com o cabelo grisalho, ele parece uma falha na explosão implacável de cor da sala.

— Você sabe do que eu estou falando, pai. Você sabe que nunca fui muito normal. Desde muito pequeno. Mas não sou mais uma criança. Sou um homem. Tenho trinta e três anos. Quase trinta e quatro. A pior coisa que pode acontecer a um homem inocente aconteceu comigo, por causa do meu jeito de ser. E você me abandonou. Você me deixou sair do seu apartamento naquela noite, aos dezoito anos, tendo acabado de enterrar a minha mãe, simplesmente me deixou ir embora. E por que isso?

O pai se remexe um pouco no veludo rosa.

— Pareceu que era melhor assim — responde. — Sabe? Aquele apartamento era pequeno demais para todos nós. Tínhamos um filho pequeno. Você não era feliz lá...

— Eu não era feliz porque você me fez sentir que eu não era bem-vindo. Nem um pouco.

— Bem, pode haver um fundo de verdade nisso. Mas não era pessoal. Era a situação em que estávamos. E quando a Tessie disse que ficaria com você...

— Mas você sabe como a Tessie é, pai. Você sabe que ela nunca gostou de mim. Ela não me deixa entrar na sala dela. Você sabia disso? Não tenho permissão para entrar na sala. E sou sobrinho dela. Por quê? Por que você não me quis?

— Eu te disse, Owen. Não foi nada pessoal.

— Sim, pai. Foi sim. Foi tudo pessoal. Tudo. Tudo o que aconteceu comigo foi pessoal. Porque as pessoas não gostam de mim.

— Que bobagem, Owen. Eu gosto de você. Eu gosto muito de você.

— Pai. Me conte o que aconteceu entre você e a mamãe. Por que vocês se separaram? Foi por minha causa?

— O quê? Não! Meu Deus, não. Não teve nada a ver com você. Nós só éramos… éramos incompatíveis. Só isso. Ela não era… suficiente. Em alguns aspectos. E era excessiva em outros. Ela queria outro filho. Mas não aconteceu. Ela se fechou muito. Muito mesmo.

— Sabe — começa Owen, devagar —, vi uma coisa uma vez. Eu tinha uns onze anos. Vi a mamãe, na sala, usando uma lingerie sexy. Havia velas. Ela te puxou para perto. E então…

O pai dele suspira.

— Sim — diz ele. — Eu disse a ela. Disse que você poderia entrar. Disse que era idiotice.

— Você chamou ela de puta. E depois vocês se separaram. Ela era uma puta? Minha mãe? Foi por isso que você abandonou a gente?

Ele sabe a resposta, óbvio que sabe, mas precisa ouvir o pai dizer.

— Sua mãe? Meu Deus, não, claro que não!

— Então por que você a chamou de puta?

— Ah, Owen. Meu Deus. Eu nem me lembro de dizer isso.

— Você disse: "Se você agir como uma puta, eu vou te tratar como uma puta."

Owen sente um músculo tremer na bochecha enquanto espera a resposta.

— Eu falei isso?

— Sim. Falou.

— Bem. Foi uma época ruim para nós. Sabe? Estávamos nos afastando. Ela sabia que eu tinha conhecido alguém. Ela estava… imagino que estivesse desesperada. Tentando qualquer coisa para que eu ficasse. E existe algo horrível em uma mulher desesperada, Owen. Horrível mesmo.

Os dois ficam em silêncio por um momento. Então, o pai diz:

— Você sabe que eu amei a sua mãe, Owen. Eu a amava muito. E amava você.

— Eu?

— Sim. Deixar você para trás acabou comigo.

— Sério?

— É claro. Você era o meu garoto. E estava bem no ápice. Prestes a florescer. Mas eu estava sob pressão. Gina não era jovem. Ela queria ter uma família imediatamente. Ela me puxou, me puxou com muita força, para longe de vocês dois. E vejo agora que não foi fácil para você.

— Então você não foi embora porque a mamãe era uma puta. Você foi porque Gina queria você todo só para ela.

O pai assente.

— Resumindo, sim.

Owen faz uma pausa para absorver isso.

— E você me deixou ir embora quando eu tinha dezoito anos porque Gina queria a família só para ela?

— De novo, havia outros fatores. Mas, sim. Havia alguma... pressão.

Há outro momento de silêncio.

— Pai. O que você pensa das mulheres? — pergunta Owen, por fim. — Gosta delas?

— Se gosto delas?

— Sim.

— É lógico que gosto delas! Caramba. Sim. Mulheres são incríveis. E fui abençoado por duas me deixarem dividir a vida com elas. Quer dizer, olhe para mim... — Ele gesticula para si.

— Não sou exatamente um partidão, né? Estive acima do peso a vida toda. E eu jamais pensaria de outra forma a respeito delas.

Há um som na porta e Owen se vira. Lá está Gina. Vestindo uma blusa preta de cetim com estampa de flores escuras e jeans azul bem justo. O cabelo dela é pintado de um castanho brilhante e está preso em um rabo de cavalo. Ela tem quase sessenta anos, mas ainda parece jovem.

— Ah — diz ela. — Pensei ter ouvido vozes. Ricky — ela olha para o pai de Owen —, o que está acontecendo?

— Eles o soltaram, Gina. Hoje de manhã. Retiraram as acusações. Ele é um homem livre.

— Ah. — Ela nitidamente não sabe o que dizer. — Isso é bom, então?

— Claro que é bom! É maravilhoso!

— E o resto? — pergunta, ainda parada no corredor. — As meninas da escola? O "Boa noite, Cinderela"…?

— Gina…

— Não, Ricky. É importante. Desculpe, Owen, mas é. Olha. Eu não te conheço muito bem, e sinto muito por isso. Eu tive… nós tivemos… muitas preocupações ao longo dos anos com o Jackson, como você sabe. Só que onde há fumaça, há fogo, Owen. E, mesmo que você tenha sido inocentado pelo desaparecimento daquela garota, ainda há muita fumaça ao seu redor. Muita.

Owen sente uma pontada familiar de raiva no peito. No entanto, ele a reprime, inspira fundo. Ele se vira para falar com Gina da maneira certa, de uma forma que raramente fala com uma mulher, com um olhar sincero e o coração aberto.

— Você tem razão, Gina. Entendo totalmente o que está dizendo. Estive longe de ser a melhor versão de mim mesmo todos esses anos e tenho minha parcela de culpa por tudo o que aconteceu comigo. Mas isso, essa coisa pela qual passei, me mudou. Não quero mais ser essa pessoa. Vou trabalhar isso em mim.

Ele vê uma brecha na defesa de Gina. Um inclinar breve do queixo dela.

— Bem, isso é bom — diz ela. — E você provavelmente poderia começar se desculpando com aquelas garotas. Aquelas que você deixou desconfortáveis na festa da escola.

— Sim — concorda ele. — Sim. Vou resolver tudo. Tudo. Eu juro.

Gina assente.

— Bom garoto — diz, então fica séria por um momento. — Mas, se não foi você quem sequestrou aquela garota, então quem foi?

Owen pisca. Ele não perguntou. Estava tão chocado com a sequência inesperada de acontecimentos que simplesmente foi embora sem questionar isso.

56

— Meu pai recebeu um cartão de Dia dos Namorados — explica Josh para a detetive Currie. — Minha irmã abriu, e minha mãe pegou dela, disse que era particular e que ela não deveria mexer. E então as duas tiveram uma discussãozinha, e minha irmã disse à minha mãe que ela deveria saber quem estava enviando cartões de Dia dos Namorados para o meu pai. E aí, minha mãe o escondeu na gaveta. Eu tirei de lá enquanto ela não estava olhando e li. Era dela. Da amante. Alicia.

— E o que dizia? — pergunta o detetive Henry.

— Ah, um monte de coisas desesperadas. Tipo, que ela precisava dele e que não podia viver sem ele.

— Então parecia que ele ia deixar sua mãe por ela?

Josh dá de ombros.

— É, acho. E eu só… estava tão bravo com o meu pai quando vi o cartão, pelo que ele estava fazendo, com aquela mulher de alguma forma ter conseguido entrar na minha casa. E acabei confrontando ele.

— Quando foi isso?

— Naquela noite. Do Dia dos Namorados. Ele saiu para correr e eu corri atrás dele e o parei na esquina. Estava com o cartão na mão. E disse: "Pai, que porra é essa que está fazendo? Você vai matar a minha mãe se fizer isso. Você vai matar ela!" Mas aí meu pai disse que tinha levado a Alicia para almoçar naquele dia, para dizer a ela que não ia se separar da minha mãe. Que o caso deles estava acabado. E eu e ele nos abraçamos, e eu chorei, e ele disse que sentia muito, que sentia muito mesmo. Eu falei: "O que vamos fazer com esse cartão? Não podemos nos livrar dele porque a mamãe sabe que está na casa. Se desaparecer, ela vai saber que tem alguma coisa suspeita acontecendo. Ela vai saber." Ele disse: "Deixa comigo. Vou dar um jeito. Deixa comigo." E então, ele e minha mãe saíram para jantar e eu e Georgia ficamos em casa. E mais ou menos às onze da noite a campainha tocou, e eu pensei que fossem meus pais, que tivessem esquecido as chaves, mas não, era ela. Alicia. E ela estava muito bêbada. Chorando, dizendo: "Me deixa entrar, me deixa entrar. Quero ver ele. Me deixa entrar!" E eu disse: "Ele não está aqui. Ele saiu com a minha mãe." Mandei ela dar o fora, deixar a gente em paz.

— E onde estava a sua irmã enquanto tudo isso acontecia?

— Ela estava no quarto, na outra ponta do corredor, e estava vendo um filme de AirPods, então não ouviu nada.

A detetive Currie anota isso e assente para que Josh continue.

— Então mandei mensagem para a Saffyre, para contar o que tinha acontecido. Ela disse que ia até lá.

— Por que ela disse isso?

Ele dá de ombros.

— Como eu falei, nós meio que tomávamos conta um do outro. Éramos amigos. Eu estava ajudando ela. Ela estava me ajudando. — Josh pega brevemente o copo d'água, depois volta a colocá-lo na mesa. — Ela chegou na nossa rua umas onze e quinze. Me mandou mensagem dizendo que estava lá fora e que a barra estava limpa, nem sinal da Alicia. Ela disse que ia ficar de olho. Então ouvi meus pais voltarem quinze minutos depois e pensei que era isso. Tinha acabado. Só que, alguns minutos depois, ouvi vozes do lado de fora do meu quarto e vi meu pai no jardim, e depois o vi puxando alguém para a calçada. Era ela. Alicia. Eu não sabia onde a Saffyre estava. Achei que talvez ela tivesse ido para casa. Alguns segundos depois, vi a Alicia passar correndo pela nossa casa, parecia estar chorando. E aí, do nada, vi a Saffyre correndo atrás dela. E foi a última vez que a vi. Correndo atrás da Alicia.

Josh pigarreia e toma um gole de água.

— E para onde Saffyre e Alicia foram? Você sabe? — pergunta Currie.

Josh balança a cabeça.

— Não faço ideia. Mas a Saffyre me mandou mensagem depois, mais ou menos uma da manhã. Disse que não podia me contar onde estava, mas que tinha feito uma coisa muito, muito ruim e precisava se esconder por um tempo porque estava com medo. Ela me pediu para não contar a ninguém, nem mesmo à polícia, nem mesmo ao tio dela. Saffyre desligou o celular depois disso. Eu não consegui entrar em contato com ela. Mas…

— Josh retorce as mãos, e Cate as acaricia. — A Saffyre estava caçando uma pessoa. Ela estava caçando um cara que fez algo com ela quando ela era criança. Ela descobriu onde ele morava, estava seguindo o cara e tinha certeza… nós dois tínhamos certeza de que ele tinha alguma coisa a ver com as agressões sexuais aqui na área. Sabe, o cara que tem agarrado mulheres?

Currie olha para Josh, surpresa.

— Ah — diz. — Ok. E você faz ideia de quem pode ser?

— Ela me pediu para não contar a ninguém. Ela me pediu para não contar. Mas agora estou muito preocupado que ele tenha feito alguma coisa com ela. Porque ela já deveria ter voltado. Se estivesse segura, teria voltado, não é?

— Quem, Joshua? Quem você e Saffyre acham que está atacando mulheres? — pergunta a detetive Currie gentilmente.

Josh suspira e há um momento de silêncio enquanto ele formula a resposta.

Cate o encara.

— É um cara chamado Harrison John — responde ele, enfim. — Ele mora na Alfred Road, no final, pro lado de Chalk Farm. Tem uns dezoito anos. Ele machucou a Saffyre quando ela era criança e agora ela acha que ele está machucando outras mulheres.

Os detetives se entreolham. Henry sai da sala e Currie se volta para Josh.

— Obrigada, Josh. Muito obrigada. O detetive Henry vai investigar isso agora mesmo.

— Mas tem mais uma coisa. Só... — Josh cobre o rosto com as mãos — ... mais uma coisa. — Ele olha para a detetive. — Eu também o segui.

Ele olha para Cate, que arregala os olhos. Ele não contou isso mais cedo.

— Foi o que Saffyre me disse quando me mandou mensagem à uma da manhã naquele dia. Disse que não podia voltar até que a polícia prendesse ele, prendesse o Harrison John. Disse que estava com medo de que ele a matasse. Ela me pediu para continuar observando o cara até eu o pegar no flagra, até ter provas de que era ele o responsável pelos ataques. Então tenho saído à noite para segui-lo. Esperando que ele faça alguma coisa. Qualquer coisa.

Cate engole em seco. Está tomada por um misto de emoções: orgulho, medo, horror, amor. Sente como se fosse se afogar nelas.

— Então, há alguns dias, eu o ouvi no celular dizendo que ia encontrar uma garota no domingo à tarde, que a levaria ao O2 Centre para ver um filme. Então fui junto e vi o filme com eles e o observei e ele estava muito em cima da garota, dava para ver que ela estava achando isso muito irritante. Ela ficava empurrando ele. Então os dois foram embora e eu o vi puxando a garota pela rua, em direção aos fundos do cinema, e estava tentando fazer parecer que era uma brincadeira, mas vi que ela não estava gostando, então fiquei por perto. Muito, muito perto. Perto demais. Porque ele me viu e me apertou contra a parede assim. — Josh coloca a mão ao redor do pescoço. — Ele disse que não sabia quem eu era ou o que eu queria, mas que, se me visse por perto de novo, ia acabar comigo. Ele disse: "Eu vi a sua cara, viado, eu vi a sua cara. Da próxima vez que eu te vir, você morre."

Josh hesita. Umedece os lábios e se vira para Cate.

— Foi aí que eu me mijei.

Os olhos de Cate se enchem de lágrimas. A ideia de seu lindo garoto sendo pressionado contra uma parede. O terrível e inevitável calor de uma bexiga sendo esvaziada de medo. Suas mãos trêmulas enfiando com força as roupas úmidas e fedorentas em uma sacola, empurrando-a no fundo de seu guarda-roupa.

— Eu disse: "O que você fez com a Saffyre?" Ele falou: "Não diga o nome dessa puta para mim. Ela é uma vadiazinha suja." Aí perguntei: "Onde ela está? Onde ela está, porra?" E ele respondeu: "Eu não sei, porra. Tendo o que ela merece, espero. Agora cai fora, seu *stalker* viado."

Os ombros de Josh afundam. Então ele olha para a detetive.

— Eu nunca vi ele fazendo nada — diz. — Tentei muito, muito. Mas vocês podem pegá-lo mesmo assim? Tirá-lo da rua, por favor? Assim a Saffyre pode voltar. Por favor!

57

SAFFYRE

Cada músculo do meu corpo ficou rígido, cada tendão, tenso, cada pelo, arrepiado. Meu coração, que já estava batendo forte, disparou. Eu podia vê-lo chegando perto de Alicia, o passo acelerando.

Ah, mas não mesmo, Harrison John, não mesmo, pensei, fervilhando de raiva.

Fiquei escondida nas sombras esperando que ele passasse e então corri atrás dele, enganchei meu braço ao redor do seu pescoço e o joguei no chão. O corpo dele fez um *crec* satisfatório ao atingir a calçada. Eu o deixei lá por um tempo com a cara no chão, para que ele não pudesse me ver.

— O que você quer? — perguntou ele.

Cheguei minha boca perto da orelha dele, perto o suficiente para sentir o cheiro de sua loção pós-barba e de um cigarro recém-fumado.

— Quer ver uma coisa mágica, Harrison John? — sibilei na orelha dele.

Tirei meu gorro e enfiei na boca dele para abafar seus gritos. E então peguei a mão dele.

A mão direita.

Eu a curvei para trás e a levei até o rosto dele.

Então, bem devagar, peguei cada um dos três dedos que ele enfiara em mim quando eu tinha dez anos e os quebrei.

Toda vez que ele gritava de dor, eu dizia:

— Só dói na primeira vez, Harrison. Só dói na primeira vez. A próxima vez vai ser *mágica.*

— *Argh!* — Ele arfou, segurando os dedos quebrados, o rosto contorcido de dor. — *Argh,* puta merda. Que porra é essa!

Aí, ele conseguiu me dominar. Ele me virou e olhou diretamente nos meus olhos. Ergueu o braço como se fosse me bater, mas depois sua visão se turvou e ele caiu em cima de mim, desmaiado.

Eu olhei para cima e lá estava o rosto de um anjo, iluminado por um poste de luz, um halo de cabelo vermelho. Alicia.

— Você está bem? — perguntou ela.

Vi um hematoma começar a se formar em uma das maçãs do rosto dela, onde Roan a estapeou.

Tirei Harrison de cima de mim e ele começou a se encolher, agarrando os dedos quebrados, gemendo.

Então olhei para Alicia.

— *Você* está bem? — perguntei.

Ela olhou para mim sem entender.

— Quem é você?

— Vamos sair daqui. Você tem Uber?

Ela fez que sim e tirou o celular da bolsa. As mãos dela tremiam.

Enquanto isso, Harrison estava tentando se levantar. Ele começou a cambalear atrás de mim, mas agarrei a mão de Alicia e corremos juntas colina abaixo.

— Vou te matar, Saffyre Maddox — o ouvi gritar. — Da próxima vez que eu te vir, você morre, porra. Tá me ouvindo? *Morre!*

*

O Uber nos levou para o apartamento de Alicia. Pensei em dizer para ela que já tinha visto seu prédio antes, que sabia que ela morava no quarto andar. Mas, depois de refletir, imaginei que a noite já tinha sido esquisita demais para nós duas sem mais aquilo.

O apartamento dela era uma graça. Sofás cor de menta com botões nas costas e pés de madeira, quadros divertidos emoldurados, um monte de plantas, um monte de livros.

Alicia fez chá e abriu alguns biscoitos. Assim que peguei a xícara, notei que minhas mãos estavam tremendo. Pousei a xícara de novo e inspirei fundo. Na minha cabeça, revivi a sensação dos ossos de Harrison John se partindo, o som estranho que eles fizeram, como o som que Angelo fazia quando comia seus petiscos. E então o imaginei cambaleando para o apartamento na Alfred Road com vista para os trilhos do trem, agarrando os dedos quebrados. Eu o vi sentado no hospital e o imaginei indo embora um tempo depois com algum tipo de plástico cobrindo a mão, talas e gaze e não sei o que mais prendendo a mão dele no lugar enquanto sarava. *Como ele vai explicar isso para as pessoas?*, pensei. E então me perguntei: *Será que ele vai à polícia?* Eu o imaginei dizendo a um policial jovem, recém-saído do treinamento, que uma garota chamada Saffyre o havia derrubado com um golpe e quebrado seus dedos na calçada, no escuro, sem motivo nenhum, mas não conseguia ver isso acontecendo.

— Agora vai me contar quem você é? — perguntou Alicia.

— Meu nome é Saffyre Maddox.

— E você era paciente do Roan?

— Aham.

Eu vi as engrenagens na cabeça de Alicia funcionando, vi seu cérebro inteligente tentando computar tudo e não conseguindo.

— E aquele cara?

— Eu o conheço. Ele me machucou. Agora eu machuquei ele.

— Ele disse que vai te matar se vir você de novo.

— É — falei.

E aquele era o problema. O motivo de minhas mãos estarem tremendo. Ao fazer meu agressor sofrer, eu enfim expurgara aquele acontecimento da minha infância que tinha me destruído, mas, com isso, havia gerado ainda mais dor, mais medo, mais mágoa.

— Você tem onde ficar?

Encarei meus dedos.

— Moro com meu tio.

— Você está segura lá?

— Não exatamente. É bem perto de onde aquele cara mora. Meu colégio fica na esquina do apartamento dele.

— Você pode ficar aqui hoje, se quiser.

Olhei para Alicia. Os olhos dela ainda estavam vermelhos por causa do choro, e o machucado na bochecha onde Roan a estapeara estava inchando. *Ela precisa de mim tanto quanto eu preciso dela agora*, pensei. Então assenti e falei:

— Obrigada. Agradeço muito.

Acabei ficando com Alicia por quinze dias.

E por quinze dias resisti à vontade de ligar para Aaron. Não consigo explicar como pude fazer aquilo com ele. Com alguém que me amava e se importava tanto comigo. Eu sabia que ele estava sofrendo, mas, a cada dia que passava, eu pensava: *Hoje não, ele vai ficar bem por mais algumas horas, vou para casa logo.* Todo dia eu achava que seria o meu último me escondendo. Todo dia parecia o dia em que Josh encontraria Harrison, que ele seria preso pela polícia e que eu estaria segura.

O tempo não tinha muita forma durante aqueles dias. Sem a rotina de ser aquela versão de mim que passava delineador e ia para o colégio todo dia, eu só fiquei meio que em um modo de hibernação. Meus instintos não funcionavam direito: Alicia tinha que me lembrar de comer, eu acordava às três da manhã achando que era dia e que eu estava cega.

Alicia ligou para o trabalho e disse que estava doente nos primeiros dias, fez o melhor que pôde para me manter sã e em segurança. Em fluxos de consciência estranhos e desconexos, acabei contando tudo a ela, tudo que eu nunca disse a Roan sobre as verdadeiras razões pelas quais eu estava me machucando.

Alicia era doze anos mais velha do que eu, mas, durante os dias que passamos juntas, ela pareceu mais uma amiga do que uma terapeuta. O tipo de amiga, pensei, que consegui manter afastada por quase toda a minha vida. Então Alicia voltou para o trabalho e eu passei a ficar sozinha no apartamento dela o dia inteiro. Eu mal conseguia lembrar meu nome às vezes. Fragmentos da minha existência passavam pela minha mente como uma apresentação de slides psicodélica, às vezes, eu via a raposa no canto da sala. Outras vezes, ouvia a voz de Josh vindo da TV, o miado de um gatinho minúsculo do outro lado da porta da frente, a risada louca de Jasmin vindo do apartamento de cima. E toda vez que eu fechava meus olhos, lá estava Harrison John, pairando sobre mim com uma garra no lugar da mão, ameaçando me matar.

Foi necessário o choque de ver o rosto de Owen Pick na primeira página do jornal que Alicia trouxe do trabalho para me acordar do meu transe estranho. Pensei: *Ah, não, ah, não, isso não pode estar acontecendo. Clive, não. Não aquele pobrezinho com a cama de solteiro ruim e a proprietária horrível.* Eu me senti doente de culpa.

Naquele dia, eu quase fui, quase entrei na delegacia de Kentish Town para contar a verdade a eles e tirar o coitado de lá. Mas algo me impediu. A mesma coisa que me impedia de entrar em contato com Aaron. Uma sensação de que eu precisava deixar o jogo se desenrolar sozinho, que havia um final diferente que era o certo de alguma forma, eu só não conseguia vê-lo.

E então nos dias seguintes li sobre Owen Pick ser um *incel*, sobre como encontraram Rohypnol na gaveta dele, como ele estava planejando estuprar mulheres por vingança porque ninguém queria fazer sexo com ele, e pensei que talvez fosse uma coisa boa. Pensei em todas as mulheres que Owen não conseguiria estuprar agora e pensei que talvez fosse bom eu ter desaparecido, porque significava que um homem ruim ficaria fora das ruas.

Alicia apontou para a foto.

— Ele parece bem o tipo, não parece? Quando a gente para e pensa.

Assenti.

— Parece mesmo.

E tentei não pensar nele naquela noite, todo tonto de vinho, me ajudando a subir no telhado, os ombros firmes através do casaco, a forma como ele afastava a franja dos olhos para ver o que estava fazendo, a inocência dele, a sinceridade.

E tentei não pensar muito naquela vez em que nos cruzamos na rua semanas antes, quando ele estava bêbado, e como tivemos aquele diálogo agradável e eu disse que meu nome era Jane, e ele respondeu: "Boa noite, Jane." Um docinho. Tentei muito não pensar em nada daquilo.

*

Na terça, eu acordei de um pesadelo, suando. Os detalhes se dissiparam assim que saí do estado de sono, mas os principais elementos permaneceram: no sonho, Aaron tinha morrido, assim como o meu gatinho.

Eu sabia, sem dúvida, que era um grito do meu eu mais profundo me dizendo para acabar com aquilo, para acabar com aquilo agora. Entrei no quarto de Alicia. Eram quase sete da manhã, e imaginei que o alarme dela estaria prestes a tocar, então me sentei na beira da cama e balancei os pés dela. Ela acordou assustada.

— Você pode ligar para a polícia hoje? — perguntei. — Pode contar a eles que você estava lá? Que me viu? Que Owen Pick não me machucou? Pode contar a eles que me viu fugir? Você não precisa dizer a eles que sabe onde estou. Não quero que você se meta em confusão. Só diga a eles o que você viu. Diga que Owen Pick não me matou. Por favor.

No dia seguinte, Alicia trouxe um exemplar do *Evening Standard*. A manchete dizia: "SUSPEITO DO CASO SAFFYRE LIBERTADO".

Eu o peguei da mesa e li muito rápido.

A polícia de Londres libertou hoje o principal suspeito em sua caça ao sequestrador da estudante de 17 anos Saffyre Maddox. O ex-professor Owen Pick, 33, foi mandado para casa sem acusações depois que novas evidências foram trazidas à tona por uma nova testemunha que afirma ter provas de que Saffyre está segura e bem escondida. As razões de seu desaparecimento não foram reveladas. Como resultado dessas novas evidências, a polícia prendeu hoje um homem de 18 anos, Harrison John, de Chalk Farm, sob suspeita de várias agressões sexuais na região. John, que já respondeu por atos infracionais que incluem assaltos e pequenos furtos, está atualmente detido para interrogatório.

Olhei para Alicia.

— Você contou a eles sobre Harrison John? — perguntei.

Ela balançou a cabeça.

— Não.

Joguei minha cabeça para trás e arfei.

— Josh!

E então ri.

Naquela manhã, Alicia me ligou do trabalho.

— Indiciaram o Harrison John — disse ela. — Está em todos os jornais. Uma jovem apareceu e contou que ele a atacou e ameaçou matar ela e a mãe se ela dissesse algo para a polícia. Acabou, Saffyre. — Eu consegui ouvir o sorriso dela, tão real e tão bom que achei que pudesse me afogar. — Acabou. Você pode ir para casa.

58

Aaron está sentado no carro, em frente ao prédio de Alicia. Eu não o vejo logo de cara quando empurro as portas, protegendo meus olhos da luz do sol. Mas ele me vê e abre a porta do carro. Ele anda rápido para me encontrar no meio do caminho e quase me derruba enquanto se joga sobre mim, prende os braços ao redor dos meus ombros, enterra o rosto no meu cabelo.

Eu o abraço e o seguro com muita, muita, mas muita força mesmo, mais força do que já segurei qualquer coisa antes, e sinto o amor dele por mim, sinto que ele me ama, sei que sou amada.

Ele está chorando, e percebo que também estou.

— Desculpa — digo, sentindo minhas lágrimas molhando o casaco dele. — Por tudo. Pela preocupação. Pelas mentiras. Por te magoar. Desculpa de verdade.

— Está tudo bem — responde ele. — Está tudo bem.

— Eu não queria… — começo, sem ideia do que quero dizer.

— Não importa — diz Aaron. — Não importa. Acabou agora. Acabou.

Nos separamos e meu tio olha para mim, no fundo dos meus olhos.

— Eu sabia, sabia o tempo todo que você estava segura. Eu senti. — Ele toca o peito com a mão fechada. — Senti aqui.

Uma conexão. Com você. Com a sua alma. Somos família. Não importa o que aconteça. Para sempre. Ok?

Seco as lágrimas do rosto com a ponta das mangas do casaco, olho para o meu tio, esse homem tão bom, e sorrio.

— Quero ver meu gatinho.

— Cara, ele cresceu muito desde que você esteve fora. Ele é, tipo, quase um gato adulto agora.

— Ele sentiu minha falta?

— Claro que sentiu! Nós dois sentimos!

Entramos no carro caído dele, e eu coloco meu cinto de segurança.

— Posso explicar, Aaron? Posso explicar o que aconteceu?

— No seu tempo — diz ele. — Temos muito tempo. Todo o tempo do mundo. Mas, primeiro, me deixa te levar para casa. Tá bom?

— Tá — respondo. — Tá bom.

Agora

59

Owen deixa a unidade em Hammersmith na qual passou todos os dias das duas últimas semanas. É final de março. Está sol. É o aniversário dele de trinta e quatro anos. Owen se vira para se despedir de uma mulher atrás dele. O nome dela é Liz. Eles estavam no mesmo curso, o de Treinamento e Reabilitação em Conduta Sexual para Funcionários e Gerentes. Liz é gerente de RH das bibliotecas de Ealing. Ela trabalhou em um caso de assédio sexual no início do ano denunciado por duas funcionárias e fez tudo errado. Os dois sabem muito um sobre o outro depois de duas semanas de simulações, debates, vídeos e depoimentos. E, claro, todo mundo já sabia quem Owen era no minuto em que ele entrou pela porta no primeiro dia. Uma onda de energia percorreu a sala. Um arfar quase audível. Era ele, o homem que foi preso por matar aquela garota. O *incel.* O pervertido. O esquisitão. Ele percebera todas as mulheres na sala se encolherem um pouco.

Não importava que ele tivesse sido solto. Não importava que a garota tivesse sido encontrada e estivesse de volta com a família. O rosto sorridente dela na capa dos jornais não tinha apagado a careta de Owen, por algum motivo. Ainda havia uma potência na imagem do rosto dele, no nome dele. E levaria semanas, meses, provavelmente anos para que ele superasse seu tempo como um dos homens mais odiados do país.

A polícia encontrou Bryn. Eles o levaram para ser interrogado enquanto ele saía do bar em frente ao lago com patos na cidade arborizada. Foi no mesmo dia em que liberaram Owen. O nome dele não era Bryn. Era Jonathan. Encontraram mais comprimidos no apartamento dele. Várias páginas de textos da comunidade *incel*. Pornografia violenta. Rascunhos dos posts do blog em seu computador. Pegaram as digitais dele e compararam com as do frasco de comprimidos que ele entregara a Owen. Ele está na lista da polícia agora, como uma ameaça terrorista. Isso deixou Owen feliz.

Liz sorri ao passar por ele.

— Tchau, Owen. Foi ótimo te conhecer. Te desejo tudo de bom, tudo de melhor, de verdade. Espero que você consiga deixar tudo isso para trás. Você é um bom homem e gostei mesmo de te conhecer. — Ela o beija rápido na bochecha e aperta o braço dele.

Owen a observa atravessar a rua rápido, ao encontro de alguém que está esperando por ela em um carro estacionado. Ela acena para ele da janela, e ele acena de volta.

O treinamento foi uma revelação. Não só pelo que lhe ensinou sobre como se comportar no ambiente de trabalho, mas pelo que lhe ensinou sobre como se comportar na vida. Como a mente das mulheres funciona, o que as faz se sentirem seguras, o que as faz se sentirem inseguras, o que é brincadeira, o que é assustador.

No início da semana, uma mulher foi falar com eles sobre o assédio sexual que sofreu de um ex-empregador, como ele parecia tão bom no início, porém, depois de um tempo, ela percebeu que, a cada segundo de cada encontro, o que quer que estivessem fazendo, o que quer que estivessem falando, ele a via como uma mulher, não como um ser humano. Isso realmente atingiu Owen com tudo. Ele percebeu que tinha feito isso a vida toda. Ele nunca, jamais teve uma conversa, um interlúdio, um encontro com uma mulher sem que a primeira coisa na sua cabeça fosse que ela era uma mulher. Nem uma vez, nunca.

Ele levantou a mão e perguntou como parar de fazer isso.

— Você não consegue simplesmente parar — respondeu a mulher. — Se tentar conscientemente parar de fazer isso, ainda vai estar colocando o gênero da mulher no centro da interação. A única forma de parar é reconhecer quando estiver acontecendo, para *assumir* a sua reação. Para trabalhar nela. Pense em outra coisa. Diga para si mesmo: "Aqui está um ser humano de casaco vermelho." Ou: "Este ser humano tem sotaque do norte." Ou: "Este ser humano tem um sorriso bonito." Ou: "Este ser humano está com um problema e precisa da minha ajuda." Assuma a sua reação. Trabalhe nela.

Ela sorriu de forma encorajadora e Owen colocou o conselho em ação imediatamente. Ele transformou a sensação de falar com uma mulher jovem e razoavelmente atraente na sensação de falar com um ser humano que usava sapatos marrons. Funcionou. Quebrou o encanto. Ele sorriu.

— Obrigado, muito obrigado — disse a ela.

Agora, se os diretores do curso atestarem que ele passou nos critérios de avaliação, Owen terá seu emprego na escola de volta. Ele escreveu para Monique e Maisy, explicando, sem esperar pena ou mesmo compreensão, que sofre de apagões fragmentados quando bebe até mesmo uma pequena quantidade de álcool, que sua lembrança da noite em questão é muito diferente da lembrança delas, mas que ele acredita cem por cento nelas e aceita a versão delas dos acontecimentos. Que ele está tomado de pesar e tristeza por tê-las importunado e por ter escolhido não acreditar nelas quando tiveram a coragem de dizer a verdade. Era uma missiva prolixa, mas extremamente sincera e valia a pena fazer da maneira certa, ele pensou, para que ninguém pudesse acusá-lo de fazer isso apenas para ter o emprego de volta. Ele quer poder encará-las na sala de aula na próxima semana e que haja um vínculo entre eles, não uma cisão.

Owen não mora mais com Tessie. Por enquanto, está alugando um flat em West Hampstead. Logo fará planos maiores. Mas, a curto prazo, era importante que ele se afastasse dela e da visão que ela tinha dele. Tessie tentou fingir que estava triste com a partida de Owen. Mas não estava. Owen agora tem um sofá, não uma poltrona; uma cama de casal, não de solteiro; e deixa seu apartamento tão quente quanto deseja.

Ele vai em direção à estação de metrô para pegar a linha Piccadilly até Covent Garden. Pouco antes de descer a escada rolante, pega o celular, encontra o número de Deanna e envia uma mensagem.

Entrando no metrô. Chego aí em vinte minutos.

Owen espera um segundo para ver se ela responde. E então: *Te vejo em vinte minutos, aniversariante!*

Ele bloqueia a tela do celular, sorri e segue para o metrô, para o jantar, com sua namorada, no seu aniversário.

60

Cate enfia a chave na nova fechadura brilhante da porta da frente da casa deles em Kilburn. Ela olha para trás, para os filhos. Georgia dá um empurrãozinho nela.

— Vai. Abre logo!

Cate gira a chave, empurra a porta e lá está. A casa deles. É uma linda manhã de abril, no meio do feriado de Páscoa. Os homens da mudança estão vindo da casa deles em Hampstead e, enfim, quatrocentos e cinquenta e seis dias depois de os pedreiros chegarem, a casa de Cate é dela outra vez.

O sol ilumina as paredes cinza-pastel imaculadas e deixa manchas de luz dourada nas tábuas do piso recém-lixado e encerado. Não há nenhuma partícula de poeira, marca de sujeira ou bagunça em lugar nenhum. É uma linda tela em branco, ideal para recomeços.

Georgia arfa.

— Está tão incrível! — diz, antes de correr escada acima para ver o seu quarto.

Cate vai até a cozinha e passa as mãos pela madeira pálida das superfícies, as portas do armário cinza-claro, o fogão de cerâmica reluzente. Ela mal consegue se lembrar de como era sua cozinha antes — muita coisa aconteceu desde então.

Cate enfim disse adeus a Roan. Depois que Josh foi até ela naquela manhã em fevereiro e contou sobre o caso do pai, ela pensara que talvez ainda conseguisse fazer o relacionamento dar certo, entorpecida. Já tinha feito aquilo antes, então podia fazer de novo, manter o casamento vivo de forma artificial por mais alguns anos, até que os filhos saíssem de casa. Mas, depois que o drama do desaparecimento de Saffyre foi resolvido e a vida retornou às proporções normais, Cate acordou muito cedo uma manhã, olhou para o rosto adormecido do marido, sempre tão tranquilo no sono, a pele lisa, um vago sorriso no rosto e pensou: *Tudo em você é ilusão. Você me enganou por trinta anos e eu nunca mais vou confiar em você.*

Roan chorou quando ela pediu que ele fosse embora. Chorou e disse que não podia viver sem ela. É claro que chorou. Roan era assim. Mas ela gostava da sensação de poder voltando, depois de tanto tempo sendo levada a se sentir como uma esposa desequilibrada. Ele tirou um período sabático do trabalho para superar o trauma de finalmente sentir as consequências de suas ações. Voltou para Rye, para o quarto de hóspedes da casa dos pais. Ele telefona muito e fala sobre o quanto pode mudar. Mas Cate não quer que ele mude. Ela só quer que Roan a deixe em paz para seguir com sua vida.

E como será o resto da vida de Cate? Na semana anterior, ela fez o depósito do aluguel de uma sala em uma clínica em Neasden, e, assim que Georgia terminar as provas, vai voltar a atuar como fisioterapeuta em tempo integral. Os meninos são quase autossuficientes agora. Josh amadureceu desde que se tornou amigo de Saffyre, e Cate não sente mais a necessidade inata de estar em casa com ele o tempo todo. Ela vai hipotecar a casa outra vez para pagar a parte de Roan e vai precisar de renda para quitar as prestações. Ela também precisa de uma existência além da mesa da cozinha, do estímulo da interação com pessoas que não são de sua família — ir ao mercado não pode mais ser o ápice dos seus dias.

Muitas coisas foram explicadas depois do depoimento de Josh. Tudo estava estranhamente conectado.

Acabou que Tilly tinha mesmo sido atacada perto da casa deles, e o agressor era Harrison John, o mesmo garoto que Josh e Saffyre estiveram caçando. Tilly o reconheceu no meio do ataque: ele tinha estudado na escola dela por alguns anos antes de ser expulso por mau comportamento e transferido para uma unidade especial. Todo mundo na escola sabia o nome dele, ele era famoso pelo péssimo comportamento. Harrison notou nos olhos de Tilly que ela o havia reconhecido, percebeu que também a conhecia e que era amigo de alguém que morava no mesmo andar do prédio dela. Aparentemente, quando viu que tinha sido reconhecido, Harrison agarrou o pulso dela com força e sussurrou em seu ouvido "Eu sei onde você mora, ok, lembre-se disso. *Eu sei onde você mora*", antes de falar o endereço dela e desaparecer.

E havia um adendo estranho e bastante inquietante na história de Harrison John: depois que ele foi preso pelo ataque a Tilly, veio à tona que Roan o tinha tratado na clínica por algumas semanas, quando ele tinha onze anos. Por um capricho estranhamente sinistro do destino, ocorre que Harrison John era o garotinho que havia escrito as fantasias de estupro violento, o garoto que Roan mencionara brevemente apenas algumas semanas antes. A conectividade era enervante.

Depois que Harrison foi indiciado pelo ataque a Tilly e preso, Saffyre reapareceu, como Josh dissera que aconteceria. Ela nunca explicou totalmente onde tinha estado, só contou à polícia que temera pela vida depois de ter sido ameaçada por Harrison John e que tinha ficado "com uma amiga". No dia seguinte à ida de Cate e Josh à polícia, Saffyre voltou para o seu apartamento no oitavo andar do prédio da Alfred Road, com o tio e seu gatinho. E foi a foto de uma sorridente Saffyre Maddox e seu gatinho Angelo que apareceu em todas as matérias de jornal sobre o caso. Um final feliz.

Exceto, é claro, que não era um final feliz.

Nada é perfeito. Até mesmo a nova casa não é perfeita, pensa Cate, com os olhos passando pelas linhas certinhas. Até mesmo agora, ela vê que, neste cômodo recém-reformado e pintado, há uma rachadura enorme no ponto onde os cantos se juntam. E os pedreiros saíram ontem.

Nada nunca é perfeito. E tudo bem. Cate não quer perfeição. Ela só quer o agora, isto, aqui, este momento, enquanto andam pela casa vazia, brilhante e com cheiro de tinta, com o verão a caminho, os móveis de jardim encomendados na Ikea em caixas de papelão, esperando para serem montados, o churrasco com o qual ela sonhou nos meses de inverno tão próximo agora que Cate quase pode sentir o cheiro doce da fumaça de nogueira.

61

SAFFYRE

Não existe final feliz. Todos sabemos disso.

Sabe, aqui estou eu, segura em casa com Aaron. Superei minha claustrofobia e durmo na minha cama agora, debaixo do cobertor, com meu gatinho. Quando acordo de manhã, meus lençóis ainda estão presos na cama, e não enrolados nas minhas pernas. Espera-se que eu vá muito bem nas provas finais, apesar de ter perdido duas semanas de aula. Ah, e eu meio que tenho um namorado. Alguém que está apaixonado por mim há anos. Não é exatamente uma coisa séria, mas é legal, sabe. E é bom demais eu enfim poder imaginar deixar alguém se aproximar.

Alicia trabalha em outra clínica agora e não faz ideia do que viu em Roan. Ainda somos amigas e eu vou ao apartamento dela uma vez por semana, mais ou menos, para tomar chá e conversar.

Também continuo em contato com Josh. Ele me contou que os pais se separaram, o que não me surpreendeu nem um pouco. Estou feliz pela mãe dele, ela parece o tipo de mulher cuja vida inteira foi moldada à mercê de um homem e agora está livre para descobrir que forma quer que a própria vida tome. Roan teve algum tipo de colapso mental e está de licença do trabalho, morando com os pais em algum lugar de Sussex.

E Harrison John está em prisão preventiva pelo que fez com aquela garota.

Ele também está em prisão preventiva por dois dos outros ataques naquela lista que eu fiz. As vítimas apareceram depois que viram a foto dele nos jornais e o identificaram como o agressor. As imagens do circuito de TV o mostram nas imediações dos ataques, e as impressões digitais dele combinam com a que foi encontrada na bolsa de uma das vítimas. Então consegui o que eu queria, consegui justiça. Consegui que um homem nojento fosse preso, e agora o país inteiro sabe o que ele é.

E tem ainda Owen Pick. Eu o encontrei um dia desses. Ele estava saindo de uma estação do metrô, e eu estava entrando. Conversamos um pouquinho e tive a chance de me desculpar direito por não ter ido à polícia antes para contar que ele não teve nada a ver com o meu desaparecimento.

— Eu estava muito confusa na época — falei.

— É, eu te entendo — disse ele. — Eu também estava assim.

Ele me contou que pediu o emprego de volta na escola, e eles o aceitaram. Contou que não mora mais no prédio ao lado do terreno baldio, que tem o próprio apartamento agora, pela primeira vez na vida. E me contou que tem uma namorada.

— Estamos no início — disse Owen. — Mas até agora tudo bem.

Nos abraçamos e nos despedimos e senti a última peça do quebra-cabeça se encaixar. Me afastei dele pensando: *Pronto. Acabou agora. Tudo está no lugar.*

Mas...

Algo não parece certo. Algo em relação à noite do Dia dos Namorados, quando eu estava sentada do lado de fora da casa do Roan.

Na primeira noite no apartamento da Alicia, assisti à gravação no meu celular, aquela que fiz do telhado da garagem do Owen. Assisti de novo e de novo. Dei zoom para olhar o rosto de Roan no momento em que a mão dele entrava em contato com a pele de porcelana da Alicia. A raiva nele. A fúria. Algo sombrio ali.

Sei como o mundo funciona.

Homens batem em mulheres.

Mulheres batem em homens.

Garotas quebram os dedos de garotos como forma de vingança por abuso infantil.

Mas havia algo aterrorizador e frio como pedra no olhar de Roan enquanto ele batia na Alicia, esse homem cujo trabalho era curar pessoas. Da mesma forma que Josh dissera na noite em que conversamos pela primeira vez: como um homem com um trabalho como o dele se reconcilia com o fato de causar dor diariamente às pessoas que ele ama?

Mostrei a gravação para Alicia naquela noite. Ela estava com um pacote de ervilhas pressionado contra o hematoma na bochecha. Ela se encolheu quando mostrei.

— Porra, Alicia, que tipo de homem é esse? — perguntei.

— Não quero falar sobre isso — respondeu ela.

— Como assim?

Alicia deixou o pacote de ervilhas no colo.

— É como se ele vivesse usando uma máscara. Esta noite, eu a vi cair e não gostei. Isso me fez pensar — disse ela. — Pensar em algumas coisas.

— Que tipo de coisas?

— Só coisas que ele dizia. Coisas que ele queria fazer na cama. Coisas que ele disse.

— Tipo o quê?

Alicia pressionou o pacote contra a bochecha outra vez e balançou a cabeça suavemente.

— Uma vez eu o peguei — disse ela, a voz falhando um pouco. — Eu o peguei no escritório dele. Ele estava... se tocando. Eu o provoquei, perguntei se ele estava pensando em mim. Ele riu, disse que lógico que estava. Mas eu vi, de canto de olho, Saffyre, vi uma história que um dos pacientes dele tinha escrito. Uma história de estupro.

Arregalei os olhos.

— Olha — disse Alicia. — Ele é um daqueles caras, sabe? Um daqueles caras que não te surpreenderia com nada, até você parar e pensar. Até que olhe por trás da máscara. Que ele pode ser na verdade o cara mau, não o cara bom. Que talvez ele não seja o seu salvador. — Ela parou e olhou para mim. — Talvez ele seja o predador.

Por um momento, depois que ela disse aquilo, eu meio que parei de respirar.

Voltei para visitar meu pedacinho de terra do outro lado da antiga casa de Roan certo dia, só para matar a saudade. Parece que os prédios enfim vão ser construídos. Estão fazendo a base. As vigas estão prontas para serem colocadas no lugar. Há pessoas lá o dia todo, os portões estão abertos, veículos entram e saem.

Meu refúgio se foi agora, e com ele a paz, a calmaria e a raposinha vermelha.

Sentada na minha cama agora, nesta tarde iluminada de abril, encarando meu abajur cor-de-rosa com corações, eu me sinto melhor pela menina de oito anos que o escolheu, porque ela cresceu e virou uma garota foda, que quebrou os dedos e se vingou da pessoa que a machucou. Olho para Angelo, não mais uma coisinha, e sim um gato de verdade, meu pedacinho de vida selvagem dentro de casa, e eu deveria estar feliz, mas há algo zumbindo e zumbindo na minha cabeça. Apesar de Harrison estar em prisão preventiva por três dos ataques, ele tem álibi para todos os outros e parece que talvez houvesse mais de um predador à solta.

Descruzo as pernas e vou para a janela, olhar para a praça. Eu me lembro de uma noite, no início deste ano, uma das noites em que eu e Josh saímos para procurar Harrison.

E a verdade me atinge como uma flechada no peito.

— Tente ficar invisível — falei para ele.

Na vez seguinte em que nos encontramos, ele apareceu vestindo roupas de lycra de corrida, um casaco de zíper, uma touca. A princípio, eu não soube que era ele porque seu rosto estava coberto por uma balaclava. Enquanto se aproximava, ele a tirou e vi seu rosto sorridente aparecer.

— O que você acha? Invisível o suficiente? — perguntou ele.

Apontei para a balaclava e ri.

— Onde foi que você arranjou essa merda assustadora? — perguntei.

Ele deu de ombros.

— Encontrei na gaveta do meu pai. — Josh tornou a rir. — Vamos lá. Vamos caçar.

Agradecimentos

Teoricamente, os agradecimentos são um espaço para reconhecer as pessoas que te ajudaram a escrever o livro em que estão publicados. Nesse caso, eu preciso agradecer principalmente a mim, a mim mesma e a Lisa! Na maior parte do tempo, eu escrevo sem pedir qualquer palpite ou conselho externo, só eu, meus (três) dedos digitando e meu estranho mundo imaginário. Chego ao fim e coloco no lugar aquele último ponto final sem a ajuda de ninguém. Não faço pesquisa, mesmo quando seria o ideal, porque me distrai (então me desculpe por todos os erros), e não gosto de lidar com sugestões editoriais quando ainda estou tentando resolver tudo sozinha.

Mas, a partir do momento em que aquele último ponto final é digitado, várias pessoas mágicas aparecem no topo da colina e descem silenciosamente para o mundo imaginário que foi criado — para consertá-lo, fazer com que fique bonito, elaborar capas para ele e falar com pessoas nas livrarias e lhes pedir para vendê-lo, e levá-lo para editoras estrangeiras e lhes pedir para publicá-lo, para fazê-lo chamar a atenção nas estantes para que as pessoas o notem, comprem e leiam, e para escrever coisas legais sobre ele no intuito de encorajar outras pessoas a lerem. Elas te levam para livrarias e bibliotecas para falar com os leitores sobre o livro e incentivam amigos a lerem, e escrevem para te contar coisas legais sobre como o livro as fez se sentir.

Então, é claro que nem tudo depende só de mim. Se fosse assim, isto aqui seria um documento meio mais ou menos e cheio de bobagens no meu notebook, com vários erros e palavras com letras trocadas, e você não o teria em mãos agora.

Então, obrigada a todos, desde o início. A Selina, minha editora no Reino Unido, Lindsay, minha editora nos Estados Unidos, e Jonny e Deborah, meus agentes, pelos primeiros comentários. A Richenda Todd, por sua habilidosa edição, Luke, Anna e a equipe de cinema e TV da Curtis Brown, por colocarem o livro diante de pessoas do ramo, e Jody e a equipe de direitos estrangeiros, por divulgá-lo para o mundo inteiro. Às equipes comerciais por todo o mundo, por garantirem que o produto chegue às lojas, a Sarah e sua equipe de marketing, a Laura e sua equipe de publicidade no Reino Unido, e a Ariele e Meriah, nos Estados Unidos, por garantirem que todos saibam sobre o livro. Aos livreiros, bibliotecários, leitores e resenhistas.

Obrigada.

Um comentário sobre o nome da personagem Angela Currie

Uma ampla seleção dos autores mais conhecidos do Reino Unido tem apoiado a campanha Get in Character, da CLIC Sargent, a principal instituição de caridade do Reino Unido contra o câncer em crianças e jovens, desde que essa iniciativa foi colocada em prática, em 2014. Até o momento, mais de 40 mil libras foram arrecadadas.

Fico muito feliz de apoiar esta campanha ao longo dos anos, e uma das vencedoras de 2020 está representada neste livro como a personagem Angela Currie.

Mais detalhes estão disponíveis em www.clicsargent.org.uk.

1ª edição	ABRIL DE 2025
impressão	LIS GRÁFICA
papel de miolo	HYLTE 60 G/M²
papel de capa	CARTÃO SUPREMO ALTA ALVURA 250 G/M²
tipografia	ADOBE GARAMOND PRO